フィギュール彩㊱

THE CULTURAL HISTORY OF FRANKENSTEIN
SHUNTARO ONO

フランケンシュタインの精神史

シェリーから『屍者の帝国』へ

小野俊太郎

figure Sai

彩流社

目次

第2部　戦後日本におけるフランケンシュタイン

はじめに　怪物には、へそがない

【徘徊する怪物】

「一匹の怪物が世界を徘徊している。フランケンシュタインという名の怪物が」と、有名な一節をもじりたくなるような状況である。

海外の映画でフランケンシュタインの怪物は毎年のように暴れている。第二次世界大戦の独ソ戦を背景にして血しぶき《スプラッター》感覚にまみれた奇作の『武器人間（＝フランケンシュタインの軍隊）』（二〇一三）はカルト的人気を得た。また、アメリカン・コミックスを原作にして、怪物が現代まで生きていて天使と悪魔の闘争に巻き込まれる『アイ・フランケンシュタイン』（二〇一四）があった。そしてハリー・ポッター映画の主演だったダニエル・ラドクリフが参加する『ヴィクター・フランケンシュタイン』（二〇一五）が公開されるし、原作から着想をもらったテレビドラマの『フランケンシュタイン・クロニクル』もイギリスで製作中である。それぞれの解釈は異なるが、フランケンシュタインの怪物がホラーや心理サスペンスの領域で今も息づいていることがわかる。また『SHERLOCK』でブレイクしたベネディクト・カンバーバッチが出た二〇一一年の舞台版も評判をとったし、これは記録映画にもなった。

もちろん日本も負けてはいない。発表から二百年もたつ小説なのに、小林章夫訳（二〇一〇）、芹澤恵訳(二〇一四)、田内志文訳(二〇一五)と新しい翻訳が続けて出ている。和月伸宏のヴィクトル・フランケンシュタインを主人公にしたマンガ『エンバーミング』は二〇〇七年から現在も連載中である。また、日日日《あきら》の『ビスケット・フランケンシュタイン』(二〇〇九)は人工生命の少女を主人公にしたライトノベルで、センス・オブ・ジェンダー賞を受賞した。さらに井上雅彦編の『Fの肖像』(二〇一〇)は、ホラーやSF作家たちによって新しく執筆されたフランケンシュタイン物の短編を集めてみせた。そして伊藤計劃の遺作『屍者の帝国』(二〇一二)は、残された三十枚の冒頭部分に円城塔が本文を書き継いだもので、ドラキュラの世界とフランケンシュタインの世界が縫合されている。二〇一五年末に公開される予定のアニメーションで、さらに人気が広がるのは間違いない。

これほどまでに世界に増殖し、あちこちに次の種を植えていく「フランケンシュタイン」は、物語世界を超えた怪物であり、私たちの意識にとりついた悪鬼といえる。一人の少女が書いた小説が、宗教観も身体観も欧米に起源を持っているわけではない二百年後の私たちの文化にまで、影のようにぴったりと貼りついている——これ自体が大きな謎であり、この『フランケンシュタインの精神史』はその答えを私なりに見つけようとした産物である。

【忌まわしい子ども】

メアリー・シェリーの書いた『フランケンシュタインまたは現代のプロメテウス』が世に出たのは一八一八年のことだった。一七九七年生まれのシェリーはこのとき二十歳を過ぎていたが、小説のアイデアを得たのは二年前の一八一六年の夏のことで、場所はスイスのレマン湖のほとりにある館だった。そこは詩人バイロンの別荘で、シェリー夫妻とバイロンの愛人となったメアリーの義理の妹、他に医者のポリドリがいて、集まったみなで幽霊話を作ることになった。バイロンやポリドリは断片的な短い作品をそれぞれ作ったが、きちんと長編を完成させたのはシェリーだけだった。

彼女の夫となった詩人のパーシーは既婚者で、十六歳のメアリーは彼と駆け落ちをし、間に出来た子どもを流産していた。当時の流行詩人と、高名な知識人夫妻（無政府主義者のゴドウィンとフェミニストのメアリー）の間に生まれた娘との不倫愛は、スキャンダルにまみれ、イギリスにはおられずに海外へと逃げたりもした。パーシーの前妻は心に病を抱えていて自殺してしまったので、他人の死によってようやく二人はいっしょになれたという負い目も持っていた。当時のイギリス最高峰の知性をもつ両親の血を継ぎ早熟だったシェリーは、本人の流産などの体験や該博な知識から、フランケンシュタインの怪物を創造した。「無からではなく混沌から生まれた」と後に述べたのは、体験と知識の多数の素材をつぎはぎすることでこの物語が誕生した事情のせいである。しかも「私の忌まわしい子ども」と呼ぶように、自分の生産物への愛憎が入り混じる感情を持っているのは、まさに小説の主人公と同じだった。[★1]

主人公のヴィクター・フランケンシュタインはインゴルシュタット大学の化学の学生で、死体から理想の人間を生み出すはずだったのだが、醜い怪物を作り上げてしまう。ヴィクターは怪物に対して「名づけ親《ゴッドファーザー》」にさえならずに、見捨てて逃げ出してしまった。そこから怪物による復讐が始まる。怪物が名前を持たないせいで、後の人々はこの怪物こそがフランケンシュタインだと誤解してしまった（この本では混同を避けるために、これ以降では、創造主を「ヴィクター」、被造物を「怪物」と呼ぶ）。

人々が名前を取り違えたように、創造主と被造物が鏡に映し出されたように類似していると錯覚したのには、二十世紀アメリカの心理学的な解釈の影響も大きい。エジソン映画社が一九一〇年に作った世界最初とされるフランケンシュタイン映画では、鏡に映った自分の醜さに絶望した怪物が、愛の力によって本来のヴィクターの姿にもどる場面がある。映画の基になった舞台版を踏襲したにすぎないのだが、映像表現のアイデアを競っていた初期映画らしく、鏡を使ったトリックを中心に据えていた。それによって、生命創造の話のはずが、いつの間にか創造主の変身の話にすりかえられてしまった。怪物と主人公を同一視するこのような解釈は、自分の分身を見ると死ぬという「ドッペルゲンガー」の話にも通じるし、投影や転移や同一化という心理学的な知識を持つ人が了解しやすいものだ。

【へそをめぐる議論】

こうした心理学的な解釈とは異なり、身体のレヴェルでは、ヴィクターと怪物はぴったりと重なりはしない。怪物は母親から生まれたわけではないので、何よりも「へそ」を欠く。もしへそが存在したとしても、あくまで素材になった他人が持っていたへそである。ところが、母親のいる創造主のヴィクターは、紐帯のなごりとしての自分のへそを持つはずだ。また怪物は単独に誕生したせいで同類もなく、孤独を感じて配偶者の創造を求めていた。それに対して、創造主のヴィクターはスイスの裕福な家族の一員で、しかも相手を探さなくても、家族の一員として育った結婚相手エリザベス・ラヴエンツァさえいる。これでは両者は対等ではないだろう。

ヴィクターとは苗字の異なるエリザベスだが、初版では父の妹の娘つまり従妹だった。だが近親相姦的な設定を嫌ってか、現在普及している三一年の改訂版では、農夫が育てていた貴族の末裔とされる娘に変更されている。母親がヴィクターの妻になってほしいと考えていたエリザベスが猩紅熱《しょうこう》にかかり、看病した母親のほうが死んでしまう。自分の母親の喪失後から、ヴィクターは大学で生命創造の研究にのめり込むのだ。

これはそのままメアリーの体験でもあった。彼女の誕生はフェミニストとして有名な評論家の母親メアリー・ウルストンクラフトの死と引き換えだった。産褥熱で亡くなった母親の姿をシェリーは一度も見ていない。小説を執筆している間にその母親の著作を熱心に読んだことは記録に残っている。『フランケンシュタイン』には、父親と息子との関係とともに、失われた母との関係も色濃く描かれている。ヴィクターが夢のなかでエリザベスを甘く抱きしめたと思ったら、死体となった母親を抱きしめて恐怖に目覚める場面がある。ここに近親相姦的な欲望を読む解釈もあるが、母親の記憶を持つ点で怪物とは違うことが証明されている。へそを持つヴィクターとへそを持たない怪物との間にはかぎりない隔たりがある。しかもそこに神学論争と進化論という産業革命後のイギリスを揺さぶった議論が重なってくる。たかが「へそ」だが、されど「へそ」である。

神が創ったアダムに「へそがついているのかどうか」をめぐり十九世紀半ばのイギリスで議論が沸き起こった。アダムが哺乳類でありへそを持っているのならば、母胎とつながっていた証拠となる。だが、それではアダム以前に人間が存在したと認めてしまうので不都合である。またアダムにへそがないのならば、神は不完全な人間を創ったことになる。その後手直しをしたのであれば、なおさら神の無謬性がゆらぐ。しかもアダムが神の似姿だとすると、神にもへそがついているという結論にもなりかねない。これは神学的にもっと危険な話となってしまう。いずれにせよ神の万能性や無謬性に関する議論がへその有無をめぐって起きたのだ。卵生生物はもちろんへそを持たないが、進化論者でない限り、人間を下等なカエルやカラスの仲間にするわけにはいかなかった。

こうした信仰をゆるがす事態に、海洋生物学者で宗教家でもあったフィリップ・ヘンリー・ゴスは、一八五七年に「オムファロス(＝へそ)」というタイトルで独特の議論を発表した。地質学や生物学の科学的知見と聖書における記述との間にある矛盾を解決するためにゴスが唱えたのは、「世界は古びたままで新しく創造された」という珍説である。ゴスは紀元前四〇〇四年に世界が創造されたとして、聖書の天地創造の説明を信じていた。他方で地層や化石などを分析し、デヴォン州の海で生物標本を集めて調査研究をして、「水槽《アクアリウム》」という語を作りだした人物でもある。ゴスは進化論に反対する天地創造説の立場をとり、地質学者のライルの考えに反対はしたが、動物学者としてのダーウィンの実力は認めて書簡のやりとりをしていた。自分自身の科学的知見と聖書の記述を調停したのが、神が創造したのは古い状態の世界という考えだった。この玉虫色の解決法は、ゴスの思惑とは裏腹に、どの立場からも攻撃され否定されてしまった。

ただしこのゴスの考えは「世界は五分前に創造された」仮説として、その後ラッセルなどの哲学者が関心を向けた。神が地層に偽の記憶を埋めこむという不正行為をした、と当時は評判が悪かったのだが、思考実験上の興味深い仮説となる。世界が何百億年も前に作られたのではなくて、「五分前に創造された」ものだとしても、その真偽を被造物である我々が識別できるのかは疑問だというわけだ。それはP・K・ディック原作の映画『ブレードランナー』の人造人間であるレプリカントたちが、脳に埋めこまれて信じていた過去が記憶の捏造だったこととつながってくる。あるいは、私たちの意識など水槽のなかで浮かんだ脳が見ている幻影に過ぎないのではないか、という映画『マトリックス』に描かれた懐疑論などとも通じる。フランケンシュタインの怪物の記憶に対して優位に思えるヴィクターの記憶さえも、はたしてどこまで確かなのか不明になってくる。そもそもいきなり成人として誕生して子ども時代を持たない怪物には、アダムと同じように幼少期のトラウマもなければ、大人になるための通過儀礼も欠けているのだ。

しかも話はこれで終わらない。フィリップの息子で文芸評論家のエドマンド・ゴスは後に『父と子』（一九〇七）という自伝を書いた。敬虔で聖書を字義通りに読み取り、フィクションを認めない父と母のもとで育ったことがエドマンドの精神を圧迫していた。反動から、世紀末文学を始めとする作品へと誘惑されていき、それまでは宗教詩を書いていたのに、いきなり官能的な詩を発表したりする。父と子の間には気質の違いとともに、背景となる認識や価値観のずれが大きな障害物として横たわっている。これは『フランケンシュタイン』におけるヴィクターと怪物の断絶を連想させる。科学者であるヴィクターという「父」に拒絶された「子」である怪物が復讐し反逆する話であり、怪物は文学作品に涙してしまうほど感受性が豊かでありながら、殺人者になるのである。そもそも神だって、わが子のはずのアダムを楽園から追放したではないか。これこそが『フランケンシュタイン』が下敷きにしたミルトンの叙事詩『失楽園』の大きな主題だった。

【この本のねらいと構成】

『フランケンシュタイン』のなかにあふれているのは父と子の断絶ばかりではない。家族と悲劇を乗り越えつつ家系がつながっていくのは普遍的な主題といえる。けれどもこの小説に一族が滅亡する「家庭悲劇」あるいは理想の親を希求する「ファミリー・ロマンス」の面しか表現されていなければ、これほど大きな影響力は持たなかった。さまざまな親子や、主人と召使、フランス人とアラブ人といった人間どうしの愛憎関係が描かれているだけではなくて、人間が生み出した人工生命や機械やシステムをめぐる製造責任さえもが問題となっている。

母を介せずにこの世に生まれたのでへそを持たない人工的な怪物は、人間のような過去やトラウマを持たない。そのおかげで機械に近い。機械を動かすルールや規範は一度決めたら変更することが難しい。しかも変更はあくまでも人間側の都合であり、不都合な機械をスクラップにすることに経済上のためらいはあっても、倫理的なためらいはない。そうした人間の行動についての不安を、すでに怪物がヴィクターに向かって言っている。

こうした観点を持ち込んで、それまで恐怖小説やゴシック小説として理解されてきたメアリー・シェリーの『フランケンシュタイン』に、現代SFの出発点という新しい評価を与えたのは、イギリスのSF作家ブライアン・オールディスだった。オールディスは、地球と月とがつながってしまった超未来の世界を舞台にして、ヒューゴー賞を受賞した『地球の長い午後』で衝撃を与えたが、六〇年代に活躍したニューウェーブSFの旗手である。彼らが目指したのはスペース・オペラのような「外宇宙」を舞台にした西部劇や秘境冒険小説ではなくて、もっと内面的な要素を持つ「内宇宙」の探求だった。

新しいSF観に基づいて「SFの歴史」と副題を持つ評論『十億年の宴』(一九七三)が書かれた。第一章はダーウィンをもじり「種の起源　メアリー・シェリー」と題されている。このゴシック小説は二百年を経てさまざまなジャンルに影響を広げている。ゴシック小説というジャンルがSFやミステリーやセンセーショナル小説を生み出した源だったせいだけではない。フランケンシュタインの怪物の姿は、ビジュアル重視の演劇でも映画でも広く拡散した。一九三一年のユニバーサル映画社のボリス・カーロフによる衝撃的な扮装以降、悪夢をもたらす怪物として描き出されてきた。

『フランケンシュタイン』に惹かれたオールディスは、スピルバーグ監督のロボット物である『A.I.』(二〇〇二)の基となった「スーパートイズ」という短編を一九六九年に書いている。その後連作となるが、成長しない子どものロボットの話であり、シェリーの作品に欠けた母子関係の部分を補っていた。また、オールディスが書いた怪物三部作のひとつに『解放されたフランケンシュタイン』(一九七三)がある。こちらは主人公がタイムスリップした世界が、シェリーたちとフランケンシュタインが共存する虚実混じった場所だったというもので、映画化もされた。

もはやメアリーをロマン派詩人パーシー・シェリーの妻といった従属的に紹介することはない。とりわけ日本ではパーシーの方がメアリーの夫として時々思い出されるくらいになってしまっている。「西風に寄せる」などの短詩や劇詩の『解放されたプロメテウス』があり、パーシーの詩も『フランケンシュタイン』に引用されているのだが、現代の読者にはわずらわしさしか感じないだろう。こうしたいわば主従の逆転は、一八一八年の初版の序文が実は夫の手になるものだったと暴露して訂正した三一年の改訂版の序文ですでに起きていた。しかもパーシーの死後に作品集をまとめたように、メアリーはパーシーの死後の名声形成に大きな役割を果たした。当然ながらこの本でシェリーと呼ぶときには、メアリーのことを指す。

これまでに、メアリー・シェリーという女性が生み出した「フランケンシュタイン」という小説＝怪物を母胎にして、さまざまな要素や材料が注ぎ込まれ、受胎してキメラが生み出されてきた。まさに生物が繁殖するようにいろいろな可能性を追及した物語やイメージが生成される。『フランケンシュタイン』とへその緒を断ち切った後継の文化生産物のなかでは、へそを持った人間たちが、へそを持たない怪物や機械やロボットたちと敵対し、憎悪し、慈しみ、愛し、折り合いをつけてきたのである。

この『フランケンシュタインの精神史』で描き出そうと考えているのは、科学者と怪物を一組のセットにした「フランケンシュタイン」というモチーフや考えが、読み替えられながら、現在までどうして存続してきたのかに関する見通しである。そして、たとえ忌まわしく醜くおぞましい成果であっても、自分たちが作り出してしまった物から目をそむけずに、どのように対処すべきかの手がかりを探すことである。

怪物をめぐってよくある「怪物はかわいそう」とか「怪物の方が人間らしい」という「共感」を中心にした教科書的な意見や感想では、小説に描かれた対立や葛藤は解消しない。自分が絶対に怪物の立場とならないことを前提とした「上から目線」になりがちだからだ。これでは他者の悲痛な体験が、自分たちの道徳的な向上や自己認識の材料にすぎないことになってしまう。自分たちは相手に共感することによって認識も情感も高まるのだが、相手はいつまでも不幸で「低開発」な状態のままなのである。そうした一種の固定化とは異なる方向を目指そうと思う。

この本は大きく二部構成をとる。前半は「メアリー・シェリーの遺産」として、『フランケンシュタイン』が提示する問題系の現代的な意義を検討する。つぎはきの身体と主体の関係、人間の知性や労働の複製、母性をめぐる解釈、さらには帝国や共和制やナショナリズムまで、予言の書と呼びたくなるほど多彩な課題がそこには眠っている。二十世紀の製造物責任の議論との関係や、家なき子としての怪物の単独性の在り方は、二百年を経ても古びずにいることがわかる。ただし同じ山頂を異なる方角の壁から上るように、記述が多少重複するところがあるが、それはひとつの箇所が別の文脈では異なる意味を帯びてくるという説明のためなので了承していただきたい。

後半は、ギリシア神話でのプロメテウスがゼウスに逆らって火をもたらした巨人族であることを踏まえ、日本の戦後SFの広い分野を見渡して話を進める。第一世代とされる小松左京、光瀬龍、荒巻義雄をはじめ、第二世代の田中光二や山田正紀をへて、第三世代以降の伊藤計劃や円城塔にいたる小説群がある。かたわらに、手塚治虫や石ノ森章太郎などのマンガやアニメ、さらには東宝特撮映画のなかにフランケンシュタインが提示した問題がどのように入り込んだのかを追跡する。もちろん網羅的に記述することは不可能なので、代表と思える作家や作品をとりあげて議論をしていく形をとる。神への反逆という問題設定を持つ作品が、多神教の国である日本において、「神」や「超越」と露骨に向き合う「口実」になってきたことが明らかになる。もっとも、その場合の「神」や「超越」が西欧と同じ意味内容を持つとは限らない。

（★1）フランケンシュタインという苗字は、駆け落ちでヨーロッパ大陸に滞在中のシェリーが知った、ドイツのダルムシュタット近郊にあるフランケンシュタイン城に由来するという説がある。現在のゴシック風の城跡は一八五〇年に図面なしで復元したもので、ゴシック小説に基いて捏造された廃墟である。十七世紀にここで生まれた敬虔主義者で錬金術師のヨハン・コンラート・ディッペルが動物実験をしたので、ヴィクターのモデルになったという民間伝説も根強い。ディッペルは紺青の顔料の製法に関わったことで知られる。この青色はベルリン藍（プルシアンブルー）とも呼ばれ、大量生産をしていたイギリスから清国を経由して輸入されると、ベロ藍として葛飾北斎の「富岳三十六景」などの江戸の浮世絵を彩った。

第1部　メアリー・シェリーの遺産

第1章　生命創造とつぎはぎの身体

1　神の創造とゴシック小説

【ヘブライ神話とギリシア神話】

『フランケンシュタイン』が大きなインパクトを与えてきたのは、ヴィクター・フランケンシュタインによる怪物創造が、聖書の「創世記」に描かれたユダヤ＝キリスト教的なヘブライ神話への挑戦となるせいだ。聖書では唯一神が天地とアダムの創造を独占している。この神話への異議申し立てのために、プロメテウスというギリシア神話に由来する異教的な話が利用され、副題に「現代のプロメテウス」とつけた。ヴィクターこそが現代のプロメテウスというわけだ。当時のロマン派の間で反逆者としてのプロメテウス神話は人気があったのだが、善悪両方の意味をシェリーは込めている。

現存するプロメテウス神話には異本がいくつかあるが、『神統記』や『仕事と日々』のヘシオドスに依拠するとおおよそ次のような内容となる。プロメテウスはオリンポスの神々よりも古い種族である巨神のタイタン族の子孫である。プロメテウスは神々と人間の対立の調停役だった。食料を分配する選択において、動物の肉ではなくて皮に包まれた骨を選んだゼウスが、だまされたとして人間からすべてのものを取り上げてしまった。代わりにプロメテウスは天上から火を盗んでくる。今度はその盗みを知ったゼウスが激怒して、プロメテウスをコーカサスの山に鎖でつなぎ、毎日鷲に肝臓を食べさせるという罰を与える。プロメテウスは死ぬことはなく翌朝には体も元に戻っていて、苦痛だけを永遠に味わうことになる。

人類に火をもたらしたことで、プロメテウスは世界各地の神話に残る「文化英雄」の一員とみなされてきた。文化人類学者のフランツ・ボアスがアメリカ先住民の神話について述べた古典的な定義によれば、こうした文化英雄は人に「動物の殺し方、火の起こし方、服を着ること」を教え、動物との違いを知らせる働きをする（『人種、言語、文化』）。プロメテウスがゼウスに逆らってまで火をもたらしたせいで、地上の人間が文明化して現在の人間たらしめたと解釈されてきた。

では、シェリーの語る現代のプロメテウスはどういう意味合いを持つのか。タイタン族であるプロメテウスがオリンポス神ゼウスの支配に反逆した話が、キリスト教の唯一神への反逆へと読み替えられる。そして、「プロメテウスの火」が後には原子力の暗喩となったように、火は文明あるいは科学技術と同一視され、幸福と不幸をもたらす両義的な働きを持つとみなされてきた。

ただし、そうしたプロメテウス神話の理解の背後には、補完するもうひとつのパンドラ神話があった。ヘシオドスは『仕事と日々』において、パンドラの箱の話を紹介している。プロメテウスに出し抜かれたことを怒ったゼウスが、土くれから絶世の美女パンドラを作らせると、プロメテウスの弟へと使わす。彼女が持ってきた壺（箱）を好奇心から弟が開けると、そこには災厄や不幸が入っていて、地上に蔓延して猛威を振るうのだが、壺には最後にひとつだけ希望が残っていたという内容である。これは蛇にそそのかされたイヴ（エバ）が、アダムを誘惑して裸体を隠すようになった原罪の話と通じる。男を破滅させる女の物語としてイヴとパンドラが共通点を持つのは、どちらもバビロニアの神話を起源としているからだとされる。天地創造の話と人間とりわけ女性の創造とが結びついていた。

【錬金術から化学へ】

プロメテウスによってもたらされた「火」は人間の文明にとって不可欠となるが、『フランケンシュタイン』でも「火」はさまざまな働きをする。

まずはヴィクターがもたらした比喩的な「生命の火」があり、雷や電気がその源と示される。少年時代のヴィクターは、落雷によってオークの木が粉々になった場面を見て、生命力について新しい時代にふさわしい理解をするようになった。怪物が食べ物を手に入れるときに「調理の火」を使う。煮炊きをすると木の根も柔らかくなると知るのだが、これは怪物が文明化される第一歩だった。また、怪物に生命を与えた実験室のロウソクに代表される室内の「灯りの火」も存在する。さらに、自分を最終的に受け入れてくれなかった家族が住んでいた家を怪物が焼き尽くすためにおこなった「放火の火」ともなる。生産から破壊までの火の役割が描かれていた。

こうした火は中世の錬金術師《アルケミスト》にとっても重要な道具だった。金属の性質を変えて、不可逆の変化をあたえる。少年時代のヴィクターはパラケルススなどの中世の錬金術の本に魅了されていた。そしてヴィクターの通ったインゴルシュタット大学は、ゲーテなども参加したとされる「イルミナティ」という啓蒙主義的な秘密結社で知られる大学であった。ただし一八〇〇年に財政難を理由に閉校になっていたので、シェリーが執筆した時にはすでにこの大学は存在していない。小説中に出てくる日付はすべて「一七＊＊年」となっていて舞台は前世紀である。このように年号の下二桁を伏せているのは、秘密めかしながら信憑性を生み出す方法となる。事実関係を追及されてもいくらでもはぐらかせるのだ。

ヴィクターを大学で近代科学へと導いたのは、クレンペ教授とヴァルトマン教授の二人だった。クレンペ教授の方は、現在が「啓蒙と科学の時代」だとして、中世の錬金術を全面的に否定する。「小男でずんぐりしていてだみ声」で、ヴィクターが入学までに読んできた本が自然哲学（自然科学）には役に立たないと嘲笑する。その後熱心な教師であるとわかるのだが、ヴィクターは先入観から距離を置き嫌悪感を抱いた。見かけと中身とのずれについての話がすでに出てきていた。そして、もうひとりの「温厚な顔つきをした」ヴァルトマン教授の方は、水銀と硫黄のような卑金属から金のような貴金属を作り出そうとしてきた錬金術師のおこないが化学の発展につながった、と過去との連続性を理解していた。彼の導きで化学がヴィクターの研究分野となる。

このように化学の知識や概念がヨーロッパに広がったのは、十二世紀に翻訳されたイスラム世界のジャービル・イブン＝ハイヤーンの著した『キタブ・アルキミア』（「黒い土地の書」）によってだが、この本が錬金術と化学をつないでもいるのだ。イブン＝ハイヤーンはアルカリのように今も残る化学用語を作った学者だし、この「アルキミア」から錬金術《アルケミー》や化学《ケミストリー》という語が誕生した。ちなみにアルコールなどの「アル」はアラビア語の定冠詞である。『フランケンシュタイン』のなかには、アラブ世界の話や要素がいくつも出てくる。サフィーをめぐるトルコ人の話、さらにクラヴァルが目指すアラブ世界との通商の話もある。知識が「オリエント」を通じて入ってきたことと、十八世紀のヨーロッパでの東方世界への関心が結びついていた。

その後化学は大きく発展し、物質の合成に関する成果が「有機物」である生命の領域へと入ることで、現代の「クローン」や「万能細胞」にいたる生化学的な研究が発展してきた。東宝怪獣特撮映画の初代となる『ゴジラ』(一九五四)で、オキシジェン・デストロイヤー(=酸素破壊剤)を発明した芹沢博士が化学者であり、その師である山根博士が古生物学者であることを連想させる。死んだ生物を扱っていた山根博士に対して芹沢博士は生きている生物に影響を及ぼす研究をおこなっている。研究室に閉じこもって孤独なまま生命現象に不可欠な酸素の性質を研究し尽くした芹沢博士は、ヴィクター・フランケンシュタインの学問上の子孫でもあるのだ。そしてその後「ゴジラ細胞」という不滅の細胞をめぐるゴジラ映画さえ登場する(詳しくは拙著『ゴジラの精神史』を参照のこと)。

【三重の入れ子構造の語り】

『フランケンシュタイン』の小説としての語りは三重の入れ子の構造を持ち、三人の語り手が登場する。

外枠を形作るのは探検家ロバート・ウォルトンの手紙である。彼は北極点到達のためにロシアから極地までさまいながら、姉のサヴィル夫人に宛てて自分の体験や見聞を書いている。そこに同封されていたのが、北極で出会ったヴィクター・フランケンシュタインの死ぬ前の告白で、ウォルトンが書き留めた内容が小説の中間部分にあたるのだ。ヴィクターの生い立ちから怪物創造の経緯と、怪物による連続殺人の犯罪、そしてその後始末のための追跡劇のようすを聞き書きしたものだ。さらにその告白のなかに、ヴィクターがアルプスで出会った怪物から聞いた語りが長々と引用されている。最後に外枠を閉じるように再びウォルトンの手紙が登場し、ヴィクターが死ぬ場面と怪物が闇に消えるようすが描写されている。

ヴィクターと怪物の両者が実在したという根拠はウォルトンの手紙にしかない。しかも「この手紙が姉上に届くのは期待できそうにない」と告げるように、それすらも果たして姉のサヴィル夫人のもとに届いたのかは不明確なままだ。船とともに北極海に閉じこめられて、その後誰かが見つけたのかもしれないし、今も漂っているのかもしれない。オールディスは、『十億年の宴』のなかで、こうした語りの方法は現在の読者なら「へたくそで、混乱を招く」と思えるだろうと述べている。だが、異なる立場の者たちに共通する「孤独」や「野心」を重ねるのには有効な手段でもあった。怪物も含めた三人の男たちは、一人称単数を使いながら自分の行動の正当性や過ちを語り、それを通じて自分が「人間」だと証明しようとしている。

怪物がもしも何も語らなければ、映画のフランケンシュタインの怪物たちのように、異様で異質な点が強調されてしまったはずだ。けれども小説での怪物は雄弁だし、「天気は晴朗で、空には雲ひとつない日が続いた」と風景を描写するように、ロマン派に影響されたような詩的な台詞を吐く。この詩的で雄弁な怪物というのは、夫のパーシーが書いた初版の序文にも名前が登場するシェイクスピアの『テンペスト』のキャリバンという怪物がお手本になっている。キャリバンは自分の住む島を詩的に描写し、怪物としての見かけと内面のズレを際立たせる。後からやってきた支配者プロスペロが、下僕として使うために自分の言語を教えたわけだが、「呪いの仕方を教えてくれた」と今度は武器としてその言葉を使うのだ。
キャリバンと同じくフランケンシュタインの怪物にとっても、習得した言語が自己弁護をしたり反論する武器となる。だが、注意しなくてはならないのは、私たちは抽象的な「言語」を習得するわけではなく、英語やフランス語といった具体的な言語を学ぶのである。日本語の翻訳で三人の語り手を区別するために、たとえばウォルトンを「ぼく」、ヴィクターを「わたし」、怪物を「自分」や「おれ」などと訳し分けるのは、日本語の規則に従ってキャラクターの違いを表現するためである。ステレオタイプを作り出す「役割語」に縛られているせいだ（金水敏『ヴァーチャル日本語　役割語の謎』）。実際のシェリーの小説では一貫して「I」が使われているし、シェリー本人を指すのも同じ一人称単数になっている。こうした日本語と英語の相違は主語をめぐるあり方の違いに起因し、インド＝ヨーロッパ語族内の言語の間でも同じようにズレは起きるのだ。
シェリーの作品がオールディスの言うようにSF的な思考の原点とみなせるのは、人間機械論的な当時の科学的な知見に基づいてヴィクターが怪物を創造したことが、未知の土地や新しい力の発見と等しい意義を持つせいである。北極点という地理上の発見を狙い、しかも磁力の秘密を探ろうとしているウォルトンも、根底にあるのは、ヴィクターとおなじく科学的な発見を通じて自己の存在を世界にアピールしたいという野心である。（★2）
そうした知に魅入られることが自己破滅の危険を招くと忠告するために、ヴィクターは生命創造という自分の悲劇的な体験をウォルトンに語って聞かせる。告白の途中で登場する怪物は、詩人のように能弁に自分の過去を語る。さらにヘンリー・クラヴァルというヴィクターの友人は、語学の才能を生かして貿易業に従事するために東洋へと向かおうとしている。ここには十八世紀末の冒険的、科学的、文学的、商業的な「野心」の見本が揃っている。シェリーはそれをひとつの小説に閉じこめただけでなく、男たちが共通点を持つことを語りの構造を通じて表現したのだ。

もっとも、シェリー本人が書いた一九三一年の改訂版の序文を、小説の外部にある外枠とみなして、メアリー・ウルストンクラフト・シェリー（MWS）と、ウォルトンの姉のマーガレット・ウォルトン・サヴィル（MWS）が同じ頭文字になるので共通すると、フェミニスト批評家たちによって指摘されてきた。つまり外にいて姿を見せない姉とは作者本人となり、自分宛てに作品を書くという意味でシェリーが全てを統括した作品という充足感が与えられる。だが、この作品が野心的なのは、二十歳の若い女性が怪物、化学者、探検家などの自分で体験したことのない男性の一人称の声を語ってみせたことにある。一人称を三つ重ねたこの仕掛けは、シェリーがたくみに男性の声色を作り出すのに必要でもあった。

【フランス語を話す怪物】

それにしてもウォルトンたち三人はいったい何語で語っているのだろう。『フランケンシュタイン』という小説の全文は英語で書かれているが、登場人物の全員がイギリス人というわけではない。大半は外国人である。キャリバンが登場するシェイクスピアの『テンペスト』も主要人物たちはミラノやナポリからやってきたイタリア人だが、みな英語でしゃべっている。外国が舞台であっても映画の吹き替えのように観客がわかる言語で会話をするのは古くからの約束事である。とはいえ、この小説は怪物の言語習得の過程そのものに敏感なので、各人が何語を話しているのかにもう少し注目すべきである。

最終的な記述者となったウォルトンは英語を母語にしているが、ヴィクターが「外国なまりの英語」で語った内容を書き留めたという設定になっている。ヴィクターはイタリアで生まれたが、ジュネーヴ育ちのスイス人である。ジュネーヴはフランス語圏だが、ヴィクターはドイツ語も話せるのでドイツのインゴルシュタット大学に入ったわけだ。しかもジュネーヴ州はナポレオン戦争後の一八一五年のウィーン会議でスイス連邦へと編入されたばかりの共和国である。スイスが永世中立国として安定したイメージを持つのはこれ以降のことで、シェリーが執筆していた時期には国の運命が翻弄され揺さぶられていた。怪物のつぎはぎの身体そのものが、ナポレオン戦争後の国際情勢でつぎはぎの領土を持つ当時のスイスの暗喩ともなる。

それはイギリスの状況ともつながる。一八〇一年にアイルランドを併合して「グレート・ブリテン及びアイルランド連合王国」を形成していた。現在のユニオンフラッグと呼ばれるイギリスの国旗が制定されたのはこのときだった。国の旗自体が「イングランド」「スコットランド」「アイルランド」の三つの旗を合成して生まれた。シェリーの「祖国」すらも、この時期つぎはぎの領土の上にひとつの統一した国民国家を生み出そうとしていた。植民地としてのアメリカを正式に失い、ライバル視をするようになり、一八一四年の米英戦争では大統領官邸を焼き討ちまでして取り戻そうとした。その建物はその後白く塗られて「ホワイトハウス」と呼ばれるようになる。フランス革命によって王権の将来が危ぶまれていた不安と新しい時代への期待が入り混じっていたなかで執筆された作品である。

怪物もフランス語を話すので、創造主ヴィクターと意思が通じたわけだが、ある意味偶然だった。ヴィクターが研究を続けていたのはインゴルシュタット大学近くの下宿兼秘密の実験室である。そこから逃げ出した怪物が潜んだ場所が、近郊の森のなかではなくてドイツ以外の国だったり、逃げ込んだ納屋の隣に住んでいたのがフランスから逃げてきたやはり世捨て人とも言えるド・ラセー一家ではなくて、たとえば東欧からの移民だとか、サフィーのようなトルコ人の一家なら、彼はフランス語を学ばなかったはずだ。怪物の母語がスラブ語やアラビア語では、語学が堪能なヘンリー・クラルヴァルならいざ知らず、生半可な外国語学習しかしなかったと反省するヴィクターには、怪物の言葉はわからなかったに違いない。

フランス語は一七一四年のラシュタット条約以降、ヨーロッパでの国際共通語としての地位は高かった。現在もIOC（国際オリンピック委員会）の第一公用語はフランス語である。怪物が身長にふさわしい低音を響かせたフランス語で、自分の意見をヴィクターだけにでなく一般の人々にぶつけても、ヨーロッパ中の知識人ならば通用したはずである。現にアイルランドの治安判事はヴィクターが書きつけたフランス語の書類や手紙を読みこなすことができた。ちなみに「リンガ・フランカ」といえば共通語の事をさすが、フランク王国の語という意味のイタリア語に由来し、もちろんフランケンシュタインのフランクとつながる。それにフランスという名称自体がドイツ語では現在も「フランク族の領地」となる。

怪物が納屋の外に出て接触する第一歩となる盲目のド・ラセー老人との意思の疎通は、視覚によらない声によるものだった。ラジオやレコードのように音声を伝えるメディア装置を持たなかった時代には、視覚が大きな先入観を与える。肉声だけなら怪物はド・ラセー老人と共感を持ちえたかもしれないのだ。それを邪魔をするのは、外から帰ってきた息子のフェリックスたちであり、怪物から父親を引き離して接触を阻止したのだ。こうした事情の説明はあくまでも怪物の告白のなかにあるだけだし、怪物をヴィクターの影や分身のようにとらえる見方からすれば、ヴィクターと同じフランス語を話すのにあまり疑問はわかないだろう。

ただし母語がフランス語だとすれば、怪物はその言語の世界像や発想に縛られている。英語の名詞には性がないがフランス語にはあり、過去の表し方が多様であり、間接話法が発達している、といった文法やもちろん語彙の違いもある。しかも美醜をめぐる基準や形容すらもそれぞれの言語に独自に埋め込まれているはずだ。母屋の隣人たちを「美しい」と怪物が言うときに、頭のなかで響くのはフランス語だった。もしも、フランス語ではなくて、怪物が独自の「怪物語」を持っていたならば、別の世界観から自分の存在や行為を説明できたかもしれない。殺人に関する倫理規定だけでなくて美醜すら怪物の言語では違った意味合いをもっただろう。もちろん怪物が単独では言語は生まれない。コミュニケーション手段として使う必要がないからだ。その意味で納屋に引きこもっていては、怪物が自分の言語を生み出すことはないし、どこまでも他人の言語を学びそれに従属するしかない。この受動的な状況そのものが怪物の悲劇を生み出していく。

『フランケンシュタイン』にヒントを与えたのは、レマン湖のほとりにあるバイロンの別荘だったディオダティ館に滞在していたときに、シェリーたちが読んだフランス語の『ファンタスマゴリアナ』という本だった。ドイツの小説家のアーペルとシュルツが書いた幽霊本のシリーズから、「死の花嫁」や「黒い部屋の話」といった作品が翻訳されていた。エリッサ・マーダーは『フランケンシュタイン』がさまざまな「翻訳」をめぐる小説だと解き明かしている(『機械的再生産時代の母』)。そして翻訳には誤訳や勘違いがつきものだ。全体がシェリーによってすっかりと英語に「翻訳」されてしまっているせいで、私たちは怪物やヴィクターがフランス語で話すようすを直接フランス語で読むことができない。怪物の告白の声そのものは、英語という言語とヴィクターという伝達者によって、最初から手の届かないところに封じ込められている。しかも、腹話術師のように、ヴィクターという一人の語り手が複数の声を演じわけている可能性さえある。

エドガー・ライス・バローズが『類猿人ターザン』(一九一四)で描いたターザンは、イギリス貴族の遺児という設定だが、猿人に育てられた後で、英語は絵本で覚えたせいで文字が書けるが発音ができなかった。だがダルノーというフランス人外交官の命を助けたことをきっかけに「文明化」され、フランス語が達者となる。ターザンがアメリカのフィラデルフィアにいるジェーンに求愛するために運転していたのはフランス車のシトロエンだった。にもかかわらずターザンには「ミー、ターザン。ユー、ジェーン」のような片言の英語を話すというイメージがつきまとうし、ジャングルの中では車の運転技術は無縁に思える(その代り飛行機の操縦をおこなう)。小説では雄弁なのに、映画では発言が封じられて動きだけで意思を示すようになったフランケンシュタインの怪物とどこか似ている。しかもどちらも白人であるせいで「高貴なる野蛮人」のイメージを付与しやすいことも共通している。もしも怪物やターザンが明確に黒人や黄色人種だったのならば、読者はまったく別種のイメージを持ったはずである。

【シェイクスピアとゴシック文学】

ウォルトン、ヴィクター、怪物の三者ともに冷静に語っているように見えるが、話がどこか脱線していく。それは彼らの語りが対話めかしてはいるが、一方的な報告や告白という形式をとるせいだ。シェリーが男の声や語りを演じきるために採用した語り手が次々と交代する入れ子構造がうまく作用した。もしもヴィクターか怪物一人による告白記だとすると、人生と創作のどちらの経験もまだまだ浅いので破綻をきたしたかもしれない。

けれども、他人の内面とその秘密を覗いていくミステリアスな構成が、小説としての魅力を高めて弱点を補っている。手本となるようなこうした入れ子構造を持つ物語は古くから存在する。伝聞を口実にして、作者の説明責任や権威を他人に押しつける事ができて、虚構を真実めかせるのだ。それは時代を二十年以上前において、しかも、イギリスからは遠い話にしているのも、さらには北極海にすべてを持っていっているのも狙いなのだ。

入れ子構造は小説ばかりか演劇でもありふれて使用されている。楽屋落ちとしてむしろ定番の手法であり、似たような効果を持つ劇中劇の仕掛けも昔からおなじみである。SFが「センス・オブ・ワンダー」という標語を持ったのは知られるが、他ならない「ワンダー＝驚異」を重視したのが、ロマン派の詩人だった（リチャード・ホームズ『驚異の時代』）。韻文の詩を中心に業績が語られるロマン派だが、その散文小説部門がゴシック小説だとみなすならば、双方にシェイクスピアが大きな影響を与えた。

シェリーの夫であるパーシーやバイロンにとってシェイクスピアはさまざまな発想を与えてくれる発想の源だった。『フランケンシュタイン』のウォルトンの船旅は、『老水夫行』というコールリッジの詩にインスパイアされたものだ。その詩の主人公はアホウドリを殺したことで運命のように極北へと向かう。そのコールリッジは「百万人の心を持つ」として、いろいろな人物を登場させることができたシェイクスピアを賛美していた。またキーツは科学が分析したことで虹の魅力を台無しにしたと嘆いたが、さまざまな怪異に対して心を開くシェイクスピアのもつ「消極的可能性」を賛美して、シェイクスピア流の『オットー大帝』という劇まで書いた。

シェイクスピア風のソネットを書いたり『チェンチ一族』という劇を書いたパーシーはもちろん、メアリー・シェリーも一八三一年の自筆の序文で『ハムレット』の亡霊に言及している。復讐しあう怪物とヴィクターとの関係は、叔父への復讐をめぐって苦悩するハムレットを連想させる。『デンマークの王子、ハムレットの悲劇』は『フランケンシュタインまたは現代のプロメテウス』とタイトルの構成も似通って、そこでも劇中劇が効果的に使われていた。『ハムレット』がシェリーの手を借りて『フランケンシュタイン』へと転移して蘇ったとみなせるほどだ。

実際に類似点がいくつかある。後世に物語を伝えるホレーシオの役目を探検家ウォルトンが果たし、ハムレットの苦悩を科学者ヴィクターが受け継ぎ、父王の亡霊がヴィクターに取りつく怪物となり（ただし父と子の関係が逆転している）、犠牲となる乙女であるオフィーリアの役を従妹のエリザベスが担う。ヴィクターとクラヴァルが通うのは錬金術と「イルミナティ」という秘密結社で知られるインゴルシュタット大学だが、ホレーシオとハムレットが通ったのはルターの宗教改革で有名なウィッテンベルク大学であった。共にドイツでの教育が主人公の知的背景を作り出している。亡霊となった父王の名も子とおなじくハムレットなので、この亡霊が主人公の苦悩が投影されたものだとみなす「ハムレット＝亡霊説」もある。これこそ「ヴィクター＝怪物説」となってくる。似ている点よりも違う点のほうが重要だが、それでもこのように目につくのは意図的な配置のせいだろう。

ロマン派の一員として、シェリーもシェイクスピアやミルトンという先行作品から、亡霊に取りつかれた主人公や被造物の反逆といった主題だけでなく、外国のお話や伝説などさまざまな要素を組み合わせながら作り出す、という創作の知恵そのものを学びとった。形式と内容の両方を継承することで、シェリーはヴィクター・フランケンシュタイン以上に創造の秘密に迫ることができたのだ。

2　つぎはぎの身体と準創造

【準創造としてのヴィクターの技】

ヴィクターがやるように神をまねた人間の創造をどう考えるとよいのだろうか。ひとつの手がかりとなるのはJ・R・R・トールキンが提唱した「準創造」という発想である。熱心なカトリック信者であるトールキンは、自分がファンタジーを執筆する理由を正当化するために、神の創造とは異なる「準創造」なのだと意味づけている。

世界の裂け目をエルフやゴブリンで満たしたり、光と闇から神々やその家系をあえてうち立てたり、ドラゴンの種を撒いてきたりしたが、それは私たちの権利だったのだ(正用でも誤用でも)。その権利は今も廃れてはいない。私たち自身を作り出した法に従って今もなお私たちはファンタジーを作っている。ファンタジーは人間の権利のなかにとどまり、私たちの節回しで、独創性を欠いた派生的なやり方で作るのである。なぜなら私たちは造物主に作られたからである。しかもたんに作られただけでなく、造物主の似姿として作られたせいなのである。(「妖精物語について」)

ここでトールキンが「神(ゴッド)」ではなくて「造物主(メーカー)」を使っているのが鍵となる。「作る」という言葉をめぐっては日本語と英語では語感の違いがある。じつは『フランケンシュタイン』の扉に引用されているミルトンの『失楽園』の一節でも「造物主」を使っている。アダムがどうして自分を作ったのかと呪う言葉を吐くのだが、これは怪物の代弁なのだが、同時にヴィクターの代弁にもなっている。

「神=造物主」という考えそのものが、日本ではすんなりとは理解されないし、「造物主=メーカー」という言い方そのものになじみがないのだ。日本語で「メーカー」というと「自動車メーカー」のような製造業者を指すが、英語ではあくまでも個人の技を指す。それに『古事記』を見てもわかるように、目や口を洗っても「カミ」が生まれる多神教である日本の神話では、カミと人の間の間に「作り手」と「作られる側」のような明確な区別は存在しない。そもそも日本語の「カミ」と中国語の「神」と英語の「ゴッド」が同じ対象を指すのかについてはずっと議論がある(柳父章『ゴッドは神か上帝か』など)。

トールキンの「ルールに従って派生的にファンタジーを作る」という考えによれば、人間は神がすでに創造した被造物を使って、派生的に新しい創造をするだけである。その際に神の介在を考えなくてもすむ点で、十八世紀の理神論に近いかもしれない。ヴィクターが死体をどんなに縫合しても、手足や内臓などの素材自体を無から作ることはできないし、実際やってもいないのだ。「妖精物語」も古代からの物語群という素材や民衆的な想像力抜きには作れないことや、ロマン派の文学が民謡や民話といった素材に基づいていたのも同じ考えによる。ややもするとヴィクターが生命創造の「禁断の領域」に踏み込んで、生命現象自体を発明したかのようにとらえがちだが、人間が神の似姿であるように、彼は神の技を真似たにすぎない。それはあくまでも「準創造」であり、二番手であり、お手本のコピーだった。聖書やギリシア神話がなければシェリーもこの物語を書けなかった。問題は昔からの素材を使いながらどのような新味を引き出すのかにある。

ヴィクターがおこなったのは、神が創造した「自然《ネイチャー》」である素材を、人間の「技《アート》」で動かしたことだった。とか、AEDの電気ショックによって心臓を再稼動させる蘇生術や、ジャンクヤードから中古の部品を集めてきてモーターを組み立てて通電したら動き始めたのに近い。そのおかげで『フランケンシュタイン』をヒントにして、生命と機械との間に存在する類似と差異に関する物語が無数に生み出されてきた。ヴィクターは彼が見出した生命原理の謎について科学的用語や実験データを使って詳しく語ってはいない。新しい原理や可能性を見つけ出すことを描いた狭義のサイエンス・フィクシヨンとは異なる。むしろ既存の原理を応用したテクノロジー・フィクションという面が強い。『フランケンシュタイン』がひとつの発明が及ぼす影響を社会的にシミュレーションした作品だったからこそ、後続の小説や映画などがコピーしやすかったのだ。

文章によって何かを生み出すのが小説家の役目でもある。枠組み小説のせいで、箱や容器にも似た本という入れ物の奥底に怪物は閉じこめられている。まさにこの世の災厄を封印したパンドラの箱の状態である。現実とは異なるお話としての「小説」のなかの怪物は、ヴィクターが読みふけったアグリッパと同じ錬金術師であるパラケルススが、フラスコ状の容器のなかに作ったとされる人造人間ホムンクルスに等しい。ヴィクターの行為と苦悩や怪物の告白を通じて、過去から続く人造人間の話が「リメイク」されて、近代の新しい神話となる。かつては「隠れた技」であった科学技術の大衆化と、印刷術と国語教育による俗語小説の大衆化とがここで結びついている。

【模倣の失敗】

準創造をおこなっている『フランケンシュタイン』にはさまざまな種類の模倣があふれているが、すべてが劣化コピーに見えてくるのは、無から作り出すという根源的な創造の秘密とその技を神が握っているからに他ならない。マリアの子として生まれた(へそを持つはずの)キリストを除いては誰もが神にはなりえないのだから、外形的に模倣しても成功するはずはない。こうした宗教と科学的知見をなんとか接合しようとした十八世紀の理神論者たちが述べたように、神は最初の段階は創造しただけで、その後は時計仕掛けのように法則にしたがって動いているとみなし、神は介入しないという考えに、シェリーも納得するだろう。

　ヴィクターは「生命」を「創造」したと記述されることが多いが、ヴィクターの創造は生命力の再生や回復にあったので、そもそもが不完全だった。ヴィクターと怪物の類似性は注目されるが、ヴィクター本人がまず模倣しようとしたのは神だった。アダムとイヴの末裔としてへそを持つヴィクターが、「造物主《メーカー》」を模倣すること自体が、内部にいる者が外部に立とうとする越権行為なので、原理的に矛盾をきたす。超えてはいけない位置に立っているので、ヴィクターが失敗するのは当然に思えてくる。

『フランケンシュタイン』の物語では、模倣の失敗が怪物の容貌の醜さと結びつけられた。しかも怪物とヴィクターはイヴの創造という第二段階で争うことになる。創世記の二つのヴァージョンによれば、ここでのイヴの誕生は、男女が同時に作られた方ではなくて、私たちにおなじみの「エデンの園」が出てくるヴァージョンに基づく。それだとイヴもアダムの肋骨から作られたので、やはりへそを持たない。イヴは神を模倣したアダムの模倣となる。けれども、聖書とは異なり、ヴィクターは繁殖を恐れて女性怪物を生成途中で殺してしまう。復讐物語がそこから始まるが、怪物が戦う相手が神ではなくてヴィクターであるように、この物語はあくまでも地上の物語となっている。

　フランケンシュタインの怪物はへそを持たず幼少時代を持たないので、巨大な赤ん坊のまま誕生し身体的な成長を伴わない。彼の脳はハードディスクを初期化して新しいＯＳやプログラムを書き込んだようなものだ。こうした怪物の状態は、ＳＦ小説によくあるようにクローンとして人造人間を複製したところで、果たしていきなり動かせるのかという疑問を生じさせる。生命創造といいながら、頭の中身までコピーできるのかは疑わしいし、ゼロから教育をやり直す必要があるはずだ。土くれから下僕を作り出すのは、ユダヤ教に伝わるゴーレム神話となっているが、ゴーレムは命令に従う下僕であり、ロボットの語源となったカレル・チャペックの『R・U・R』でもやはり労働力で、自由意思はいらない。

だが、フランケンシュタインの怪物は自由意思を持ち、言語を習得して意識が成長してきた過去を告白する。とはいえ身体の成長とは無縁なので、これをそのまま人間の言語習得の話とはみなせない。大人の身体に子どもの心を持つアンバランスな存在であることが怪物が暴走した原因ともいえる。もしも仮に怪物が意識を成長させるのに二十年かかるならば、人間の子どもと同じ経過をとるはずだが、いきなり大人として出現したことに矛盾がある。怪物はバラバラの部位が縫合された身体のなかにひとつの意識を持っているのだ。ふつうの人間の心的成長とはずいぶん異なったはずである。

【怪物ははたして男なのか?】

『フランケンシュタイン』を扱って、ヴィクターという男性が「産む性」である女性の仕事や領域を簒奪しようとしたことが危機を招いたとする解釈は、フェミニズムの考えが浸透した現在ではすんなりと理解しやすい(武田悠一『フランケンシュタインとは何か』など)。では、聖書の創世神話になぞらえてアダムと怪物を同一視して、「男性」と考えるのはそれほど自明なのだろうか。母親が欠けて自分のへそを持たない状態にもかかわらず、聖書の枠組によって、怪物はヴィクターを父親と思い、自分を男性と意識している。やはりヴィクターも怪物を男性とみなしているが、ヴィクターはそもそも男性を作り出したのだろうか。

身体的なレヴェルでも疑念はある。怪物製造の材料をヴィクターが「納骨堂」とか「解剖室や食肉処理場」から集めた、という表現を字義通りに受け取ると、素材である人間の身体の性別は無視されている。身に覚えのない出来事で殺人犯として処刑されたジュスティーヌのような女性の死体だとか、怪物に殺されたウィリアムのような子どもの死体が混じっているかもしれないし、白人種以外が含まれていた可能性も排除できない。そうした怪物の異種混交性を暗示するのが、一九三一年の有名なフランケンシュタイン映画なのである。犯罪者の脳が博士の助手によって盗み出され、頭のなかに埋められた。身体が意識に影響を直接及ぼすと考えられていて、犯罪者の脳だから犯罪的になるという図式がある。そうした解釈の枠に従えば、性別や老若や人種や民族がごたまぜの怪物は、さまざまな心的影響を受けることになる。

しかも「食肉処理場」という記述からすると、牛や豚といった人体以外の材料が混じっている可能性も高い。現在では豚の内臓などは人間に類似しているので薬物の臨床実験に使われるし、動物の種を超えた異種移植も可能である(大阪大学臓器移植学のサイト「異種移植と小腸移植」)。これはまさにH・G・ウェルズが『モロー博士の島』(一八九六)で描いたような動物と人間の合成に近い。中世から、犬頭の人間や鳥や豚やロバと人間を合成した怪物、さらに腹に顔があったり二つ頭の人間などが写本の挿絵などに描かれてきたが、そうした怪物像をそのままフランケンシュタインの怪物にあてはめることもできそうだ(ダストン&パーク『驚異と自然の秩序』)。

ヴィクターは最初から自分たちとおなじサイズの人間を作り出すことを放棄していた。あとでダウンサイジングするために、大きなプロトタイプをまず作ったのである。身長が「八フィート」というから二百四十四センチはあるわけで、結果として怪物は巨神プロメテウスを連想させる巨大な姿をしている。『スター・ウォーズ』三部作でチューバッカという長身の男を演じたイギリス人の俳優ピーター・メイヒューでさえも、七フィート三インチしかない。巨人症として知られる脳下垂体の損傷によって成長ホルモンが分泌され続けることにより、八フィート以上の高さを持つ人間はいるが、彼らが目立たずにこの怪物のようにヨーロッパ中を移動することが出来るとは思えない。探検家のウォルトンだって、目にした怪物が巨大なことに驚嘆している。容貌だけでなくそもそも体格としても目立ちすぎて、人間社会に溶けこむのが難しい。ヴィクターが作り出したのは、巨人族つまりは神話のプロメテウスの仲間だったのだ。

　ではこうして作られた怪物は、はたしてどこまで「男性」なのだろうか。怪物の生殖器については詳しい記述がないのでわからない。だが、「配偶者《メイト》」を求める意識は持っている。そのとき怪物を動かすのが、身体上の器官としてのペニスではなくて、ファロスという意識の上での「男性」ならば、それは言語を通じて獲得したことになる。ド・ラセー一家のフェリックスとサフィーの愛情関係をコピーしながら男性の意識を持ったわけだ。

　そうした意識が怪物に植え込まれたのは、フランス語の「言語習得」の過程においてだった。英語を教わるよりは、当然単語の性の違いに敏感になったかもしれない。あるいは無意識のうちに刷り込まれたはずだ。フェリックスとアガサの兄妹が、サフィーというトルコ人女性にフランス語を教えるのを納屋から覗き込んで学んでいく。さしずめ現在なら学校や塾の授業をネット中継で見ているようなものだ。その際に怪物の心理的な位置はどこにあるかといえば、生徒である「女性」の側にある。とりわけヴォルネの『諸帝国の滅亡』という歴史書をフェリックスの解説で聞きながら、アメリカ大陸の発見によって先住民がたどった不幸な運命を知り、トルコ人のサフィーとともに怪物は涙する。マイノリティとして、怪物がサフィーといっしょに「女性化」した可能性さえある。

両者の大きな違いは、サフィーにとってフランス語はあくまでも外国語だが、怪物にとっては母語となる点だ。それによってフランス語そのものへの疑念が生じる余地がなくなる。あらかじめ自分の言葉を奪われ喪失した者として怪物はいる。それに対してサフィーの場合には、母語と外国語の違いから、言葉の意味を相対化できるかもしれないし、それを通じて自己のジェンダー化への疑念を持てるかもしれない。ところが、怪物にそのチャンスはほとんどない。怪物の心がサフィーへの共感から女性化したかもしれないのだが、そうした心の傾斜をさえぎったのが、拾った本のひとつの『失楽園』で描かれた「ルシファー＝サタン」への同化だろう。それを通じて怪物は自己を「男性」として把握する。怪物を男性と決めつけるジェンダーの呪縛に、怪物本人や登場人物たちばかりでなく、それを読んで共感してしまう読者や評論家たちも囚われているのだ。

【ヴィクター／ヴィクトリア】

そうしたジェンダー化の思い込みはヴィクター自身の解釈にも向けられてきた。もしもヴィクター・フランケンシュタインではなくてヴィクトリアという「女性」が怪物を作ったのならば、『フランケンシュタイン』の話はどうなっただろう。ヴィクターにヴィクトリアという妹がいて、彼女が兄の集めた本やノートを読んで人造人間を作ったとすれば、それは「産む性」としての女性の領域を侵犯することになるのか。この想定は女性が男装して成功を得るドイツ映画『カルメン狂騒曲』とそのハリウッド映画のリメイク『ヴィクター／ヴィクトリア』にヒントを得ているのだが、思考実験としてもそれなりに意味を持つはずだ。

二十世紀のモダニズム文学の作家ヴァージニア・ウルフは、『私だけの部屋』のなかで、兄のウィリアム・シェイクスピアと同じ能力を持つ妹のジュディスがいても、当時は教育を受けるチャンスがなかったので、才能を開花できずに絶望して最後は自殺しただろう、と歴史上の女性の社会条件について嘆いていた。皮肉にもこれ自体がテムズ川で自殺したウルフ自身の運命を予告している。自分が書いた言葉に作家が呪縛されてしまったのである。

こうした「女性の化学者」を想定外にしているシェリー本人も、執筆当時にエラズマス・ダーウィンの生物学やガルバーニの電池の実験を知っていた。当時の有名な化学者ハンフリー・デイヴィーが書いた化学の入門書を読んだことは記録に残っている。そして、彼女の友人でバイロンの娘であるエイダ・ラブレスは、数学も得意で「階差機関」に関する論文を発表している。「階差機関」は計算機でコンピューターのさきがけともいえるもので、エイダが関与した部分はそれほど大きくはないが、おかげで彼女は当時の理系知識人として扱われるようになった（山田正紀が『エイダ』のタイトルで彼女を主人公にしている）。だから、ヴィクトリア・フランケンシュタインという想定もあながち時代錯誤ではない。

しかもシェリーと同時代に女性が新しい科学技術を理解するお手本があった。シェリーが目を通したかもしれない本に、ジェーン・マーセットによる『化学についての対話』(一八〇六)がある。マーセットは独創的な研究をしたわけではないが、夫が医師でアカデミー会員でもあり、その影響で化学や経済学の啓蒙書を書いていた。マーセットの親友のメアリー・サマビルやハリエット・マルティヌーのように子どもや女性向けの啓蒙書を書く女性たちがいた。確かにウルフが言うように、マーセットたちに才能があったとしても、女性研究者として才能が開花したのかは疑問が残る。だが、そもそもヴィクター・フランケンシュタインだって、ジュネーヴの名士という裕福な家に生まれたからこそ大学にも行け、しかも親の資金で実験ざんまいの生活を送れたわけである。男性だからといって無条件に才能を開花できたわけではない。階級や民族の差が持つ社会の壁がそこにはあった。

二十世紀になるとマリ・キュリーをはじめ偉大な女性科学者がたくさん出てくるし、現在は生命工学や生殖工学に携わる女性研究者は少なくない。そのひとつの証左が「万能細胞」研究やさらに「STAP細胞」騒動であった。そこに多くの女性研究者が登場したことは記憶に新しい。化学の研究者としてヴィクターの後継者でもあったSF作家のアイザック・アシモフが、ロボット物をスーザン・キャルヴィンという女性研究者の回想録として設定したのも、時代の流れと無縁ではないだろう。もっともキャルヴィンはロボットの心理学を担当しているわけで、ハードの部分を作り出したわけではない。ロボットの「母」としての役割が期待されているのでラディカルな設定ではないが、ヴィクターではなくてヴィクトリアが怪物を作り出すのに加担する可能性を示している。

『フランケンシュタイン』をめぐる欧米のフェミニズム批評による父権制批判の多くが、現実社会で男性の地位が優位であることへの批判にとどまってしまった。唯一神を頂点とするヘブライ主義つまりユダヤ＝キリスト教の教義そのものや社会に浸透した宗教システムへの否定や拒絶とはならずに、どこかで「神の子キリストを産んだ母は偉い」というマリア信仰とつながってさえいる。シェリーがこの本を捧げた父親もそして亡くなってしまった母親も、無政府主義者で結婚という制度を批判していたが、娘の将来を考えて結婚をしたのだ。そこには社会制度と妥協をしなくては子どもが不幸になるだろう、という世俗的配慮があった。そういう形で世俗的な価値観が入り込む。シェリー自身も、トルコ人の娘であるサフィーを描くときに、父親のイスラム教のもとだとハーレムに入れられることになりそうだから、母親のキリスト教に救いを求めた、という宗教的な偏見を含む描き方をしている。

ヴィクターは怪物の脅迫によって女性怪物の創造をおこなうのだが、途中で中止して製造装置や実験機材を捨ててしまう。これを人工妊娠中絶と重ねて、科学や医学を支配する男性による女性の妊娠への介入とみなす意見も根強い。これはアメリカの共和党内の保守派が掲げる「プロ・ライフ（生命賛成）」つまり胎児の妊娠中絶反対の意見と近い。保守派は同時に「プロ・ガン」（銃所持賛成）であるのがふつうで、もちろん他国との戦争やそこでの敵の殺戮に反対はしない。生命をめぐって、国民という身内の生命は守るが、他者の生命は守るとは限らないという線引きがある。

またローマ教皇フランシスコは二〇一四年一月に「人工妊娠中絶は使い捨て文化だ」と批難したともつながるはずだ。もっとも同じ教皇が、二〇一五年には、カトリック教徒は「うさぎのように子どもを産んではならない」として多産を戒め、出産に責任を持つようにと諭してもいるのだが、その発言の背景には、教皇の出身地であるアルゼンチンで、人口抑制を目的に政府が避妊薬を無料で配ったという事情があった。

怪物やヴィクターを「男性」と固定して、現実社会でのジェンダーをめぐる問題と関連して読むことは確かにこの小説の解釈に大きな進展をもたらした。だがややもすると、このことは怪物やヴィクター自身の他者性、つまり分からなさに目を塞ぐことにもなりかねない。怪物やヴィクターにおける身体と精神の結びつきを絶対視すると落とし穴が生じる。ウィリアムが怪物に殺害されたことで始まった悲劇だが、フランケンシュタイン家の血筋は次男のアーネストに継がれるはずだ。アーネストが殺害されたという記述がどこにもないし、ウォルトンに怪物を倒してくれと頼むときにも、アーネストの名前は出てこない。とするならば、ヴィクターの告白にもかかわらず、フランケンシュタイン一族の血はどこかに残る。デンマーク王家の一族が死に絶えるハムレットの話よりは多少希望があるのだ。

だが、怪物のほうは単独のまま生まれ、単独のまま死んでいく。小説の最後で怪物の死は必ずしも暗示されていないと指摘したところで、生を受けた者がこの世で死ぬのは不思議ではない。ただあるとすれば、怪物自身が生命の神秘を読み解き、ヴィクターに代わって研究をして配偶者を生み出すだけだ。けれども独学ではそれも難しいだろう。怪物の配偶者や子どもといった存在を描かないせいで、怪物はアダムよりはルシファーという悪魔との類似性を持つことになる。そうした「単独性」のおかげで、怪物を当時のさまざまな現象の比喩として受け止めることが可能になる。それがシェリーの発明に他ならない。

（★2）北極点到達競争はこの小説の発表後百年に亘っておこなわれたので、ウォルトンは先駆的な探検家だったといえる。ただし天体観測からわかる地軸の北極点と、北磁極とはじつは位置が大きく位置が異なる。中世から磁石の島が北にあると信じられていたが、大航海時代にはコンパスの有用性が高まった。一六〇〇年にはウィリアム・ギルバートが「磁石について」という論文で地球を大きな磁石にたとえた。また『ガリヴァー旅行記』に出てくるラピュタ島は磁力で浮いていて移動できる。ヴィクターと同じくインゴルシュタット大学で学んだこともあるフランツ・メスマーが「動物磁気学」を提唱した論文を発表したのは一七七九年のことだった。磁石の力で体内の流体を制御し整えるという発想であり、フランケンシュタインの怪物を動かす根拠の一つにもなりえるものだった。

第2章　魂なき肉体と機械の複製

1　人口統計と数値化の時代

【決定論的因果論】

ヴィクターがインゴルシュタット大学で卒業までに成しとげた公式記録に残る業績は「化学の実験装置の改良」だった。下宿でひそかにおこなっていた生命の再創造による怪物誕生は、もちろん記録には残せない裏の業績となる。怪物が逃げ出したときに机の上に置かれていて無造作に服のポケットに入れたのは、ヴィクターがつけていた記録ノート兼日記だったが、フランス語で書いてあったせいで怪物があとから内容を読めた(ダ・ヴィンチのようにヴィクターが鏡文字や暗号を使っていたら判別できなかっただろう)。

その手記を通じて自分の製造過程をたどり、「父」であり「母」でもあるヴィクターが、自分に対してどのような感情を抱いていたのかを怪物はつぶさに知ることになった。それをおぞましいものと怪物は感じた。ウォルトンへの告白では思わせぶりな表現をとってヴィクターは詳しい説明を避けているが、生命再創造にはどうやら秘密のレシピはなくて、他人でも再現可能な科学の領域に含まれている。ＳＦに対する定義のひとつとなる「実現可能だが、まだされていない」対象を描く設定に当てはまるのだ。ファンタジーが実現不可能なものを扱うのとは対照的である。

とはいえSFとファンタジーの境界線はあいまいで、「充分に発達した科学技術は、魔法と見分けがつかない」とするSF作家アーサー・C・クラークの第三法則に合致するSFやファンタジーもたくさんある。「青いバラ」を自然交配によって作るのは不可能とされ、ドイツ・ロマン派以来到達できないもののシンボルとなってきた。ところがサントリーがパンジーから抽出した遺伝子を結合することで新種を作り出し、二〇〇四年には発売を開始している。こうした植物だけでなく、緑色に光るクラゲの遺伝子を埋め込んで目が光るカイコなど実在するのだ。

ヴィクターは生命の謎を探るために死体が腐敗する様子をじっと見守るし、怪物は納屋から隣人のド・ラセー一家の会話や生活ぶりを観察していた。それが実験をする前の大切な手順となっている。自然や社会現象の観察を通じて、そこに「ルール＝文法」があることを見抜く。そのあとでヴィクターは生命創造の自然科学の実験をおこない、怪物は老ド・ラセーに話しかけるという社会実験をおこなう。「観察→記録（記憶）→仮説形成→実験（実証）」という手順をヴィクターも怪物も採用している。その態度はヴィクターと怪物の告白の両方を書き留めるウォルトンにも共通する。極地をめざすウォルトンもヴィクターをじっと観察して、彼の告白に矛盾や妄想が含まれていないかをチェックする。オーラルヒストリーを書き留める社会学者のようでもある。ウォルトンは極点に到達するという栄誉を得ようとしていたが、自分の現在位置を確認するには、六分儀などを使った天体観測に頼るしかない。そうした観測と観察こそ基本の技だった。

三人の語り手は共通して、「理性の時代」あるいは「科学の時代」とも呼ばれた十八世紀にふさわしく理性的な態度をとろうとする。ところが実際にはさまざまな外部の事情に動かされて、理性と情感と倫理のバランスが崩れる。この三部門を分割してキャラクターへとあてはめる考えもあるが、言葉によって他人の思想や価値観が感染するし、相手の話や表情や態度によって立場が入れ替わるので流動的である。怪物に脅されていたヴィクターがかっとなると今度は怪物がなだめたり、ヴィクターがウォルトンの熱意をいさめたりする。そうした振幅を通じて読者の心を揺さぶるのである。

彼らが共通して信じる理性的な原理を代表するのは数学だった。大学での師であるヴァルトマン教授がヴィクターに忠告したのは、錬金術につながる化学だけでなく、「数学を含めた自然哲学全般を学べ」だった。探検家のウォルトンも冒険のために「数学や医学」を修めていた。スウィフトの『ガリヴァー旅行記』で、航海するには理系の知識が必要だとしてガリヴァーが「数学や医学」を学ぶのと同じである。ガリヴァーが訪れた島をしめす海図にはそれぞれが発見された年号がもっともらしく書かれている。位置や時間の測定に必要な天文学こそが、観察を通じて星や太陽の運動から秩序の感覚と数学を作り出してきた(丹羽敏雄『数学は世界を解明できるか』)。怪物さえも言語を習得するよりも前に、空の太陽や月を区別するなかで、自然のリズムや秩序を学んでいる。

十八世紀には自然哲学のなかへとニュートン力学の体系が入り込み、決定論的な考えが根づいていく。子ども時代のヴィクターはニュートンを軽視して、むしろアグリッパのような錬金術の「隠れた知《オカルト》」のほうに魅了されていた。卑金属を貴金属に変えるとか、死者を蘇らせるという願望である。じつはニュートンも錬金術に造詣が深かったのだが、進歩主義者の勝利を中心にイギリスの歴史を描き出すホイッグ史観のせいで、ニュートンのそうした非理性的な面を覆い隠されていた。当たり前だがシェリーもあくまでも当時の枠のなかでニュートンを理解していた。もっともヴィクターがニュートンの錬金術関連の文書を読もうとしても、ノートや手稿などの全貌が明らかになったのは二十世紀になってからであり、当時は不可能だった。

十七世紀以降の科学や思想に、原因と結果をつなぐ因果関係が一本で結ばれるという論理で組み立てられたニュートンの『プリンキピア』（一六八七）がおよぼした影響は大きい。万有引力によって物体の運動が説明でき、運動方程式によって過去や未来の物体の位置計算ができることになる。ニュートンとともにデカルトやスピノザは、パスカル流の確率に基づく蓋然性ではなくて、決定論的因果論を社会に持ち込んだ（金子郁容『〈不確実性と情報〉入門』）。これが産業革命後の急速な技術発達を促すことになった。

決定論的因果論をとると分解と総合が可逆的にとらえられる。動いている歯車式の時計を分解し、もう一度組み立てて、ねじを巻いたならば元通りに動くのだ。フランケンシュタイン家のあるジュネーヴは、十六世紀に清教徒《ユグノー》の職人たちが迫害を逃れてフランスから亡命して定住し、スイスでも時計産業が発達した場所であった。この影響は看過できない。小説の中で故郷の風景として出てくるフランス国境のジュラ山脈こそ、時計職人たちの工房が広がる場所だった。ジュネーヴには十九世紀から続くパテック・フィリップのような高級時計店もある。この小説に多大な影響を与えたジュネーヴ出身の思想家ジャン・ジャック・ルソーの父親も時計職人だった。そしてルソー自身も十三歳で時計職人の徒弟となり、ひどい扱いに耐えかねて、三年後にジュスティーヌのように閉門時間に遅れて締め出しを食ったのを契機にジュネーヴを出奔する。

そうした知的環境で育ったヴィクターならば、一度神がねじを巻いたらそのまま世界が時計のように動くという理神論の比喩を理解しやすいはずだ。そして人体が時計のような精密なメカニズムで出来上がっているという考えにたどりつく。おかげで、壊れて止まった時計のようになった死体をもう一度組み立てて新しい人間として動かす、という発想ができたのである。しかも、宇宙を巨大な時計と考えると、惑星の運行のように人生や社会の歴史が計算できる。そうであるならば、針を戻していけば天地創造の瞬間(=ビッグバン)までさかのぼれるはず、という物理学の考えは、キリスト教と矛盾するものではなく、むしろ聖書の記述を科学的に説明する。ヴィクターが生命創造の背景に持つ考えでもある。神の天地創造と自分の行為に連続性をみるからこそ、ヴィクターは神の領域に手をのばそうとするのだ。

同時に肉体が精神という原因の具現化とみなされ、「健全な精神」は「健全な肉体」に宿るはずだという錯覚が起きて、観相術のように見た目で判断されるようになる。怪物は世間のことがまだよくわからない子どもは自分への偏見がないだろうと思っていたが、表面的な違いにいちばん露骨に反応するのがじつは子どもだった。ジュネーヴで出会ったヴィクターの弟のウィリアムは怪物を「醜い化け物」とか「人食い鬼」と呼ぶ。またウォルトンは怪物をまじまじと見たときに「均整がとれていない」と特徴を語っている。このときのウォルトンの評価から怪物が「醜い」とみなされる価値基準が明らかになる。要素がおかしいのではなくて、配置がおかしいという「歪み」が問題視されるのだ。こうした美醜の基準も時代や地域で変わるはずなのに、あたかも天地創造の時から定まっているかのように考えてしまっている。

ヴィクターは意図的に怪物の創造に失敗したわけではない。だが、ギリシア悲劇において英雄たちが悲劇におちいる理由が「傲慢《ヒューブリス》」だったように、ヴィクターが神の領域に踏み込んだ傲慢のせいで心が歪み、その歪みが怪物創造に投影されているとみなされる。確かに母型が歪んでいればそこから鋳造されたものが歪んでいても不思議ではない。もしも、ヴィクターが生み出した怪物が不健全な欠陥品だとすると、それは生命のルールをつかみそこねたか、本来のルールがまちがっていたことになる。ヴィクター本人も含めて、多くの人は生命の再創造におけるプロセスの論理的な欠陥を、どこかで倫理的な欠陥にすりかえて納得する。醜い怪物が生じたのは、ヴィクターの「動機が不純だから」とか「心が歪んでいたから」とか「思いが足りなかったから」、という結論は納得しやすいので安心できるのだ。

【人口としての怪物】

ヴィクターが生み出したものは期待に反して怪物になってしまったが、この世に人間を人工的に生むというのは、いったいどういう意義を持つのだろうか。ヴィクターは生命の神秘を解き明かそうと考えただけなのだが、複製品を造ることで、結果として人間の数を増やすことに貢献している。「新しい種の造物主になる」という支配欲も口にするが、自分の下僕や従者を増やしてフランケンシュタイン王国を築きたかった風ではない。あくまでも自分と同じ人間を探究し再現しようとしていた。しかも怪物に脅迫されたとはいえ、一度は「繁殖＝増殖」にも同意している。

配偶者を得たら、ヨーロッパではなくて南アメリカの人里から離れたところで暮らすという契約が怪物と口頭でむすばれる。だがヴィクターは新しい女性怪物のほうがはたして自分が誕生する以前の契約に同意するのかが不安となり、暴走を事前に止めるという口実で「流産」させてしまう。まさに神と人との新旧の契約をめぐる書物が聖書だったことを思い出させるし、イヴ＝パンドラにつながる裏切る女としての姿が書き込まれている。

そして、ヴィクターの女性への嫌悪からこの流産がおこなわれたとみなし、支配する以外に女性を愛することができない男性としてのヴィクター像をひっぱりだして攻撃するのは、それほど難しくはない。そして「科学は人間味がない」とか「科学は冷たい」といった紋切り型の結論を導いたり、ヴィクターを「理系オタク」とか「キモイ引きこもり」と怪物視したところで、事態は何も解決しないのだ。「怪物のほうが人間らしい」といったよくある意見も、じつはヴィクターを怪物視する判断とつながっている。怪物視する相手を変更しただけであり、悪の所在や責任を誰かに押しつけて納得して終わるのだ。悪が複数の人間関係のなかで醸成されていくとか、他ならない論じている自分も間接的に関与する当事者だとみなさなずに、裁判官や弁護士のように「客観的」に裁断してしまう。

ヴィクターは復讐心から男性の怪物も殺そうとする。ヴィクターが中止したのは女性怪物の創造で、後に続く繁殖を恐れている。実験室のフラスコや容器のなかではなく、「自然な状態」で次世代が誕生するには、子宮と胎児がつながるへその緒が必要となるわけだが、はたしてその機能が備わっているのか、という疑問が生じる。怪物は、配偶者となる女性怪物が誕生して初めて男性にジェンダー化できる。ところがジェンダー化が言葉の上ではなくて、身体のレヴェルに達すると、『フランケンシュタイン』という小説は口ごもってしまう。ヴィクターというよりも作者シェリーこそが、その点に触れるのを避けるように「流産」させてしまったのだ。

もちろんヴィクターの処置から女性嫌悪を読むことはできるが、そこに、生物としての人間の繁殖とその制御、さらにイギリスの植民地との関係、人種や民族問題もからんでくる。ヴィクターの生命創造の背後に「人口（ポピュレーション）」にまつわる問題が横たわっている。もちろん人口をどう考えるかは、少子高齢化の日本においても重要となっている。対策として、出生率の上昇、移民の受け入れ、経済の活性化と国力の増強、労働の機械化や効率化、安価な食糧の供給や税金の軽減などが提案されるが、二百年前のイギリスにおいても人口は議論の対象だった。つまり、『フランケンシュタイン』が今も私たちに戦慄を与えるのは、近代社会を作る人口をめぐる課題が未解決のままのせいでもある。

この当時は、植民地アメリカを喪失したあと、隣国フランスでの革命騒動があり、十九世紀への転換後に起きたいわゆるナポレオン戦争のなかで、一八〇六年の大陸封鎖令が出てイギリスは窮地に陥っていた。ヴィクターのふるさとであるジュネーヴがスイスに帰属するのも、ナポレオン戦争の後始末をしたウィーン会議による。ヴィクターや怪物たちはそうしたヨーロッパの同時代史に左右されている。小説の舞台は用心深く十八世紀末におかれているが、初版が一八一八年に発表されている以上、思わぬ形で当時の世相が入り込んでいる。

しかもイギリスでは一八〇一年に第一回の国勢調査《センサス》がおこなわれた。これはアイルランドを併合して連合王国が誕生した年でもある。この時の調査結果の記録は部分的にしか残ってはいないが、教会の洗礼、結婚、葬式の記録から過去をたどるのとは異なり、現状をしめすデータである。たとえば北ウェールズのアングルシー島にある村の記録からは、「郷士」は核家族でたくさん召使がいたり、職業が「炭鉱夫」であっても家族のなかに召使がいる一家があったりと当時の家族構成がよくわかる。

こうした人口統計が記録されはじめたのには、一七九八年のマルサスの『人口論』の影響があった。食糧は段階的な「等差数列的」にしか増えないが、人口は倍々ゲームとなる「等比数列的」に増えるとマルサスは考えた。その差が貧困を生み出し、ひいては国内で社会問題化するとみなした。そこで「貧困層の産児制限」によってこの危機を乗り切ろうと提案する。総人口の抑制策だが、この場合にはとりわけ貧困層がターゲットとなる。だとすると、ジュネーヴの名家の息子であるヴィクターが、イギリスの死体から作り出した女性怪物を「流産」させたのには、人口問題のために貧困層を排除しようとする当時の意図が隠れているのかもしれない。しかもヴィクターが作った怪物そのものが、世間に公表できない「私生児」だったととらえると、復讐にいたる愛憎関係の一端も理解できる。(★3)

ナポレオンの大陸封鎖令によるヨーロッパとの通商の断絶は、食糧輸入国であるイングランドにとって自給をせまるものだった。農具の改良などの「農業革命」と呼ばれる変化がすでに起きていたが、これによって食糧不足が現実的となった。その観点からすると、怪物の食事の変化は興味深い。怪物は最初木の根や木の実を食べていたが、物乞いの残していたたき火から調理を学ぶ。さらにチーズやミルクを農民から奪うことで飢えをしのぐ。ド・ラセー一家の食べ物をくすねることが彼らの生活を困窮させることに気づくと木の根などの食事に戻る。そしてヴィクターに自分は「子羊や子ヤギを食べたりしない」と肉食を否定し「ドングリや野イチゴで足りる」とまでいう。明らかに菜食原理主義者である。

怪物は家畜のように草食化しているが、同時に当時の社会で十分に肉を食べることができない貧困層の食事状況に近い。何よりも畑のものを食べていない。だから怪物がヴィクターに話す「南アメリカ」という海外に行ってしまう計画は、国内での人口問題に対する解決策の提案となる（まるでアルゼンチンのパンパで育つ牛のようだ）。海外への植民を後押しする理由はマルサスが憂慮した食糧不足と人口増のギャップにあることは間違いない。もうひとつの理由が海外の資源や領土を求めた冒険的な侵略だが、そちらの欲望は極地を求めるウォルトンというイギリス人によってはっきりと表現されている。怪物とヴィクターの話とウォルトンの話は補完的なのだ。

2　ラッダイト運動と機械嫌悪

【労働力と怪物】

もしもイギリスに怪物がいて「人間」として認知されていたならば、国勢調査が及んだ場合にどのカテゴリーに入れられたのだろう。男女の別ははっきりとするかもしれないが、家族を単位とする調査なので単独者は含まれない。だが怪物を労働の担い手とみた場合に、召使や農業労働者に入る可能性も考えられる。もちろん実際には労働に従事していないので、「浮浪者」や「アウトロー」の仲間とみなされるはずだ。

怪物はヴィクターによって人間の複製として作られた。伴侶の製造をヴィクターに求めるときに、他にはない「ユニーク」ぶりや「孤独感」を強調するが、それ自体が複数化できないという怪物自身の逸脱性を示している。もしも芸術作品のように唯一無二の存在だとすると、何らかの類似のカテゴリーに組み込まれないし、それでは人間社会で暮らすことはできない。国勢調査から外れる人間は、この小説のなかでは物乞いや通りすがりの者として影のように存在していても、キャラクターとしては登場しない。そのため「怪物」そのものが、そうした社会から見えない人々を表す存在となっている。

もちろん社会的な偏見は怪物にだけ向けられたわけではない。怪物が最初の殺人の罪を結果としてかぶせたのは、フランケンシュタイン家の召使ジュスティーヌだった。彼女が犯人とみなされたのは、階級的な偏見に基づく。三男のウィリアムが行方不明になったとき、探しに出ている間にジュネーヴの「市の門」が閉ざされて、市内に帰れなかったので農家の納屋へと無断で泊まった。怪物が隠れたのと同じく納屋である。しかも城壁で市民と農民が分離されているのだ。彼女が寝ている間に、怪物がウィリアムから奪った亡き母親の肖像画を、こっそりとジュスティーヌのポケットに入れておいたせいで犯人扱いされる。とりわけ市の外で誰にも知られずに一夜を過ごして帰ってきた若い召使の娘なので、いろいろな想像がなされたのだ。

肖像画を持っていた物証に加えて、偏見に満ちた扱いを受けたのには彼女の出自も関係する。ジュスティーヌは父親のいないモーリッツ家の四姉妹のひとりで、それに同情してヴィクターの母親がエリザベス同様にフランケンシュタイン家へと迎え入れた。だが貴族の娘とされるエリザベスとは異なり、ジュスティーヌはあくまでも召使であって、階級を超えることはない。しかも階級には不相応の教育を受けたことがエリザベスの手紙で語られる。彼女はジュネーヴの名門フランケンシュタイン家の権勢に一応守られてはいるが、カトリックの信仰を持つので、最終的には信念や意見も異なる。ジュネーヴのプロテスタントの市民から見れば、この召使がおこなったのは主人の一家の息子を殺害する犯罪である。ジュスティーヌは裁判にかけられるが、そこでの裁きは状況証拠にもとづくもので、エリザベスたちの擁護の発言にも関わらず、彼女自身の自白が決め手となって、正義はなされずに死刑判決がでる。

当然ながらヴィクターは怪物が殺人の犯人だという真相を知っていたわけだが、怪物創造の悪事がばれないように秘密を守ることで、ジュスティーヌを絞首刑へと追いやってしまう。ヴィクターのような保身からの沈黙は、魔女狩りからユダヤ人殺害まで歴史において何度も起きたことにつながっている。しかもヴィクター本人のジュスティーヌに対する階級的な偏見も含まれていた。もしも許嫁のエリザベスが容疑者になっていたならば、ヴィクターたちの態度も変わっただろう。怪物への偏見を醸成する枠組が、すでにジュネーヴ社会にはあったわけなので、同じ人間どうしでも偏見や差別が生じるのだから、単純に「人間」対「怪物」といった区別では説明がつかない。

では怪物本人は何を基準にして自己認識や階級意識を持ったのかといえば、インゴルシュタットから遠くない森のなかで、ド・ラセー一家が借りていた家の母屋とつながる納屋に隠れ家を見つけたおかげだった。怪物は一家の生活を観察し模倣する中から自己を形成をしていく。フェリックスがサフィーにフランス語を教えるのに使ったヴォルネの『諸帝国の滅亡』によって、大雑把な世界の歴史とともにじつはそれなりの偏見も身につけたのだ。アジア人は怠惰だとか、ギリシア人はすぐれていたが、ローマ人は堕落していった、という類の世界像を教え込まれる。そうしたなかでも、新大陸のある西半球の発見とそこの先住民にもたらされた過酷な運命を、サフィーとともに怪物は知ることになる。

こうして怪物はマイノリティとしての自分を発見する。そしてフランスからの亡命者となったフェリックスたちの境遇に同情し、まき割り仕事を代っておこなったりする。怪物がここでやっているのは、共感にもとづく一種の奉仕や無償のボランティアに近い。ド・ラセーの一家がフランスでは裕福だったのに、サフィーのトルコ人の父親をめぐる騒動に巻き込まれて国外追放で貧しくなり、海外で貧しく暮らすことへの同情に基づく。怪物は自分の境遇と彼らの境遇を重ね合わせる想像力を身につける。怪物は自分の生存に必要なこと以外の行動によって社会参加の体験をするのだ。

ただし怪物がおこなった労働はフェリックスたちからは見えないので、ファンタジーに出てくる妖精の仕業と理解された。彼らが目に見えない怪物の労働に助けられているのは、別の見方からすると怪物を搾取しているともとれる。片方からだと魔法や絵空事に思えることが、他方からすると現実的な背景を持っている。もちろんその現実とはあくまでも小説内で通用する現実で、小説外の出来事や法則とはズレているのだが、フェリックスたちからは見えない力の作用とされるものが、じつは怪物の見える労働に支えられていると描かれている点は注目に値する。

ヴィクターの研究と怪物創造は勤勉のたまものだった。その意味でジュネーヴ生まれのカルヴァン主義的な勤勉さがヴィクターに根づいている。ただし彼が実験をおこなう下宿には下僕がいて、家事労働を代わりにおこなってくれていた。日常の労働をめぐっては、外枠を語るウォルトンの世界にも理想と対立する形で現れる。ウォルトンは冒険家になるために学問を習得した以外に、捕鯨船に乗り込んで見習い航海士として労働した。そして、現在の探検船の船長は、同じイングランド人でウォルトンの野心に理解はあるのだが、探検を続行しようとするウォルトンに対して、船員たちは反乱を起こそうとする。

もしも当時の社会が怪物を組み込もうとするならば、召使や下僕や船員といった下層の労働力としてだろう。ヴィクターが最初に女性怪物を作らなかったことで、労働の担い手である「男性」としての怪物像がはっきりしてくる。社会の役割に組み込むためにはジェンダー化がどうしても必要となる。怪物は男に生まれたわけではなくて、さまざまな経緯を経て、心理上のファロスとしての男性を意識するようになった。それがウィリアムに対する発作的な暴力の一因ともなる。ヴィクターが神の技を不完全に模倣したように、言語習得や実体験から、怪物も人間の男性のふるまいを不完全に模倣してしまったのだ。

【機械嫌悪とラッダイト運動】

八フィートの背の高さを持つ怪物のような人物が、労働力として人間社会に入ってきたらどうなるのかを想像すると、人々が怪物におびえる理由もわかってくる。粗食で働くので経費も安くてすみ、体は大きいのに高い山の崖を素手で上るほど俊敏なので肉体労働を軽々とこなすだろうし、知性があって言語も理解して字も書けるしとっさの判断力も持っている。それでいてへそのない機械的な人工物で、複製された「機械」そのものなので、たとえ怪物を暴力的に破壊しても「殺人」にはあたらない。なんとも便利な労働者に思えるが、現在の低賃金の移民労働者や産業機械の導入と同じであり、それまで下層労働者階級の人々がおこなっていた単純労働を低コストを理由に奪うことになる。

しかもこの延長上に兵器としての怪物像が出てくる。弾丸や盾としての兵士や武器や食糧の輸送という兵站を担う低コストの労働力として怪物が便利に思える。フランス語が話せるので言葉で命令できるし体力もある。容貌は戦争となると敵を脅すのに有利にこそなれ決して不利ではない。ナポレオン戦争はヨーロッパ中に戦闘が起きる可能性を思わせた。イギリスが一八〇一年に国勢調査をおこなったのも、国内に潜在的にどれくらいの数の労働力や兵力がいるのかに関して正確なデータが欲しかったせいだった。フランケンシュタインの怪物が登場することで、男女による自然繁殖によるのではなくて、死体から新しく大人の労働者や兵士が作り出せるなら、きわめて効率の良い人口増＝国力増強の方法となる。子どもが大人に成長するまでの経費や時間や教育が不要なのだ。この辺りの事情を見事に描いたのが、伊藤計劃と円城塔による『屍者の帝国』であった（これは第8章で詳しく扱う）。

すでに怪物のなかに現在のＳＦ小説や映画につながる姿があるのだ。「フランケンシュタインの軍隊」が原題である『武器人間』（二〇一三）という映画が、第二次世界大戦を舞台に身体と武器を合成した悪夢のような人間を登場させたのは、大量殺戮した死体の再利用の悪夢が横たわっているからだ。また、『トイ・ストーリー』（一九九五）で隣人のシドがおもちゃを壊し、そのパーツをつなぎあわせて不気味な新しいおもちゃを作り出している。これもつぎはぎになった機械が持つ不気味さを表すものである。

怪物に対してＳＦ作家のアイザック・アシモフが「フランケンシュタイン・コンプレックス」と呼

んだ心理作用が生じてくる。機械の台頭への恐怖であり排除する気持ちである。それは機械やロボットに対する劣等意識と、人間の優位の意識が入り混じっている。ユダヤ系ロシア移民の子であるアシモフがボストンなどのアメリカ東部で体験した差別や冷ややかな視線がそこに含まれている。人間の側が機械やロボットに論理的に敗北したことを倫理的な優位によって補おうとするときに生じる心理作用でもあった。「C／Fe」というのがアシモフが提案した人間とロボットの共生のスローガンだった(『鋼鉄都市』)。それぞれの元素記号が炭素からできている人間と鉄からできているロボットであり、間の「／《スラッシュ》」が異なる要素の共生をしめす。

アシモフが考えるフランケンシュタイン・コンプレックスは、シェリーが執筆した当時の「ラッダイト運動」とのつながりを連想させる。産業革命による機械化が始まって、繊維産業の多くの職人たちの職が奪われた。その対抗手段がネッド・ラッドが主導したとされる機械破壊運動だった。一八一一年から一三年にかけてイギリスのあちこちで起きた抵抗運動で、まさに『フランケンシュタイン』の背後にあるものだった。

しかもロマン派の詩人たちはこうした動きに同情的だった。『フランケンシュタイン』誕生のきっかけとなったスイスの別荘を提供した詩人のバイロンは貴族として国会議員でもあり、一八一二年に靴下編み機を破壊するのを防止する法案の採決において、議会で反対する演説をおこなった。法案は破壊者に死刑を宣告できる内容だったので、到底受け入れられなかったのだ。しかも「ラッダイトのための歌」と題する詩を書き、「自由に生きるか、戦って死ぬかだ」と扇動した。またシェリーの夫のパーシーも「無政府主義者の仮面」のように政府による暴動鎮圧のための虐殺に抗議する詩を一八一九年に書いたりした。
ラッダイト運動をめぐっては、「怪物＝機械」であるとともに、「怪物＝機械を破壊する暴力的な行為者」ともなる両義性を持つ。つまり機械も脅威だが、機械を破壊する者も脅威とされるのだ。『フランケンシュタイン』という小説が示唆的なのは、怪物がヴィクターやその家族や友人を殺すのは、単なる機械の暴走による殺害だけではない点である。人間が作り上げた社会的な制度や関係性を壊そうとする暴力でもある。しかも機械ならスイッチで動力源を止めるとそれ以上は動かなくなる。ところが生物にはそうした外部スイッチはついていないので、負傷させたり殺害する以外にその行動を阻止できないのだ。

たった一人の怪物を人間一般への反逆者として取り上げるだけでは、それほどの脅威とは思えない。機械化や近代化がもたらす労働強化を描いたチャップリンの『モダン・タイムス』（一九三六）には、ベルトコンベアーを流れる製品のボルトを締める労働に従事し速さの追及をさせられる労働者や、仕事中に食事ができるための機械などが登場した。トイレの中の監視カメラなど先駆的な技術も表現され、人間疎外や人間の機械化の例として教科書などにも取り上げられるが、映画のなかでのチャーリーは、そこからの逃走する以外に解決手段はない。

ではそうした疎外する機械ではなくて、介護ロボットのような存在なら平和でかまわない、という主張もありえる。たとえば『素敵な相棒——フランクじいさんとロボットヘルパー』（二〇一二）のように、身の回りの世話をするだけでなく、老人に生きる意欲を持たせるロボットが登場する映画もある。結果として主人公の泥棒稼業を手伝うというコミカルな形で機械と人間の共生が語られる。疎遠な家族よりも、身近なロボットが役に立つというわけだ。だがこれは引退した老人と介護もできるロボットとの関係だから問題が生じなかった。もしもフランクが元介護職員だったのならば、自分の後輩の職が奪われた上でロボットと共生するのは笑い話にはならない。グローバル化が進む現状では、外国人労働者だけでなく機械も潜在的な脅威としてとらえられる。

人間の機械化ではなくて、介護ロボットのように機械の人間化が進む。単純労働ばかりか、複雑な職人技が次々と「エキスパートマシン」として機械化され自動化される。もはや大量生産の現場でボルトを締める作業はロボットの仕事になっている。工場の無人化が目標となる。しかも無人になるのは生産工場だけではない。ブルドーザーなどを生産するコマツ(小松製作所)は、GPSで世界中の重機の稼働を把握するだけでなく、無人重機を開発して投入し始めている。アメリカは無人爆撃機をパキスタンで稼働させた。たとえ下から攻撃されて墜落しても人的被害はゼロとなる。ゲーム感覚で遠隔操作するだけなので、担当の兵士が爆撃などに加担をする際の罪悪感を減らすという効果があるし、爆撃中に死亡した兵士の家族への慰謝料や遺族年金の支払いを考えると、無人にするのにはある種の経済的な合理性があるのだ。

しかも「機械との競争」(エリク・ブリニョルフソン)にさらされるのは、ベルトコンベアー上の単純労働をする労働者階級ばかりでない。言語を習得し、読書ができ、文字も書ける怪物の知性は、中間層に対抗できるものだ。つまり人工知能の根底にフランケンシュタインの怪物がいるといってもよい。過去と現在の情報が集まったビッグデータを解析して機械学習が利用できるようになると、書式というテンプレートが存在する書類作成などがプログラムで代用できる。アメリカではスポーツの試合結果を書くプログラムが登場して新聞の記事が配信されている。過去の記事を機械学習すれば表現などの工夫もたちどころにできてしまう。名コラムニストの文体に似せて試合を講評することだって不可能ではない。読者や顧客は文章や書類の向こうに人がいるのか機械がいるのかを気にしない。少なくともホワイトカラーの数が以前よりもずっと少なくてすむ。離れたところから機械を管理するだけでよくなるせいだ。

怪物が目の不自由な老ド・ラセーに接近してコミュニケーションをとるのは、当時としては直接対面するしか方法がなかったせいである。あとは壁ごしに声だけで話す手もあって、老ド・ラセーは視覚の点で怪物を認識できないので、視覚の壁ごしに会話をしたのだ。ドイツの森のなかでフランス語を聞いたせいで老ド・ラセーが感激したように、声だけでやりとりをして時間をかけてもっと説得した上で怪物は接触できたかもしれない。声だけのやりとりで相手が人間なのかを判断するのは、人工知能がはたして可能かを確認する「チューリングテスト」ともつながる。適切な応答がおこなわれると、壁の向こうに人間がいるかのように錯覚してしまう。

しかも声よりは文字のほうが偽装が簡単である。直筆ではなくて印刷になるとますます文字を書いているのが本当は誰かなどわからない。通信技術の発達によって業務のアウトソーシングが可能となり、事務職だけでなく弁護士や税理士などのかつては花形職業だった層も失業率が高くなった。書類仕事が大半ならば効率化によって固定費となる人間が削減されるのだ。そこまでいかなくても、ネット上のように録音された機械的な音声や文字の指示に従って、番号を押したり入力して望みのものを手に入れるのは、日常的な行為ではないか。そもそも『フランケンシュタイン』を読んで、そこに怪物やヴィクターといったキャラクターがいるかのように把握すること自体が、文字による錯覚に基づいている。

【パーツ化とつぎはぎの怪物】

つぎはきの怪物の身体は、手足や頭など人間のパーツを組み合わせてできあがっている。それは現在のインターネットやLANで結ばれたシステムが、離れた場所にある複数のパーツやユニットを縫合してひとつに機能することに似ている。ラッダイト運動のように人間の暴力で機械を破壊しても、すぐに交換したり修復されるのだ。怪物を殺すことが個々のパーツを壊す結果しかもたらさないならば、機械を破壊してもシステムが残存する限り修復される。

ヴィクターによって死体を集めて作られた怪物は「魂」を持たないのだから、はたして死肉に人間の法が及ぶのかは疑問である。またペットや車が他人に被害を与えても、それは所有者が責任をとるべき事故だろう。殺意を認定する「事件」にはなりえない。人間ではないのだから「法」を逸脱したとしても、怪物はジュスティーヌのように逮捕されたり裁判にかけられることはないのだ。

二〇一四年十一月に東京の新宿歌舞伎町でロボットアームがカードを配っていた「アトム」という非合法のバカラ賭博の店が摘発された。客やオーナーは賭博罪で逮捕されたが、ディーラーを演じた台湾製の千八百万円のロボットアームは証拠品として押収されただけである。もちろん道具を裁くことはできない。せいぜい解体したり売却するのがオチだろう。

この場合客から見ると、物珍しさだけでなく、人間の外に立つからこそ機械が公平に振る舞うと思える点が重要だった。すべての賭博機械がそうであるように、オーナーに都合よくプログラムが改変される可能性を持つし、機械だからこそ確率の公平性を保証するという期待を与えたのだが、その裏でディーラーが一人職を失ったのかもしれない。

怪物のバラバラの寄せ集めの身体の姿に、しだいに機械化されてシステムに取り込まれていく自分たちの姿を投影してしまう。それが「フランケンシュタイン・コンプレックス」の複雑さを生む。怪物へと反発する根底には、自分たちの外部と内部とが変化していき、その境界線が不確かになり侵犯されることへの不安がある。

とりわけ頭脳労働と肉体労働の分離は近代産業の効率的な発展にとって必要な措置だった。そのギャップがもたらす悲劇は、怪物がもてあました知性の問題として登場する。田村隆一の詩になぞらえるなら「言葉なんて覚えるんじゃなかった」という苦悩である。ハムレットの「言葉、言葉、言葉」という嘆きにも近い。ヴィクターは作る側である頭脳労働の側にいるが、怪物はあくまでも肉体労働の側にいる。彼が持っている知性や知識を活かすことができたのは、連続殺人をすることや、ヴィクターを監視するためにヨーロッパじゅうを追いかけたり、泣き落としをして女性怪物を作らせるように説得したり、その後のヴィクターからの逃亡の旅だけだった。

バラバラの身体の上に苦悩するだけの知性を獲得したせいで、怪物は肉体嫌悪に陥る。容貌が醜くて差別されるという美醜の問題だけが怪物を苦しめるのではない。いくら考えても、肉体で示される境遇や環境と、自分の過剰な自意識との折り合いがつかないせいである。ハムレットに「おお、このあまりに汚らわしい肉体が溶けてしまって、滴になってしまえばいいのに。自殺を戒める掟を神が定めなければよかったのに」という独白がある。ここに描かれた精神と肉体とが齟齬をきたす苦悩は、怪物も共有しているのだ。

怪物がとるべき態度のひとつは自分が持つ知性や知識を使って事態を打開することだが、怪物には理系的な知識が欠けている。ヴィクターと異なり彼は徹頭徹尾いわゆる文系人間である。ここに悲劇の一端があるのかもしれない。科学的な知を恐れてその暴走について杞憂を語る者が、要するに相手の主張や原理をよく理解していない場合がある。確かに怪物は言語を学び、会話や書物が理解できるようになった。だが、フェリックスがサフィーに教える過程で共に学んだものは『諸帝国の没落』だったし、森で拾った本は『失楽園』、『若きウェルテルの悩み』、『プルターク英雄伝』というラインナップである。こうした歴史書や詩や小説は当時の文学青年が納得する内容ではあるが、どれもが実践的な知とはほど遠い。これでは怪物が自分の身体を改造したり、生活を打開するのに必要な知を習得するのは無理である。知の内容がアンバランスなのだ。

怪物がもしもダランベールやディドロが編纂した『百科全書』を読むことができたのならばどうなっただろう。「技術と科学に関する普遍的な百科全書」が正式タイトルで、一七五一年から一七七二年にかけて刊行され、その後補遺も出た。もちろん怪物も読めるフランス語の本である。桑原武夫が編纂し抜粋した岩波文庫版には、「哲学」や「体系」ばかりか「自然状態」や「自然法」といった項目が採用されていた。これを知っていれば、怪物はもっと能弁にヴィクターに向かって人権や法的根拠を語れたかもしれない。何しろ「親権」という項目さえある。さらに「力学」や「技術」や「美」という項目に触れていたら怪物は考えをいろいろと変えたはずだ。のちに『百科全書』に追加された

「工兵学」や「築城術」といった軍事的な項目を読めば、ヴィクターたちとのやり取りを戦略的におこなえた可能性さえある。多くの項目から医学や化学や生物学へと関心が向かったかもしれない。

科学的な知を持つヴィクターが、フォーマットやルールを作る側にいるのに対して、独学で体系的な知識の足りない怪物はいつまでもその外に置かれて、受動的な立場にいるしかいない。機械化されるとは、永遠に「メーカー」の側に立てないことを意味する。それが怪物を苦しめる元凶となる。そして、怪物に自分の姿を投影する者たちは、こうした変化は枠組みやシステムを作っている側が引き起こしている点に気づいて、悲劇的な怪物の運命を将来の自分の姿とみなして余計におぞましいと感じるのだ。

怪物が反社会的なのは、彼の知性や知識の取得方法が独自であり、きちんとした教育を受けなかったせいでもある。納屋に引きこもって学んだのは、社会的な対応物のない一方的な知識である。怪物の姿を見ると逃げ出したり攻撃してきて、何も事情を知らないのに「悪鬼」と決めつける人間たちの反応を体験してしまった。納屋に逃げ込んだ理由がそもそも社会からの逃避にあった。

啓蒙主義が目指したのは、教育を平等に受けさせれば、平等な市民が誕生するという理想だった。実際には階級や人種やジェンダーによる教育の差別はあるし、ジュスティーヌやサフィーが体験しているように、召使は主人のように保護されないし、トルコ女性は結婚という形でしかヨーロッパ社会に組み込まれない。怪物は自分が持っている知性を、苦悩する文学青年的な方向にしか展開できなかった。それがフランケンシュタインの怪物の限界なのである。つぎはぎだらけの身体を持ち、一定の知性と偏った知識を持った怪物が「復讐」に向かったことが悲劇なのだ。怪物を稼働させたのはヴィクターかもしれないが、怪物に育て上げたのはさまざまな条件や出会いや体験だったのである。

(★3)国勢調査の一八〇一年という年号に呪縛されたもうひとつのゴシック小説として、エミリー・ブロンテの『嵐が丘』(一八四七)をあげることできる。なにしろ冒頭が「一八〇一年。」であり、十九世紀の始まりを告げているが、そこで語られるのは十八世紀の物語となっている。田舎暮らしの休暇を求めて家を借りたロンドン子が、館にまつわる過去の因縁を伝え聞くという話だ。二世代にわたる愛憎の物語は『フランケンシュタイン』と並んで凡百な小説から抜きんでた魅力と影響力を持つ。そしてフランケンシュタインの怪物と他所から拾われてきて力を持ったヒースクリフを結びつけることさえできる。

第3章　境界線上の怪物

1　母性という呪い

【ヴィトロからヴィヴォへ】

ヴィクターが怪物を作り出したときに「母」を介在しなかったので、ヴィクターも怪物も自分たちを聖書における神とアダムの関係つまり「父―子」関係になぞらえて安心しきっている。人口生命体ともいえるのだが、それでも製造において「子宮」に当たる装置や空間が必要となる。それがヴィクターの実験室だった。ただし下宿をそのまま実験室にしていたので、化学実験にいそしむシャーロック・ホームズのベーカー街の下宿をどこか連想させる。

ふつう実験室の意味でつかわれる「ラボラトリー」は中世ラテン語で仕事場を指す語だったが、ヴィクターの作業は大学には知られずに進行した。ヴィクターの作業は錬金術でガラス製のフラスコやレトルトを使って人造人間を作ったのに似ている。容器や密閉空間に「禍々しい」イメージが付きまとうのは、ガラスや金属の容器の内側や壁の向こうで、現実世界から切り取った物質が変容するせいである。混ぜた物質が「化学的な変化」を始めて、異常な成長や変質をして暴走する不安をかきたてる。自然界にある卵やサナギといった容器がこうした変容のイメージの原型だが、R・L・スティーヴンスンの『ジキル博士とハイド氏』（一八八六）でも、奇妙な扉の向こうの室内でおこなわれているのが、薬による紳士から殺人鬼への変身実験だった。

生命科学では、試験管で組織を培養したりするのを「イン・ヴィトロ（ガラスのなか）」と呼び、組織や薬物を実験動物などに注入して反応を見る「イン・ヴィヴォ（生命のなか）」と区別する。「イン・ヴィトロ」なら条件がコントロールされた環境のなかにあるし、必要ならば栄養を絶つことで実験体を殺すこともできる。それに対して「イン・ヴィヴォ」になると予想もしない反応があり、データをとりながら様子を見るだけなのだ。さらにその先の段階に人間を使った臨床による効果の確認がある。

怪物を作り上げるときにヴィクターは素材を化学的に合成したのではなくて、死体や素材を縫合したわけだから、針仕事もそこに入っていたはずだ。どこか女性の仕事にも思えるが、革の馬具や靴職人や服の仕立て屋にも必要で、ジェンダーを超えた技術である。ヴィクターは原理を追及するのに忙しく、外科医としての技量を持っていたわけではなさそうだ。ただし人体の構造を極めるために解剖学は修めたというので、死体を切り刻むのは得意だったのだろう。生きている患者に対する外科手術は麻酔が普及する十九世紀半ばまでかなり苦痛を与えるものだった。しかも傷口から菌が入り壊疽になりやすかったので、手足を切断する大雑把な外科手術が一般的だった。死体相手ならばヴィクターは存分に腕をふるうこともできたはずだが、「醜い」怪物を作り出したのは、手先が不器用でつぎはぎ仕事がうまくいかなかったせい、という即物的な解釈も可能となる。

いずれにせよヴィクターの実験室という「死」から「生」へと変容させる作用を持った部屋《セル》のなか

で怪物は作られた。これは「イン・ヴィトロ」の段階といえる。そして生み出したものに嫌悪したヴィクターが部屋からいなくなった隙に怪物は外へと踏み出したことで、社会や現実の生命と関与する「イン・ヴィヴォ」の状態へと転じたのだ。シミュレーション小説としての『フランケンシュタイン』はじつは部屋の外にでるところから始まるわけだが、「実験室」から何かが逃げ出したり、盗まれたりすることで社会に影響を与えるというパターンの作品は枚挙にいとまがない。盗まれたMM-八八菌が蔓延する小松左京の『復活の日』(一九六四)だとか、新種のインフルエンザウィルスが研究施設から漏れるスティーヴン・キングの『ザ・スタンド』(一九七八)のように社会的な問題提起をする作品も多い。もっともこれはシェリーのもう一つのSF作品『最後の人間(邦題・最後のひとり)』(一八二六)での人間だけを殺す謎の疫病が蔓延して人類が滅びる話の焼き直しにも見えるので、そちらの系譜なのだろう。(★4)

母のいない人工物としてへそを持たない怪物は、母との関係の記憶が欠けているが、そのこと自体を疑問に思わない。怪物にとって母の不在は自然な状態だからだ。だからこそヴィクターという父親を求めるようになる。そして怪物の記憶の欠如を補ってくれるのは、ヴィクターが残した記録だけである。そこに真実があるように怪物は思いこんでしまう。『失楽園』を経由した聖書によって「男が男を作る」という神話に支配されているので「イヴを求める」怪物の伴侶を得るという発想のなかに、モデルとする母の姿はない。

ヴィクターと怪物の関係が「父-子」関係に特化されているにもかかわらず、いやむしろだからこそ、「母-子」関係が随所に登場する。『オイディプス王』や『ハムレット』以来両者は相補的な関係にある。オイディプスは自分でも知らずに父殺しをしており、ハムレットは父殺しの犯人を探すのだ。父の呪縛のかたわらに、母の呪縛がある。オイディプスは母と同衾するという大罪をおかし、ハムレットは母の寝室に入り込んで、不貞を責める。

そうした劇的な展開をこの小説は持たないが、ヴィクターには「母の記憶」が満ちている。猩紅熱で母親が亡くなったあとにも夢のなかで出会うのだ。そして家族や友人が殺されると墓前で怪物への復讐を誓って、それまで追われていたヴィクターが、一転怪物を追うハンターとなる。ローヌ川から、タタールの地、ロシアの平原、さらに極地まで怪物を追いかけながら、旅の途中で夢を見ることが人間の権利であるかのように、ヴィクターは家族の夢を見る。夢のなかではすべてが幸せに満ちている。だがヴィクターの追跡を誘導している怪物のほうは、家族の夢を見ることはできない。

まさに「怪物は母や家族の夢を見るのか？」であり、その問いかけこそがフィリップ・K・ディックの問題作『アンドロイドは電気羊の夢を見るのか？』(一九六八)の原型となる。アンドロイドたちが羨望したのは人間が偽ではなく本物の記憶を持っていることだった。そこにあるのは、へそを持つ人間たちが独占している「思い出」への嫉妬心である。もちろん人間にとっては、ヴィクターの場合がそうであるように、過去の記憶は自分を苦しめる要因ともなるわけだが、持たない者にとってはたとえ最悪の種類のものであってもうらやましいのだ。

【母としてのヴィクター】

ヴィクターが怪物を自分のコピーとして作った際に欠如していたのが、実体としての「母」ではなくて「母性」だった。どうやらそれが大きなつまずきとなっている。怪物の創造者であるヴィクターは母親の愛情のもとで育ったことを読者に自慢する。だが母の死と引き換えに大学へ入り、そこで生命創造の研究へと向かう。だから失われた「母」を作ってもよかったはずなのだが、彼が作ったのは「男性」の怪物だった。ただし「母型」あるいは「母胎」となる怪物創造の装置や手段は完成した。一度は作り上げた実験設備とその手順があるからこそ、スコットランドのオークニー諸島の北の端のいちばん辺鄙な島にいても女性怪物の創造が効率よくできたのだ。

インゴルシュタット大学近くの下宿の実験室と同じく、他人との交わりがすくない「孤島」が舞台となったことが重要となる。生活苦の住民たちは他人に関心を持たないのが、ヴィクターにとって都合がよいのだ。これはシェイクスピアの『テンペスト』(一六一二)で絶海の孤島の洞穴で魔術を研究しているプロスペロともつながるし、のちに島で改造人間の実験をする科学者を主人公にしたウェルズの『モロー博士の島』(一八九六)となるだろう。

ヴィクターの生まれ故郷であり帰る場所としてスイスのジュネーヴが舞台になっていることから、ここで生まれたジャン・ジャック・ルソーとの関連が注目されてきた。ルソーの言語起源論や社会契約論は、怪物の言語習得を説明したり、ヴィクターと怪物が目指す社会関係を説明することができる。しかも直接民主制が保たれた共和国という理想の世界が展開している(ルソーは逃げ出したにもかかわらず)。それればかりではなく、母性を本能と位置づけるルソーの教育論と『フランケンシュタイン』は大いに関係がある。

母性が女性に生まれつき備わった本能だと説明する「母性神話」を作り上げた人物として、ルソーはのちにフェミニストたちに糾弾された(エリザベート・バダンテール『母性という神話』)。現在もとりわけ母親が子育てを放棄する「ネグレクト」が問題となるが、動物園のパンダなどで親代わりの男性飼育係が必要になるように、メスが子どもを慈しんだり子育てをするのは、すべての生物に普遍的な現象ではない。動物界には子育てをするオスもいるし、哺乳類になれば本能だけでなく学習によって子育ての技が伝授される。

ヴィクターが怪物を自分の子どもと認知して育てるのを放棄したのは、彼が母性本能を持たない男性だったからだとはふつう言わない。独身で子育ての経験がなかったからだというのも適切な理由ではないだろう。じつは何度も怪物の言葉に感情が揺り動かされるように、母性的ともいえる領域に触れたりする。だが「母性」は女性が持つのが当然という意識がヴィクターにも怪物にも読者の私たちにも共有されている。

ルソーが「母性」を導入したのにはそれなりの理由があった。十八世紀にフランスの都市部の多くの家族は子どもを郊外の農民などに預けて育ててもらっていた。だから、エリザベスが貧しい農夫の子どもといっしょに育てられていたような状況は珍しくはなかった。委託された赤ん坊を布でぐるぐる巻いて固定して這い回らないように育てたりもした。現在なら幼児虐待とされるような扱いである。そして栄養も乏しい劣悪な状態におかれていた子どもたちを守るために、ルソーは親元で育てる「母性」を強調した(もっとも五人の子どもを施設に預けて育てさせたことで言行不一致とされた)。「母性神話」はさらに「母乳神話」へと移行する。生んだ母親がわが子に与える母乳こそが唯一正しい飲み物となっていく。そのため社交界で授乳を見せることが流行した。乳母や子守そして家庭教師に子育てを任せきりにするのが普通だったのに、いきなり上流の女性たちが「母性」に目覚めたわけで、その流れが入り込んでいる。『フランケンシュタイン』のなかでヴィクターが強調するように両親の愛情たっぷりに育ったのは、子育てを外部に任された境遇の子どもたちとは扱いがかなり異なる。

ここに見え隠れする「人工＝人為」と「自然＝天然」の対立は形を変えて姿を見せる。日本でも子育ては「専業主婦かワーキングマザーか」とか、子どもの「幼稚園育ち／保育所育ち」といった分類として浮上してきた。そして「天然由来」という言葉が過剰に評価される。少子化のせいで兄弟姉妹が互いに面倒をみる体験も少なくなり、ますます母親の手にかかって育つ子どもがいちばん正しいとみなす「母‐子」関係を絶対視する見方が強固になっているのだ。

私たちは怪物と同様にヴィクターを「父親」として見過ぎてきた。では、ヴィクターに機会があったとして怪物の「母親」になれたのだろうか。「母性」がジェンダーを超えた属性で後天的に習得されるならば、「母親」の役目を演じられたのかもしれないではないか。シェリーの小説は、聖書のアダムと同じく、怪物がいきなり身体が大人で精神は子どもの状態で誕生したことに設定して、身体の成長と精神の成長を一致させていく子ども時代を回避してしまった。

怪物が「母親」の存在を学べなかったのは、言語や社会の出来事の一端を学ぶときの生きた手本となるド・ラセー家に母親がいなかったのも大きな理由である。盲目の老ド・ラセーの生活を子どもであるフェリックスとアガサの兄妹が支えている。サフィーが家庭に入ることで多少暮らしが楽になるのだが、どこにも母親はいない。使う必要もないので「お母さん《ママン》」という単語は彼らの会話中に登場しなかった。これでは怪物が母親の子育ての働きや子どもへの慈しみやときには叱ったりする行為を見聞できるはずもなかった。

書き手であるシェリーは実母であるメアリー・ウルストンクラフトを出産時の産褥熱で失い、一人っ子になった。そうした伝記的事実をこの作品に読みこむならば、怪物にとって失われた存在として母が扱われていても不思議ではない。どうやらシェリー自身そしてこの作品自体が母親像をきちんと描くのを避けている。そのせいでこの小説で唯一といってもよいヴィクターの母親も途中で病によってある意味で都合よく死亡し、後半は夢のなかや肖像画やミニアチュアという静止画の表象として登場するだけになるのだ。母親をきちんと扱うには、義母との母娘関係や、義理の妹の面倒をみたり、不倫関係のパーシー・シェリーとの子を流産するといった体験はあったとはいえ、二十歳にならない女性の想像力に限界があったのかもしれない。

【三冊の本の役割】

怪物が森のなかで拾って読んだとする本が三冊出てくるが、怪物が影響を受けた本はそのままシェリーが『フランケンシュタイン』を書く下敷きにした本でもある。その内容に「母-子」関係への広がりは乏しい。

ゲーテの『若きウェルテルの悩み』(一七七四)は書簡体小説で、シェリーにとって形式の手本にもなっている。人妻となるシャルロッテへの三角関係に苦悩するウェルテルが自殺するまでを描いている。シャルロッテが母親が亡くなったあとで子どもたちを育てているのをウェルテルが手伝う形で親しくなる。公務員になったあとも彼女を忘れられず、結婚した彼女の家庭に入り込み、しだいに現在ならストーカーの範疇に入りそうな「妄執」を持つ。ゲーテは「編者」という語り手を登場させて、ピストル自殺する事情を客観的に描くのだが、それは探検家ウォルトンの語りに利用されている。怪物はウェルテルに共感し、それによって最終的な「自殺」へと向かうのだ。

二冊目は一世紀から二世紀にかけて活躍したプルタルコスの書いた『プルターク英雄伝』だった。これはいわゆる『対比列伝』のことで、ギリシアとローマの英雄や政治家を比べて共通点や相違点を見て優劣を論じる構成をとっている。怪物が読んだのはどうやら冒頭の巻だけだったらしい。それでもテセウスやロムルスのような「建国の父」よりは、律法によって統治したソロンやリュクルゴスに感情移入したと述べていた。ここから怪物は自分の立場を雄弁に語る根拠をえたのだろう。

いちばん怪物の心をゆさぶったのが、三冊目のミルトンの宗教叙事詩の『失楽園』(一六六七)であった。エデンの園から追放されたアダムの「どうして私を作ったのだ」という神への嘆きは『フランケンシュタイン』の扉に引用されている。第十巻では万魔殿に集ったルシファーたちの仲間がいつしか蛇になってしまう姿や自殺しようとさえ口にするイヴを押しとどめるアダムの台詞もある。アダムにもルシファーにも共感することで怪物は自我を育てていったのだろう。ただしこの作品には『復楽園』(一六七一)というキリストと悪魔の対決を描いた楽園を再獲得する続編の詩がある。こちらは怪物の読んだフランス語の翻訳本には載っていなかったらしい。もしも読んでいたら聖母マリアに至っただろうし、キリストが悪魔の誘惑と戦う姿から、旧約聖書のすぐに人類を滅ぼそうとするいわゆる「怒る神」だけでなく、新約聖書の「愛する神」を知ることで、もう少し慰められたのかもしれない。

この三冊から怪物が学んだのは、他人の生活に入り込むなとか、神や律法に反逆するなという戒めのほうではなかった。他人の家庭に干渉する妄執のはてに自殺することや、立法によって統一を成し遂げる行為や、アダムのように嘆いたり堕天使ルシファーのように神への復讐心のほうだった。同じ本を読んでも境遇や読解力によって得られる「テクスト」は変わってくる。ヴィクターを倒すべき父として、また自分の伴侶を殺した殺人者として憎悪をかきたてることになる。とりわけ怪物が「母-子」の関係に深く思い至らなかった点に大きな悲劇があるのだ。もちろん一般論として「母親は子どもにすべての時間をささげて慈しむ存在」という知識を怪物は持ってはいたが、その行為を目にしたことはない。もしもヴィクターの母親が存命だったら怪物はどんな反応を示したのか気になるところだ。『フランケンシュタイン』は語り手の男性たちが中心となる作品でありながら、いやだからこそ背後に「母性」の問題を隠している。

2　家なき子と男たちの関係

【家なき子としての怪物】

ルソーは『社会契約論』のなかで、「あらゆる社会のうち、最も古く、唯一の自然なものは、家族という社会である」(井上幸治訳)と述べた。ヴィクターと怪物の違いは、へそのあるなしだけでなく、「家」のなかに生まれたのか、それとも「家なし」で生まれたかの違いでもある。旅先で身ごもった母親が行きずりの町で子どもを生んだ後に亡くなってしまい、あとに残された子どもを誰が面倒をみるかで、最終的には「孤児院」へと送られる。これがディケンズの孤児小説『オリヴァー・ツイスト』の冒頭に出てくる話だった。ロンドンで犯罪者となっているストリートチルドレンたちが出てくる。「孤児もの」はそのまま「私生児もの」ともつながっている。家族以外に血のつながる子どもが出現したときの最大の騒動は、財産の継承をめぐってだった(ウォルフラム・シュミトゲン『十八世紀小説と財産法』)。

当然のことだが家庭環境や経済状況はキャラクターの自己形成に大きな影響を与える。『フランケンシュタイン』を考えるときに、ウォルトンやヴィクターや怪物といった中心人物に焦点があたりがちだが、よく読むとこの小説には他にいくつもの家系や家族が登場する。いくつかの家族や家系を接合しつつ新しい家族が誕生するわけだから、そうした細かな言及があっても不思議ではない。エリザベスはヴィクターへの手紙のなかで、ジュネーヴの社交界のゴシップを書いてよこし、美醜が対照的な姉妹の結婚問題に触れたり、クラヴァルの友人の失恋と結婚の話も書いている。

社交界の記述があることでもわかるように、フランケンシュタイン家もウォルトン家もド・ラセー家も中産階級の名家で、しかも核家族という共通点を持っている。さらにどれも母親があらかじめ不在か、または途中で欠けるのだ。登場する子どもの数もそれぞれ男三人(エリザベスを入れて四人)、姉弟の二人、兄妹の二人と少ない。幼児死亡率も高かったので、ほかの兄弟姉妹は生き延びられなかったのかもしれないが、エリザベスを最初育てていた農夫たちも彼女を入れて子どもは五人だった。

この設定のせいで読者はこの小説を納得しやすい。たとえば大家族で兄弟姉妹だけでなく、祖父母や叔父叔母という存在がいるような家の物語は、「産めよ増やせよ」という政策にあおられていた戦前戦中の世代や戦後の団塊の世代が読者を離れてしまうと、一種のファンタジーとして現実味が薄くて感情移入しにくい。だがそうした心配はここにはない。しかもヴィクターと怪物の関係は「一人っ子」であり、少子化のなかでの単独と孤独と直結して読むことができる。

登場する家族像をさらに詳しくチェックすると興味深いことがわかる。探検家で外枠の語り手のロバートのウォルトン家に母親の言及はまったくない。姉のサヴィル夫人は一方的な手紙の宛先である。トマス叔父の許で育ち蔵書の航海記を読んで冒険の野心に胸をふくらませた。父親が亡くなったあと、姉が母親代わりになったのだろうか。いとこの財産を相続したことで自由に冒険の旅にでることができるようになったとウォルトンは書く。

次に、ヴィクターはジュネーヴの名門であるフランケンシュタイン家の長男である。外国の軍隊に加わることを夢見ている次男のアネーストだけが生き延びたことを考えると、その「正直」という名が象徴的だ。三男のウィリアムは怪物に誘拐されそうになったときに、怪物への悪口を言って殺されてしまう。ここで重要なのはヴィクターたちの母親のカトリーヌが、ボーフォールという破産した商人の娘で、やはり母が不在で父と娘の関係だけが描かれている点である。それに対して召使のジュスティーヌの一家では、母と娘の確執の話があり、娘をかわいがっていた父親が亡くなると、その後つらくあたる母親が登場する。

怪物の隣に住むド・ラセー家も、苗字に貴族をしめす「ド」がついているように、フランスの名家に連なる設定だった。だが、フェリックスとアガサの兄妹が母親の話に触れるところはない。そして、フェリックスといっしょになるサフィーも、父と娘であり、母親はキリスト教徒であることは知らされても不在である。こうした偏りは、もちろん冒険の主題とつながる男性が活躍する領域を扱った小説だからかもしれないが、並べてみるとバランスを欠いている。

この小説では、両親がそろったなかで子どもたちが育つのはどうやらフランケンシュタイン家だけのようだ。しかも他人を新しい契約によって取り込んでいく。ヴィクターの父親であるアルフォンスも、知り合いのボーフォールの孤児となった娘を他人に育てさせておいてから自分の妻にした。これは改訂版での設定だが、養い親の農夫からもらい受けてきたエリザベスのように、血縁以外でも家族の数が増えることがある(初版では親戚の娘で血縁があった)。

どうやらつぎはぎなのは怪物の身体だけではない。何人もの個人をつぎはぎにして家族や社会という全体ができていく。全体とのつながりをもたない個人は存在しない。個人、家庭、社会といったつぎはぎ状態にどうやって統一性や同一性を与えられるのかが課題となる。全体と個との関係を問い直すものとして、『フランケンシュタイン』が考えられてきた。ヴィクターと怪物の関係を私たちは単独の二者で見がちだが、実際には「家」というシステムのなかで関係が形成されている。

では、フランケンシュタイン家が怪物を家の中へと受け入れる余地はあったのだろうか。怪物をヴィクターがこっそり外で生ませた「私生児《バスタード》」としてとらえるのはわかりやすい解釈となる。もっとも子どもではなくていきなり八フィートの身体を持つ子どもが出現したならば驚きだろうが、実社会でも成人した私生児が家族の前に登場するのは珍しくない。しかも「怪物＝私生児」という設定は詩人パーシーと不倫駆け落ちの末に婚外子を生もうとしたシェリー本人にとって無縁ではなかった。後年正式に結婚した後で、今度は未亡人として自分の子に義父の準男爵の地位をつがせようと奔走する。

だから一八三一年の改訂版にそうした願いがより強く込められたとしても不思議ではない。

もしもこの私生児という観点を入れると、フランケンシュタイン家の人々を怪物が襲うのも、自分の父方の親族に永遠に組み込まれない境遇のせいに思えてくる。怪物は誰も名づけてくれなかったし、本人も命名しないので名前はない。一人称単数の陰に隠れている。だが、もしも人間の一員ならば、フランケンシュタインの姓を名乗る権利を持つはずだろう。幼い叔父にあたるかもしれない三男のウィリアムが、自分の家を名家だとして「フランケンシュタイン家の一員だ」と名乗ると怪物は凶暴になって殺害に至ってしまう。怪物が衝動的になるのも、名前としての個人のアイデンティティが与えられなかっただけでなく、自分が帰属する場所としての「家」から拒絶されているせいである。ヴィクターと結婚するエリザベスへの嫌悪も、家の中にいて妹の扱いだった女性が妻となるという濃密な関係に、より嫉妬した可能性もある。

怪物がヴィクターを憎悪するのは、自分の物理的な居場所が奪われたせいではなくて、精神的な紐帯がなくなるせいなのだ。ヴィクターと怪物のそれぞれの墓問題ともなる。ヴィクターが家族を殺された復讐から怪物狩りへと転じるときに、フランケンシュタイン家の墓を訪れる。そこには母親をはじめとしてウィリアム、エリザベス、父親が眠っている。最後にヴィクターが死んだのを見届けて、怪物は去っていく。ヴィクターの死体はウォルトンの船のなかに残ったので、ひょっとすると遺骨はジュネーヴの墓に帰ることができたかもしれない。だがその墓に怪物が入る余地は初めからないし、納骨堂や解剖室や食糧貯蔵庫から盗み出されてきた怪物のバラバラの身体を収める墓は存在しない。だからこそ骨灰が飛んで海に落ちるという運命を考えているのだ。へそがないだけでなく、たとえ第二の死を迎えても帰るべき場所を持たないという意味でも、怪物は「家なき子」なのだ。

【男たちの奇妙な連帯感】

家の外に出るときに、「体は大人だが、心は子どものまま」とアンバランスな状態なのは、怪物だけではなくて三人の独身男の語り手に共通する特徴である。三者に共通するのは、他人の無理解や「孤独」をわかってくれると思える相手に声高に言うことである。とりわけ詩に心を揺さぶられた体験を持っていることである。ウォルトンは詩人になろうとしたし、ヴィクターも詩心のあるクラヴァルに誘われて東洋の詩に浸ったりした。怪物もフェリックスがサフィーに教えたのを見聞したせいだろうが、フランスの子どものようにフォンテーヌの教訓詩を覚えている。そして長編詩の『失楽園』をフランス語訳で読みふけったのだ。

詩を学び関心を持ったことが三者をつないでいる。ウォルトンは冒険への野心から医学や数学の理系的知を学び、さらに世間という学校に学んでいる。せっかく彼が知り合って自分の野心をわかってくれると思ったヴィクターは、それを阻止するために教訓として怪物創造の話をするのだ。そして怪物がヴィクターやウォルトンと対等に渡り合っているのは詩による修辞を踏まえた雄弁さを持つせいである。

三人の語り手の「男」たちは互いに承認を求め合い、連帯感さえ持っているように見える。さらに伴侶を持つ平穏な生活が許されないかのように、怪物の伴侶はヴィクターに壊され、ヴィクターの伴侶は怪物に殺され、ウォルトンは船長のロマンスに言及しても自分の話はない。手に届かない遠くにいる姉が代替物なのだ。代わりに彼らは何かの追及や探究に没頭してしまう。とりわけヴィクターと怪物の両者は、復讐や殺戮や追いかける行為に執着していく。ときには逆転可能な「追う者」と「追われる者」との関係を作り出す追跡行為こそが、登場する男たちのジェンダー化を促進するのだ。それはヴィクターの生命の神秘の読解や、ウォルトンの極点への到達と磁力の秘密の解明への傾斜にもつながる。怪物が残した手がかりをヴィクターが追い求めていくことで追跡は続く。その時にはヴィクターが解読すべきものは生命ではなくて、怪物の痕跡や手がかりといった記号になっていく。

怪物は自分を追ってきたヴィクターがウォルトンの船のなかで死んでしまったことを確認すると、ウォルトンが成し遂げなかった北極探検を代行するように、北の果てに行って自殺すると口にする。その理由はこの世から自分のような忌まわしいものを消し去りたいからで、薪を使って火によって自分を亡き者にする手段まで打ち明ける。「大火の明かりはうすれゆき、自分の灰は風に乗り海へとさらわれてゆくだろう」と怪物は告げる。塵灰になった身体が大地に還るという場面を怪物は想定していない。

これは映画『ターミネーター2』(一九九二)で前作の殺人マシンから一転して、ジョン・コナーを守ったロボットのターミネーターが最後に見せる態度を連想させる。未来から襲ってきた敵対者を退けてコナーを守ったあとで、将来の戦争につながるので忘れ去るべき秘密として自分の頭脳のなかに残っているチップの存在を告げる。そして溶鉱炉のなかに消えていく。これは『フランケンシュタイン』のなかで怪物がとる英雄的な態度の後継者だろう。自分を灰にすることで人類にとっての脅威となることを避けようとしている。自己消滅のプログラミングを備えているとも言えるが、自己選択としての自殺が人間と非人間を区別する一つの基準ともなってくる。それはキリスト教的に禁じられているからこそ、タブーを破ることが人間らしさに見えてくるのだ。

怪物のこの「自殺予告」は『若きウェルテルの悩み』で自殺を知った成果かもしれない。ウォルトンに対して自分が苦悩したことを雄弁に告げていた。ただし「火」によって自分を焼こうとするのは自己矛盾でもある。というのは死体を焼却してしまう火葬が一般的だったのならば、そもそもヴィクターは怪物を作れなかった。墓地に死体が土葬されていたからこそ『フランケンシュタイン』も『ドラキュラ』も話が成立する。それを言えば、シェイクスピアのジュリエットもオフィーリアも火葬されないからこそ話が劇的に展開できる。最愛の女性が焼かれて灰になってしまっていたならば、ロミオもハムレットも台詞や演技に困ったはずだ。

怪物が火葬を思いついたのは『プルターク英雄伝』のなかで共感するリュクルゴスやソロンが最後に火葬されたという記述からだろう。ド・ラセー家が怪物の存在を知って逃げたあとで、怪物は火を点けて母屋を燃やしたのだが、今度はその火のなかに自分の身を投じるつもりなのだ。一種の立場の逆転がここにある。最後に怪物は氷の塊に乗って闇に消えていく。私たちに忘れられない読後感を残すのは、怪物が家を燃やした火と、自分を燃やすであろう火が、夜の闇に交差するのを想像できるせいである。

3　製造物責任をどこまで負うのか

【怪物を再-教育できるのか】

怪物は人間と非人間の境界線上に置かれている。そうした怪物を人間社会が受入れるのは、きわめて逆説的に聞こえるが、怪物を犯罪者として裁くことを通じてなのだ。怪物を裁かれる主体として扱うことが人間扱いとなる。ペットや道具ではないのなら、本人に反省をさせて刑罰を与えることで責任をとらせることになる。怪物が生い立ちから自分が犯した殺人の真相をヴィクターに長々と告白する際に「人間の裁判では罪人に弁明させるではないか」と前置きをする。怪物を人間と非人間のどちらに属するのかを決定する基準のひとつは、はたして法廷で裁けるかどうかにある。

怪物を非人間のままで法廷に殺人事件の被告として出せるのかを考えると「木は法廷に立てるか?」(一九七二)というアメリカの法学者クリストファー・ストーンの論文が思い浮かぶ。これはディズニー社のリゾート開発が及んだ渓谷の樹木や自然も裁判の原告としての当事者適格を持ちうるという発想に支えられている。「自然の権利」という考えを押し開いた。階級や人種や民族による差別が撤廃され、胎児や未成年者や法人格の企業なども原告となるように拡張されてきたので、それが樹木や動物にまで広げる可能性を持つという合意の流れがあるのだ。

もっともストーンはあくまでも訴えを起こす原告として非人間を扱っているのであって、被告としてではない。だが、他ならない『フランケンシュタイン』のなかに、そうした法的な広がりを示す手がかりが含まれている。まずはウィリアム殺しの無実の罪で処刑されるジュスティーヌの件である。召使という立場と物証が決め手となって殺人犯とされてしまう。それでも裁判が開かれるのは彼女が人間だからである。ただし彼女が犯していない罪を認める告白をしたのは、最後の審判のときに地獄落ちするのを避けたいというカトリックの宗教的な恐怖からだった。

さらにクラヴァル殺しという無実の罪でヴィクターはアイルランドでとらえられた。アイルランドでもイングランドと同じ法律が適用されるのと、ヴィクターが自分が殺人犯だと口走るのを含めてフランス語を理解する人物が治安判事だったおかげで、最終的にアリバイも確認される。ただしヴィクターが意を決してジュネーヴの判事に怪物創造や殺人の真相を話しても、内容を信じてもらえずに、怪物を捕える動きにはならなかった。そこで結局自分で始末をつけることになる。そこにあるのは「はたして被告として怪物や幽霊や悪鬼が法廷に立てるのか」という問いかけでもある。

怪物の身体は他人の死体からできあがっているので、法的には死人だろう。だがストーンの「自然の権利」を援用するなら、怪物が非人間のままでも裁かれる可能性が出てくる。怪物の意識がはたしてその身体の所有権をどこまで主張できるのかは疑問である。他人の身体に別の精神が取りついて、乗っ取ったというべきかもしれない。怪物の主体をこのように構築することができたのは、他人が使用していたはずの脳が学習したことがすべてゼロになっているせいだ。怪物を創造するには「魂の洗浄」あるいは、「魂抜き」が必要となる。

インゴルシュタットで集めた死体なのだから、怪物の脳の本来の持ち主はドイツ語を話していた人かもしれない。だが空白化されてそこに新しくフランス語や再-創造されてからの記憶が植えこまれている。他者の記憶を簒奪し抑圧することによって、怪物は存在している。それは他人の住んでいる土地へ植民をして行くのと同じである。そもそも怪物の脳のなかで、植民地主義の論理や帝国主義的な覇権が作動しているのだ。他人の身体を再領土化し所有する過程が怪物そのものに他ならない。

古い「魂と身体」の二分論とも親和性を持つが、現在「ポストヒューマン」という形で今までの身体観が覆される中で、怪物のあり方に新しい光が与えられる(これは第8章で詳しく論じる)。つぎはきなのは身体も精神も同じであり、いたるところに亀裂や分断線が走っていると把握したほうがわかりやすい。怪物は本来他人のものだった脳のなかにあるはずの以前の記憶や意識を消去しているおかげで、ヴィクターも怪物本人も一個の人格として扱っているのだ。

けれども、もしも死体の脳に宿っている過去が蘇ったらどうなるだろう。いわゆる「先住民」の記憶である。この点に触れたのが、ポール・バーホーヴェン監督の『ロボコップ』(一九八七)である。デトロイトの自動車産業が日本との競争で凋落し、犯罪率が高まった時代を描いた。死んだ警官マーフィーを土台にして新しく作り上げたサイボーグを主人公にしていた。すでに死んでいるので過去とは別人のはずだった。ところが過去の記憶が消去しきれていなかったので、生きていた時代の家族の記憶がフラッシュバックする場面が出てくる。ロボコップとして任務を全うするなかに過去と現在の相克を抱えながら、完全に自動制御されて意識を持たない機械としてのロボットと戦うことになる。

ロボコップの苦悩は怪物が抱えているものを照らし出す。生命工場として手足や内臓といった身体のパーツをつなぎあわせてもはやそこに記憶はない。「はじめに」で扱ったゴスの「古い状態で新しく創造する」ように、老化したり経年劣化したものを複製したのならば、それは再現となるだろうが、ではオリジナルの記憶や意識とは何だろう。それは重ね書きで消去できるものなのか。そうした問いかけがすでに『フランケンシュタイン』にひそんでいるのだ。

これは古い記憶やルールをどう処理するのかという課題ともなる。何か偏りや欠陥が見つかった人間を「洗脳」して「再教育」できるのかはつねに難題である。ヴィクターは怪物を「悪鬼」とみなして破壊することに囚われていくが、ある意味で怪物も同じ経過をたどる。もしも怪物が機械であって、プログラムを重ね書きできるものなら、一瞬にして欠陥は訂正できるだろう。だが、人間であるならばそうした歪みや偏向を訂正するのはなかなか難しい。怪物もヴィクターも一度凝り固まった偏見や先入観からかんたんに逃れることはできない。

ヴィクターから教訓話を聞いたはずのウォルトンも、北極点を目指すという当時としては無謀な冒険を中止したのは、知の探究が破滅に至るのを回避しようという自発的なものではなくて、船員たちが反乱を起こす寸前になったせいである。あくまでも他人が作った流れに従っただけに過ぎない。つまり「再教育」が必要な者たちが「再教育」を受けても効果があるのかすら疑問なのだ。たとえシェリーの『フランケンシュタイン』を読んだとしても、多くの科学者や技術者が、原子力工学から遺伝子工学までの自分の研究を「悪魔の発明」だとみなして中止することはないだろう。

【製造物責任を誰がとるのか】

生み出したのがどういう経過であれ、ヴィクターは怪物を作ってしまった。もちろん生まれつき怪物は怪物だったのではなく、知識や体験から怪物化していったわけだが、へそを持たない怪物を人間ではないと認定するなら、機械や道具と扱いは同じになる。無生物の「それ」が殺人などの危害を加えたのだから、製造者であるヴィクターが全面的な責任を持つのは明白だ。怪物が自意識を持っていて、「親-子」という関係をふりかざすのだが、一度死体になった素材から作り上げられたのだから、法的には「無生物」の範疇に入る。

『フランケンシュタイン』が現代まで大きなインパクトを与えてきたのは、怪物が後続のロボットや人造人間のように量産できる製造物ならば、その行為にヴィクターは一体どこまで責任を持つべきかを考えさせるせいだ。ここに他の孤児小説やホラー小説との大きな違いがある。怪物は自立して行動しているのだが、ヴィクターは怪物の「製造物責任」をどの範囲まで持つことになるのか不明である。

二十世紀になって台頭したのが、欠陥車などから消費者を保護する目的で生まれた「製造物責任」という考えとそれに関連する法だった。日本でも一九九五年に法律が施行された。もちろんシェリーの時代には法的な考えとしては存在しなかったが、アメリカでは一九一六年の「マクファーソン対ビュイック自動車」の裁判の判決がこの考えの正当性を裏づけた。欠陥を持つタイヤの生産者だけではなく、それを採用したビュイック社が処罰を受けた。欠陥を見過ごした点が罪にあたるというのだ。さかのぼるとイギリスの郵便馬車の欠陥をめぐる一八四二年の判決に至るので、十九世紀から存在する考え方である。

消費者保護の「製造物責任」は大きな役割をはたす。こうした「製造物責任」を認める法的な流れを踏まえると、一九三一年の映画『フランケンシュタイン』は、部品を生産ラインで組みたてるフォード時代の製造物責任を問いかけてもいる。一台の車を作り上げるのと同じようにパーツを集めて製造したわけだが、欠陥を持つ脳を埋めこんだ怪物は暴走する。それはビュイック車に欠陥のあるタイヤをはめ込んだのに等しい。

この映画で怪物の欠陥を示すのに印象的なのは、花を摘んでいたマリアという少女と川辺で出会い、怪物が花をもらって水に投げていたら、自分の分がなくなってしまい花の代わりに少女を川に投げてしまう場面だろう。判断の誤りのせいで投げてしまい、溺れている少女を助けることができずに怪物は立ち去ってしまう。その後父親が遺体をもってフランケンシュタイン男爵の館にやってきて、殺人鬼に殺されたとして犯人狩りを促すのだ。たいまつを手にして人々が怒りの矛先として怪物を探すのだが、そこに浮かび上がる不安感や群衆の暴力性は、一九二九年の世界大恐慌がもたらした経済的な変化や社会の世相に不安感を持つ当時の観客に強く働きかけた。ラッダイド運動ともつながる暴力性がそこにはある。

このカーロフ版の映画の怪物が持つイメージをビクトル・エリセ監督の『ミツバチのささやき』(一九七三)は利用した。一九四〇年のスペイン内戦終結直後に、巡回映画で回ってきた『フランケンシュタイン』映画を観たことで、アナというヒロインの少女がしだいに混乱することが描かれる。アナは映画のなかの少女の死を虚構と思えず、廃墟の館に怪物が実在すると信じ込んでしまう。逃げてきた兵士と出会い花の代わりにリンゴを与える。だが彼は殺害されてしまう。アナは逃げ出し森のキノコを食べた幻想のなか月明かりの川辺で無言の怪物と出会うのだ。フランコ政権下の暗鬱な気分を描き出すために怪物が使われていた。

このように映画の少女と怪物の出会いは象徴的に扱われる。ところがシェリーの原作はかなり違う。怪物は川に落ちた少女を急流のなかから助けたのだ。ところが意識を戻そうとしている様子を農夫に誤解されて、銃で撃たれてしまう。「善意のむくいがこれなのか」と激怒して、怪物は人類全体への復讐心を育てていく。いきなり殺人マシンになったわけではない。それは映画のような判断の間違いからではないのだ。演劇や映画のなかで怪物は一人歩きを始めてしまう。だが、怪物が製造物とみなすならば、銃で怪物を撃った農夫の行為は殺人未遂ではない。たとえ少女を川に投げて過失致死させたとしても怪物自身に責任はない。人間と非人間の境界線上にあるのだから、創造者であるヴィクターが部分的にではあれ責任を負うべきだろう。

では、怪物自体に責任がないとして、それを製造したヴィクター本人を生み出した責任はどこにあるのかが今度は問題となってくる。ヴィクターと怪物は入れ替え可能に思えるが、片方が製造物にすぎないならば、製造者となったヴィクターの「狂気」を生み出した家系や社会的環境に責任の一端がある。そこにこそシェリーの大きな問いかけがこめられている。

ヴィクターはジュネーヴの名家の幸せな家庭に生まれて両親の愛情を受けて育ったにもかかわらず、皮肉なことに世間から逸脱して、殺人マシンを作り出す危険人物になってしまった。共和主義で平和を求めるはずのジュネーヴの社会が生み出したのが、怪物を生み出すヴィクターだった。もっとも、怪物が直接殺害するのはフランケンシュタイン家の一族と友人であって、無差別に殺人をおこなっているわけではないし、ヴィクターが作り出したのも殺人をさせる目的ではない。それでもヴィクターが殺人鬼を世に放ったのは間違いない。

ふつう「マッド・サイエンティスト」と一括されるファウスト博士の系譜にヴィクターは入るし、「悪魔に魂を売った」人物である。明らかにシェリーはゲーテの『ファウスト』を踏まえている。そして『フランケンシュタイン』というタイトルが誤解され、ヴィクターと怪物が混同されるのも、どちらも社会に生み出された奇怪な異物であるせいなのだ。怪物をこの世から排除しようとするならば、ヴィクターもこの世から排除しなくてはならない。ただし前者の排除は欠陥品の回収や破棄とみなせるが、後者は明白に殺人となる。この線引きは人間の出産を経由する再生産と非人間の機械的な再生産をどこまで同一視できるのかにもよる。そして他方では生命科学の進歩でこの境界線はかなりあいまいになってきている。

ヴィクターは怪物に対する復讐への執着を「運命」だからと言い、ウォルトンに後始末を託して死んでいく。ここで怪物がヴィクターを殺さない設定にシェリーの配慮を感じる。神ではないヴィクターは死すべき存在だが、怪物は最終的に「親殺し（＝神殺し）」には手を染めなかった。ヴィクターの研究や労働から生まれたものだから、もしも法的な主体とはなれない「物体」として怪物をとらえたならば、機械を破壊するようにウォルトンは怪物殺害を躊躇しなかったかもしれない。だが私たちと同じようにウォルトンがそうした判断に踏み切れなかったのは、怪物の雄弁な言語やエピソードが感情移入を誘うせいである。

とりわけ怪物の「苦痛を感じた」という弁明は重要だろう。功利主義者のジェレミー・ベンサムが『道徳と立法の原理序説』（一七八九）にわざわざ注記したように、動物でも「理性を持っている」とか「話せる」のだから、「苦痛を感じられるか」が人間と物体とをわける基準になるという考えを連想させる。確かに車は交通事故を起こしても苦痛を感じないだろう。怪物が人間か非人間かの境界線は、「怪物」という目に見える姿が持つ輪郭線に沿っているのではない。その境界線はジュネーヴのスイスへの帰属問題のように時代や状況に応じて至るところに引かれることになる。そしてじつはヴィクターのなかにも、ウォルトンのなかにもある。それが『フランケンシュタイン』の物語や怪物の後継者を生み出しやすい原因となっている。

(★4)シェリーは『フランケンシュタイン』で人間の生誕を、『最後の人間』で人間の滅亡を描いている。彼女なりに人類史の最初と最後をカバーしたといえるだろう。個人がかかる不治の病と文化表象の関係についてスーザン・ソンタグは「結核→ガン→エイズ」と変遷を論じたが、ペスト、インフルエンザ、エボラといった集団感染の病をめぐる系譜もある。聖書の疫病の記述からダニエル・デフォーとアルベール・カミュの『ペスト』まで注目すべき作品は多いし、現在はネヴィル・シュートの『渚にて』のように放射能による死もある。

第4章　グローバル化のなかの怪物

1　ナショナルの外へと出ていく

【トランスナショナルな旅】

『フランケンシュタイン』のなかには何種類もの旅が登場する。多くは国境を超えるものだが、旅をするのはもっぱら男たちで、女たちは家の中にいることが多い。それでも、エリザベスの二通の手紙の場合のように文字の形で、考えや意見は旅をしている。ヴィクターの父親は妻を連れ立ってイタリアやドイツやフランスを旅した。そのおかげでナポリでヴィクターは生まれ、エリザベスを発見して養女にしたのはミラノだった。それに女性のなかでもサフィーのようにフェリックスを探してお供の女性といっしょに言葉の通じない状況でインゴルシュタット近郊の森にまでたどりついた旅もある。フランス語だけでなくドイツ語の壁もあったはずだ。しかもお供の女性は途中で亡くなるという苦難の旅であった。(★5)

男たちがおこなう旅は、「探究」、「復讐」、「商業」の三種類にわかれる。第一の「探究」の旅には外枠を形作るウォルトンがあてはまる。旅の動機は「新しい航路の発見」と「磁力の秘密の解明」だった。結局彼は極点には到達できず、代わりにヴィクターと怪物の物語とその証拠を発見し持ち帰ることになってしまう。氷山のなかを北の極点に到達すれば地図の空白は埋まり、地球を全体として管理するのに重要な情報が得られたはずだった。ウォルトンがイギリスに帰還した証拠はどこにもないし、そもそもこの手紙や手記をどこから入手したのかという言い訳もない。そこで多くの批評家は手紙の受け取り手であるサヴィル夫人の頭文字からメアリー・シェリーを重ねようとしてきた。手紙が確かに旅をして届いたかもしれないが、出発点にウォルトンが戻ってきて旅を完結したのかは不明である。探究のまま極地で果てたのかもしれないし、運よくベーリング海峡から南下したならば、本人が言うように「アフリカかアメリカの最南端」を回って戻ってくる可能性もある。

それに対してヴィクターの旅は同じ探究でももう少し複雑になる。ウォルトンの場合のように「旅＝探究」ではないせいだ。インゴルシュタット大学へは、海外を体験して来いという父の意向で出かけた。旅の前に母親が亡くなる。そして卒業してジュネーヴへと帰ってきたのは、ウィリアムが殺されジュスティーヌが裁判にかけられたときだった。そのあと気晴らしもかねてアルプスを歩いていくなかで怪物と出会い、犯人側からの長大な告白を聞くことになる。そして女性怪物を製造するためにイングランドさらにスコットランドへと出かけるが、破棄したことでクラヴァルが殺害され、ヴィクターがジュネーヴにもどりエリザベスと結婚すると彼女も殺害される。そこで今度は怪物を追いかける旅に出かけることになる。ヴィクターの場合も旅が探究や追及となるのだが、同時にジュネーヴにはさまざまな死が待っている。ヴィクターの遺体が帰国して墓に入ったという保証はどこにもない。

第二の旅は、ヴィクターを追い求めて怪物がおこなう「復讐」の旅である。人里離れた場所をたどることになり、活動するのももっぱら夜で、さらにアルプスの氷河や北極の地のように寒くて崇高な景色が背景に選ばれている。怪物がインゴルシュタットからジュネーヴさらにスコットランドまで国境をすり抜けた旅ができるのも、じつは国家に把握されずにすむような特定の名前を持たないせいでもある。社会のなかにきちんと位置づけられていないからこそ、こうした自由な移動ができるのだ。ヴィクターが合法的に移動せざるを得ないのに対して、怪物は国境を無視して移動し神出鬼没となる。

怪物がこうした移動するモデルとしたのは、最初に見かけた「放浪する物乞いたち」だった。怪物が火を使う効能を覚えたのは、彼らが残したたき火によって暖をとり、焼いた食べ物を知ったおかげである。普通「さまよう」と訳される語が「物乞い」の前についている点が気になる。「さまよえるユダヤ人」がすぐにも連想されるからだ。ユダヤ人たちがイエスをユダが裏切ったせいで神に呪われて永遠にさまよっているとする中世の伝説があった。ユダヤ人はイギリス国内から追放されていた時期もあるが、十七世紀後半からしだいにイギリス国内に住み始めて勢力を持つようになっていた。

もちろん「さまよう」はロマン派にとっての重要な語である。ワーズワースによる湖のほとりの黄水仙の群れと出会う「私は雲のように孤独にさまよった」で始まる詩はよく知られている。ここには、『フランケンシュタイン』と通じる「孤独」と「さまよう」の二語が入っている。怪物だけでなくヴィクターも、「エリザベスとの結婚さえなければ人間社会に怪物を放った責任をとってさまよい歩くことを選ぶ」とまで言うのだ。そこには罪をあがなうために放浪するという「さまよえるユダヤ人」に近い感覚がある。

こうしたさまよう怪物を見かけただけで人々は排除しようとする。羊飼いの小屋に入っていくと老人は逃げ出し、農家では子どもはおびえ、大人たちは石を投げたり武器で攻撃してきた。ド・ラセー家でも結果は同じでフェリックスたちは老ド・ラセーを奪取していった。生活空間によそ者が入ってこないように家の扉や市城の門は閉ざされている。そのため怪物は野宿をせざるをえない。ヴィクターの下宿から出て、森のなかの納屋を見つけるまで、またジュネーヴにたどりついてアルプスに隠れ、さらにスコットランドまで旅する。また英語の「ジプシー」はエジプト起源と誤解されてきたインド出身のロマの人たちを指すだけでなく、アイルランドやスコットランドの「流浪民」を含めた言葉として広く使われてきた。

「黒い髪で黄色い肌で黒い唇を持つ」とされる怪物に対して、いろいろな読解がなされてきた。エリザベス・ボールズは『ロマン派文学とポストコロニアル研究』のなかで、シェリーが読んだり見聞きしたことを根拠に、「西インドから来た黒人」、「アメリカの奴隷」、「インド系」、「アッチラなどのモンゴル系」「イヌイット」「グリーンランドの住民」などと関連する可能性が指摘されてきたとまとめている。怪物は人間をさまざまなカテゴリーに分けた場合の残余をしめす「その他」の役割を担っている。だからその時々のマイナーな存在のイメージが重ねられるのだ。

怪物に当てはめられるこうした人々は、国家が監視する対象となってきた。それを踏まえると、ヴィクターによる女性怪物の消去は、当時のマルサス流の貧困層の産児制限と堕胎をめぐる議論にとどまらない。女性の身体にかかわる医学的な知を「魔女」や「産婆」からとりあげて、男性医師が独占することで近代医学が成立する過程が生んだ悲劇だけでもない。人口統計には「その他」としか属さない外国人やさまざまな弱者を消去する「優生学」的な作業となる。ヴィクターは女性怪物が誕生以前の契約を守らない可能性がある、という深謀遠慮から事前に消去した。これは現在なら出産前検診と人工妊娠中絶の問題として浮上してくるはずだ。

そしてこの仕打ちこそが怪物の旅に復讐の度合いを増すのだが、「目には目を」といった意味合いで怪物がエリザベスを殺害した後、ジュネーヴのフランケンシュタイン家の墓地を転換点として「追う者」と「追われる者」との関係が逆転する。今度はヴィクターが復讐の担い手となり、怪物に影響を受けて非生産的な旅を送ることになる。追跡劇はゴシック小説の定番でもあり、後のミステリーや冒険小説につながる要素となるわけだが、前半の研究の旅が後半は復讐の旅へとなってしまう。追及すべき対象が科学の謎から、怪物そのものになっていく。暴走した機械の動力源を絶つのに似ているのだが、怪物自身がヴィクターを誘導して苦しませようとしている。そして怪物本人の復讐はヴィクターの衰弱死によって完結する。だがヴィクターの復讐は怪物本人の自殺にゆだねられてしまった。

第三の旅のパターンはクラヴァルが試みようとした商人の旅である。ジュネーヴの商人の息子として、最初はインゴルシュタット大学行きも父親に拒絶される。ヴィクターに追いつくように大学に行くと、ペルシア語やサンスクリット語を学ぶが、「東洋」へのあこがれが根底にあり、インドへの旅行も最初から考えていたものだ。もっともこれは改訂版において強調され加筆された箇所であり、そこにイギリスのインドでの植民地覇権の野望を見てとることができる。

他方でド・ラセーをめぐる話でサフィーの父親がフランスで商売をしているトルコ人でわかるように、トルコなどのアラブ世界との交渉も描きだされている。ヴィクター自身、クラヴァルとともにヨーロッパだけでなく東洋の英雄物語にも心惹かれていたことを明らかにする。クラヴァルは女性怪物を作るためにイギリスに渡るヴィクターといっしょにやってきて、その植民地ネットワークに乗る形でインドへ行く話が具体化していく。これはウォルトンの極地探検と並んでヨーロッパの植民地主義的な考えを表すものとみなせる。もっとも通商をすべて侵略とか悪と考えると、地球規模に拡大した交易網を維持できない。

スイスにいるからといって交易が不可能なわけではない。ドイツ生まれだがフランス語圏のヴェヴェイに本社を持ち乳製品を中心に展開するネスレを考えてもわかるだろう。日本ではコーヒーでおなじみだが、当たり前だが豆がスイスで採れるわけではない。インゴルシュタット大学で学んだクラヴァルが起業して、東洋を席巻して同じような成功をおさめた可能性もある。だが怪物によってスコットランドで殺されて、死体がアイルランドに流れ着くので、この旅は実現はしない。アラブ世界以上にこのインドは具体的に住民も描かれない空想のままで終わってしまう。ヨーロッパから外へと向かう通商の旅は結局描かれることはなかった。

【怪物と共和主義の神話】

イギリス出身のウォルトン、スイス出身のヴィクター、ドイツ出身の怪物と、国際色豊かな語り手をシェリーは用意したのだが、これはそれぞれの国を横断して旅をし、さらに理解しあえるかどうかを試すための仕掛けでもある。「共和制」と「王制」を扱うことになる。怪物がサフィーにフランス語を教えるフェリックスの解説によって間接的に読むことになる『諸帝国の没落』では、著者は廃墟から過去を回想し、いくたの王国の没落を読者に告げるのだ。

エリザベスはヴィクターへの手紙のなかで、ジュネーヴは共和主義の国だから、召使のジュスティーヌの扱いがほかの国に比べて心優しいと述べる。もちろん出自が貴族なので、階級差をなくそうなどとエリザベスは考えないが、家族のように接していると自慢さえする。だが、その同じ共和主義がジュスティーヌを多数決で処刑することになる。もちろんシェリーは多数決がすべて正しいとするような単純な見方をしてはいない。

この小説の下敷きとなった『失楽園』は、クロムウェルの秘書官だったミルトンによって描かれたものだった。神に反逆するルシファーを王制を廃して共和制をもたらしたクロムウェルとなぞらえていた。かつては「ピューリタン革命」と呼ばれたが、今は「内乱」とみなされる王が不在となった期間があった。王政復古によってイギリスの共和制は終わりを告げる。そして、クロムウェルと同じように民衆の支持を得ながら独裁的になってしまったナポレオンがヨーロッパを揺さぶっていた時期に『フランケンシュタイン』は描かれた。フランス革命との関連はクリス・ボルディックをはじめ多くの批評家が注目するところだ(『フランケンシュタインの影の下で』)。しかもヴィクターをイングランドからスコットランドへと旅をさせるなかで、王制を揶揄するコメントを述べている。用心深く共和主義者ヴィクターから見たイングランド批判という形をとっているのだ。

王制と共和制をめぐっては、怪物が読んだとされるプルタルコスの『対比列伝』のなかにもある。古代ギリシアのスパルタの王であったリュクルゴスと、アテナイの僭主ソロンを法による統治者として怪物は理解していた。専制君主的な建国英雄よりも体制維持の改革者に共感を寄せている。だが、立法者としてのリュクルゴスもソロンも、それぞれの都市国家に対する強烈な愛国主義を持っていたのは間違いないだろう。

興味深いことに、ヴィクターが男性怪物を作ったのがドイツのインゴルシュタット、女性怪物を作ろうとしたのがスコットランドとどちらもジュネーヴから見て外国だった。おぞましいものがジュネーヴ市内に入り込まないように排除されている。怪物の犯罪もジュネーヴ市の外でおこなわれる。ウィリアムが殺害されたのは市の城壁の外にある森のなかだったし、クラヴァルはスコットランドで、エリザベスは彼女の地所であるコモ湖の館で殺された。ヴィクターの父がいて母の思い出が詰まるジュネーヴをテキストが守ろうとしているかのようだ。

ジュネーヴを組み込んだスイスが「永世中立国」となったのはウィーン会議後なので、シェリーの執筆時には新しいスイスがあった。十八世紀おそらく一七九〇年代を舞台にしながらも、ナポレオン戦争とウィーン会議後のヨーロッパの状況や混乱を描いた物語だと『フランケンシュタイン』を見なせる。とりわけ初版よりも改訂版がそうした傾向を帯びている。十八世紀を舞台にしていながら十九世紀の要素が入っていると「時代錯誤」として退けられることがあるが、そもそもテキストは同時代との対話から生まれているに決まっている。

ヴィクターの弟アーネストは勉強が不得意なので傭兵を目指すように、資源に乏しくめぼしい産業もないので、軍事力が共和主義や中立を守ってきたのだ。そして、ジュネーヴの経済を支える時計業や銀行業も国外の富裕層向けの商売となっている。クラヴァルが東洋を目指すのも交易が国の支えとなるせいである。国際化はジュネーヴやスイスの地理的条件が否応なしに迫ったものである。バチカンのスイス人傭兵で知られるように、スイスの共和制を守る基礎は「国民皆兵」となる軍事力であった。ひょっとすると怪物は殺人を続けてできることや、ベジタリアンで長持ちする体力から、優秀な兵士となったかもしれない。その点で『武器人間』は、第二次世界大戦下を舞台にしてナチスとフランケンシュタインの怪物を結びつけているスプラッター映画だが、強力なスイス傭兵としての怪物を想像的に描いた作品ともいえる。

ウィーン会議から百年たった第一次世界大戦後には国際連盟の本部がジュネーヴにおかれたように、ここは理念的中心の場所となったのだ。つぎはぎだらけの国家の連合体がひとつの共通理念や精神を持つのが国際連盟とその後継者ともいえる欧州連合だった。そして怪物に仮託されていたのはまさにウィーン会議後の新しい状況の担い手となる「新しい人間」だった。ひとつの国の中に納まらない理念上の共和国ならば、フランケンシュタインの怪物のような「キメラ」や「ハイブリッド」な存在にも居場所がある。現実には、共和主義のアメリカ合衆国ですら、白人と黒人のハーフの大統領が誕生したのはずっとあとの二十一世紀だった。戦争や革命や飢饉や暴動によって生み出される他国への移民や避難民は、否応なしに文化や人種や民族を混交させてしまう。怪物のつぎはぎの身体はそのことを示している。

こうしたハイブリッド感覚はヴィクター本人にもかかわってくる。フランケンシュタイン家の一員となったエリザベスは母親がドイツ人で父親がイタリア人である(初版ではスイス人であるヴィクターの叔母とイタリア人の間の子ども)。しかも父親はオーストリアからの独立のために戦って亡くなったとされる。のちに領地の返還があり、エリザベスは所有地の館で殺害される。もしもヴィクターとエリザベスの間に子どもができたのなら、その子はドイツとイタリアとスイスの血が混じることになったはずだ。ジュネーヴで生まれ育ったならばフランス語を話しただろう。そうした可能性は暗示されたまま怪物の手によって封じられてしまった。

けれども生き延びた者もいる。怪物がフランス語の生徒として共鳴したサフィーは、トルコ人であるイスラム教徒の父親とキリスト教徒のアラブ人の間に生まれた。彼女がフランス人のフェリックスとの間に子どもをもうけたら、ドイツで暮らすフランス語を話す混血の人物になったはずである。彼らは怪物に殺されなかったので子孫を残すかもしれない。勉強が嫌いなのでスイス傭兵を目指すと語っていたアーネスト・フランケンシュタインともに、この小説のなかで暗示された未来の可能性である。

物語の舞台の範囲はあくまでもヨーロッパとロシアに限定されている。ヴィクターはイタリアのナポリ生まれだし、ウォルトンはノルウェーの捕鯨船に乗ったりロシアの地をおとずれる。これはそのまま現在のヨーロッパ連合の地政学的感覚と重なってくる。ヴィクターが追いかけるタタールの地も、怪物が移住すると考えた南米も、クラヴァルが商売に出かけようとしたインドも、ウォルトンが未踏の北極点もその外部にある。だが、どれも手が届かずに終わる。怪物は極北にて死を待ち、クラヴァルも外には出かけられない。

だからこそ旅の出発点であり、平和な共和国に見えるジュネーヴという「エデンの園」のなかから芽生えてくる「悪意」が問題となる。『失楽園』といちばん結びつくのはヴィクターと怪物の関係よりもこのジュネーヴという場所の描き方にある。キリスト教を浄化しようとしたカルヴァン主義の源泉地らしく、悪に染まり穢れてしまったヴィクターは最終的にジュネーヴから排除される。まさに「自己責任」論そのものに陥ってしまうのだ。

「知」という禁断の木の実を手にした者に待っているのは楽園からの追放である。そして人よりも共和国というシステムの存続と名誉のほうが優先される。だとすると、怪物に最初に殺されるウィリアムの名前が、亡くなったシェリーの息子の名前よりも、スイスの英雄ウィリアム・テルとの関連を指摘する意見が出てくるのも、こうしたナショナリズムにつながる意味合いを感じ取るせいなのだ。

2 怪物の存在証明

【国家の関心と地元の無関心】

ヴィクターは怪物を「被造物」という言い方をしている。ウォルトンは「悪鬼」とか「その物」などと呼ぶ。すでに述べたように一人称単数の語りの陰に隠れている怪物は「無名」である。「吾輩は他者である。名前はまだない」という状態とでも呼ぶべきだろう。

怪物はインゴルシュタット大学近くのヴィクターの下宿で生誕したが、当時のバイエルン選帝侯領の住民とは呼べない。ヴィクターが「義父」だとしてもジュネーヴ市民とも言いにくいだろう。地名に依存すれば「インゴルシュタットの怪物」だろうし、家名や関わり合いから言えば「フランケンシュタインの怪物」となる。どちらも外からの呼び名であって、怪物本人は納得しないかもしれない。明確な固有名がないことは社会のなかで位置づけを持たないことをしめす。聖書と『失楽園』に呪縛されている怪物にいちばんふさわしいのはアダム・フランケンシュタインという名前に思えるが、ヴイクターはもちろんフランケンシュタイン家の者たちは承認しないだろう。

怪物のこの無名性は、名前が抽象化し記号化することを予見している。名前が記号化することはその後のSF小説で繰り返し描かれてきた。たとえばヒューゴー・ガーンズバックといえば現在は賞に名前を残すくらいだが、SF作家および編集者として二〇世紀前半に活躍した。彼の代表作『ラルフ124C41＋』(一九一一)は二六六〇年に活躍する天才青年科学者が主人公である。「テレフォト」を通じてラルフと知り合うアリスの名前は「アリス212B423」となる。数字と記号は苗字ではなく区分番号と言うべきだ。

そして『スター・ウォーズ』でおなじみのジョージ・ルーカス監督が大学時代に撮ったのは『電子的迷宮/THX1138 4EB』(一九六七)だった。主人公THX1138の伴侶《メイト》はYO7117となっている。ここではもはやラルフのような固有名詞すら含まない。もっともガーンズバックのラルフの記号部分には「他の人のために将来を予見する人」(ワン・トゥ・フォースィー・フォ・ワン・アナザー)という英語の意味がかけてあり、無内容なわけではないがふつうは気づかない。

ランダムにつけられたように見えるこうした記号群はどれも国家が統計をとって検索や分類をするのに都合がよいので採用されている。こうした名前の記号化はユートピアよりもディストピアの社会や国家を表現する場合に利用される。数字や記号が混じった名前が「非人間的扱い」の象徴とされるのは、刑務所や収容所で番号で呼ばれるのに似ているせいである。そして学校や病院が刑務所と類似しているとイヴァン・イリイチが指摘するのも、生徒や患者を番号で整理し管理するからである(『脱学校の社会』『脱病院化社会』)。アウシュビッツ収容所などで与えられた囚人番号が本来の名前を奪ったことにユダヤ人たちの怒りがあった。ユダヤ人を殲滅する「最終解決」のシステムが、そのままフォード主義の二十世紀の工場を想像させたせいである。

名前を与えるという行為は、怪物が世界を認識し始めるときに、太陽と月の違いを知ったりスズメとツグミを鳴き声で分別したように知の働きである。そもそも言語の成り立ちのなかに弁別と分類の働きがある。ウォルトンやヴィクターたちの科学的探究もあくまでもその延長上であって、しかも三人の語り手は最初のうちは詩に涙をしながらも文学的な世界から離れていく。ウォルトンとヴィクターはしだいに数学という多義性を逃れた透明で一義的な言葉を使うようになる。現代数学は多義性を扱うこともできるが、当時の数学は絶対空間と絶対時間を前提にしたニュートン力学の体系であった。ヴィクターと怪物は復讐の殺人に手を染めていく。もちろん風景や芸術に感動することと殺人をおかしたり復讐心を燃やすことは矛盾しない。

シェリーの小説でヴィクターたちを襲っているのは十八世紀の英仏の統計重視の流れだった。イギリスでは「政治算術」ドイツでは「国状論」フランスでは「確率論」という言葉が生じた（広田すみれ『読む統計学　使う統計学』）。死亡表を作り出生率などを探ってきたイギリスは、一八〇一年の国勢調査以降、国家規模でさまざまな情報を集め、統計学によって整理した上で政策決定や管理に役立てた。もちろんそれがイギリスのお家芸のひとつ「エスピオナージ」（スパイ活動）にまでつながっていく。

イギリスは王立紋章院が貴族の家系について現在も記録を保管して血縁関係について調査している。また競馬で出走できる資格を馬が得るには最初の三頭の血をどれだけひいているのかを記録によって証明する必要がある。そして一九九七年には世界で最初にクローン羊のドリーを誕生させた国でもある。イギリスは血筋や品種改良についてさまざまなアプローチをしてきた。そのときにデータの収集と数値化や記号化は避けられない。

現代社会では電話番号やクレジットカード番号さらに納税者番号や社会保険の番号などさまざまな手段で個人の行動や状況が捕まえられる。アメリカもかつては金属の軍の認識票に独自の認識番号を打刻していたが、一九七四年以降社会保障番号に代わっている。それが国家がいちばん多数の人間を把握している番号となりえるからだ。個人の死体を特定するのにふさわしい。もしも戦争で遺体となったら、国家による本人への社会保障の終了を告げるのだから番号は失効するだろう。関心事はまさにそこにある。

これはもちろん異国の話ではない。日本でも、「マイナンバー」制度が二〇一六年一月から始まる。番号に紐づいた情報を一か所に寄せることで、個人の病歴や税金の支払い状況がわかるし、預金口座からひょっとすると通信記録まで無名や匿名の存在に切り込むことができる。直接国家が個人情報を集積し管理できるようになる。重要なのは、相手は記号に変換されているので、いちいち顔を思い浮かべなくて済むし、処理に心を痛めることはない。まさに官僚国家にとって「非人間化」された統計の記録と数値こそが最大の武器となってきた。

もちろん集めたデータは適切に処理をしなくてはならない。数値や調査記録と現実との「有意な関係」を読み取ることで初めてデータは活きてくる。そのためにデータの数学的な分析手法が開発されてきた。ダーウィンの親族(半いとこ)であるフランシス・ゴルトンは十九世紀半ばから活躍したすぐれた統計学者で、「天気図」や「質問票」によるアンケートを普及させ、日本でもおなじみの「標準偏差」や「正規分布」さらには「中間値」といった考えや用語を定着させた。

ダーウィンの『種の起源』に対抗して、遺伝的な性質によって能力などを説明しようとした。競馬で知られる「ゴルトンの法則」は、機械的に親の性質を二分の一ずつもらっているとするなら、先祖の性質の総和で個人の性質や特徴が説明できるとする内容である。もちろんこれは間違っていて、優性遺伝子と劣性遺伝子があり、メンデルの法則でわかるように、どの性質が発現するのかは確率論的な組み合わせとなる。そこでよりよい遺伝子を残せるように選別する「優生学」という考えが生まれ、その名づけ親となったのがゴルトンだった。

「優生学」がいちばん活躍するのが犯罪に関する分野である。まずなによりも犯罪を扱う判事たちにとって相手がきちんとした名前を持ち身元が判明するかどうかは見逃せない。ジュスティーヌ処刑の責任を持つと感じているヴィクターが、エリザベスまで殺害された後で、ようやく真犯人である怪物を告発する内容を判事に語る。判事がとりあえず話を聞いたのも、ヴィクターが法務官などを出す名門の一族で、父親も公務についていた人物のせいである。またアイルランドの治安判事が丁寧な扱いをしたのも、フランス語がわかり、ヴィクターが持っていた書類を読んだからである。二週間のアリバイを証明できたせいで、クラヴァル殺しの犯人ではないとわかった。

こうしたアリバイだけでなく、犯罪の手口の科学的な比較も重要となる。怪物による殺人の証拠となるのはウィリアム、クラヴァル、エリザベスの三人の首を怪力でしめた指の跡だった。絞殺する手口が共通しているので、ヴィクターには犯人が誰なのかがわかってしまう。もしも怪物の指紋がくっきりと残っていたなら、三つの殺人事件の犯人はもっと簡単に同定できたはずだ。

犯罪捜査において指紋が有用だということはシェリーの時代にはほとんど知られていなかったが、十九世紀半ばにはインドの植民地支配に利用された。これが犯罪捜査に役立つことを一八八八年に統計的に実証してみせたのがゴルトンだった(ただし日本にいた医師のフォールズが指紋の有効性に関してダーウィンに手紙を送り、それがゴルトンに渡ってヒントとなった)。もっとも怪物の右手と左手に別人のものが移植されていたのならば指紋は異なるし、かえって捜査を混乱させたかもしれないが。

怪物の誕生から犯罪までの動向を知るのはヴィクターただ一人だが、自分の「子ども」と認知しなかった以上、人口統計からは漏れている。フランスにおいて政府が人口調査をするというのは課税の前兆とされていた(ジョン・マクマナーズ『死と啓蒙』)。イギリスにおいても事情は似たようなものだった。怪物はそうした十八世紀の国民国家が作り上げた課税と徴兵のための管理網から逃れた存在に見える。この場合の無名は無所属と等しいので、怪物は束縛から逃れた「自由さ」を持つと読者の目には映る。怪物はヴィクターに取りついているが神出鬼没であり、職業もなく納税や定住の義務もない。

スコットランドのオークニー諸島の孤島で女性怪物の創造がおこなわれた意味は大きい。なぜなら、島全体の人口は五人であり、家が三軒しかないのだ。首都ロンドンはもちろん、スコットランドの中心地であるエディンバラからも離れた場所といえる。しかも貧しい島の住民たちはヴィクターに関心を持たない。「無関心」がヴィクターの孤独を守り、第二の怪物創造の秘密を守ってくれた。インゴルシュタットでは、大学のある都市らしく下宿での出来事を詮索されることはなかった。これが都会の「無関心」だとすると、島で体験したのは疲弊した田舎の「無関心」だった。ところが国家がさまざまな形で国力や個人の動向に「関心」を持つようになる。こうした関心が国家の利害と結びついたのである。怪物を追い詰めるのはヴィクターだけではなかった。だから最後に怪物が氷山に乗って逃げるのが、国家のない極北なのは象徴的である。

【知のネットワーク】

アルプスの上でヴィクターと会ったときに怪物は「全ての人間(オール・メン)はみじめな者を憎む」という。またウォルトンに偽善者と決めつけられたとき「全ての人間(オール・ヒューマン・カインド)がおれに対して罪を犯す時に、おれだけが犯罪者とみなされるべきなのか」と疑問を述べる。怪物が関心を持っているのは、ヴィクターという自分の生みの親から、その係累、さらには全人類へと拡張していった。復讐心が個人から全体へと広がっていく。怪物は「全て」対「自分=個」という図式を使う。これがくせものであり、怪物を独立独歩の英雄的人物に見せて感情移入しやすくしている。神や父への反逆ならば「一対一」のはずなのに、いつしか人類全体との争いになっていく。

小説のなかで「ヒューマン」や「ヒューマニティ」という言葉は八十回も繰り返されるが、当たり前だがその都度意味合いを変える。怪物からすると最初は自分も一員だと思えた人間たちが、自分を排除する連帯を作っているのだ。そして書物などを通じた知の拡張がそのまま自己認識の深まりとなって苦悩を強める。もしも怪物が他人とつながっているとか、全体とつながっているという感覚を持つことができたのならば、それが救済になったのかもしれない。だが、彼には相談相手もいなかったし、唯一つながりを持てるとおもった盲目の老ド・ラセーとの接触は失敗してしまった。

怪物と異なり人間は多彩なネットワークに参加している。ヴィクターもウォルトンも孤独を口にするが、あくまでも人間社会の法的・経済的・知的なネットワークに守られているなかでの孤独なのだ。ジュネーヴ市民であるヴィクターが、女性怪物を制作する場所としてイギリスを選んだのは、そこの学者(フィロゾフ)が新しい発見をしたという情報に導かれてだった。自分の知見だけではなく、新しい知識が「女性」の創造に役立つと考えてヴィクターは実験道具を持って旅立つ。ここに暗示されているのは、イギリスは生殖と繁殖に関する知識が進んでいる場所だということだ。

ヴィクターの移動を支えるのは、科学上の発見や技術の発明に関する情報や議論を交換する知のネットワークだった。時間のかかる手紙のやり取りよりも直接訪れて意見を聞いた方が早いというのでヴィクターは旅行することになる。フランスのアカデミーをまねて王立協会がイギリスにできたのは一六六〇年だった。そして十八世紀にはフランスを中心に啓蒙思想家たちが手紙や出版物の流通による「知の共同体」を作っていて、これは「文芸共和国」とふつう訳される。だがこれは「手紙の共和国」ともとれる。フランス語圏ジュネーヴで育ったヴィクターが紹介状をもらってあちこち訪問できたのも、こうした知的ネットワークのおかげだった。

アヴィニョンの医師エスプリ・カルヴェのように、図書の蒐集から手紙による情報のやりとりまで広大なネットワークを築いた人物もいる(ローレンス・ブロックリス『カルヴェのウェブ』)。各地の「サークル」がこうした文芸共和国を支えていた。ダーウィンの祖父のエラズマスが一七六五年に設立した伝説的な「ルナ・ソサエティ(月光協会)」は多くの科学者や発明家や起業家を集めておこなわれていた。ゴルトンの祖父もそこに参加していたことで知られる。

社交が情報伝達の重要な場となる。ヴィクターはパーティや社交界が苦手で、下宿も人と会わないですむ廊下と階段を使ってようやくたどり着くところだった。大学の卒業パーティーでもクラヴァルが体調の悪いヴィクターの代弁をしてくれていた。それは怪物を作ってしまったという悔悟の念からだった。そしてイギリスから父親に連れられて帰ってきた時も、人間嫌いではないが、人間と顔を合わせるのがわずらわしいとこぼすのだ。自分が作った怪物が友まで殺し、花嫁殺害の予告をしたことで、殺人鬼を野に放ったことへの反省がある。もっともその事情を知らない者からすれば、「理系オタク」のヴィクターが「神経衰弱」になったといったレッテルを貼られてしまうだろう。

実際にはエリザベスがジュネーヴの社交界の様子をインゴルシュタットまで知らせてくるように、人的交流が事態の打開の役に立つ。スコットランドのパースに招待してくれたのも、フランケンシュタイン家に滞在したことのある人物だった。そうした人的交流が「サロン」でおこなわれる。とりわけフランスの上流階級の文学サロンは女主人が主催することで知られている。十七世紀初頭にランブイエ侯爵夫人がおこなったのが始まりとされ、ラファイエット夫人、ポンパドール夫人などを中心とするさまざまな形のサロンが十八世紀には生まれた。そこでは音楽が演奏されたり、劇が演じられたり、詩や小説や手紙が朗読された。

これは怪物の隣のド・ラセー家でギターの伴奏で老人や女性たちの歌が流れ、フェリックスが詩や散文を朗読するようすを連想させる。インゴルシュタットの森の農家に一種の知的サロンが出現していたわけなのだ。中産階級の知識人の家だったからこそ、怪物は単に言葉を覚えただけでなく、諸国の歴史や地理を覚えることができた。もしもそこに暮らしていたのが地元の農家の一家で、ドイツ語の農事暦と聖書くらいしか蔵書がなかったならば、アメリカで先住民がどのような目にあったのかを怪物が知ったり、さまざまな支配者が交代した古代からの歴史を知ることは不可能だった。隣にいるのが兵士だったら別の感覚を持っただろうと怪物自身も告白している。近隣しか知らない地元民の地理感覚を学んだならば、インゴルシュタットからジュネーヴまでの道のりをたどれたのかも怪しい。

そう考えてくると、ロバート・ウォルトンが姉のサヴィル夫人に手紙をせっせと送っている理由もわかってくる。もちろん姉に自分の近況を知らせる私信だが、彼女が極地探検の内容の重要性を理解しているのが大切である。ヴィクターとの出会いや怪物創造などのエピソードに姉が興味を持つだろうと弟は考えている。家庭教師から高等な教育を受けてはいても俗世間を知らないサヴィル夫人の好奇心を満たすし、彼女の家には地図もあれば地球儀さえ持っているかもしれない。

そして彼女が自分の「サロン」を主催するなら、ロシアからの手紙は訪れる客たちに読んで聞かせる目玉となるはずだ。そして極地探検家ウォルトンの報告書が朗読されたならば、ヴィクターや怪物の告白は詩的レトリックに満ち、感情が高まるように効果も計算されているので、聴衆の前で本人たちが語っているように錯覚しただろう。この小説のなかの告白や私信を単なる文字表現ととらえると、こうした事情はわからなくなる。そもそも国境を越えてウォルトンやエリザベスの手紙が届くこと自体が、ヨーロッパの知のネットワークを保証している。しかもフェリックスやアガサがサフィーに対してやったように、朗読によって知が共有されることもよくあるのだ。

【共感と見えない力】

物語の最後に怪物は自分自身を火葬して灰になれば魂は安らぐと予告し、「さらば」とウォルトンに言い捨てて探検船の外へと出ていく。そして白い氷の塊に怪物が乗って消えていったのが「暗闇と遥かかなた（ダークネス・アンド・ディスタンス）」だ、という表現で終わる。日本語に翻訳できない余韻がここには漂っている。その先に待っているのは「死（デス）」である。「d」の音を連ねるのは「死」を連想させるための文学的な仕掛けなのだ（原文は“He was soon borne away by the waves and lost in darkness and distance.”となっている）。しかも最後の単語となる「距離（ディスタンス）」こそが小説全体を貫く鍵語だろう。神と人との間の距離、父と子など親子の距離、隣人同士の距離、さらには死体と生者との間の距離などさまざまな隔たりにあふれている。小説は最後に暗闇のなかへと投げ込んでしまう。

もちろん物理的な距離ばかりではなく、心理的な距離も問題となる。こうした距離がゼロの理想の状態をしめすのは、何度となく登場する「結合《ユニオン》」という語である。ヴィクターとエリザベスが最初に出会った時から、恋人や夫婦となるべきものだとして「結合」が使われる。ところが怪物もヴィクターに「共感」だけでなく「結合」を求める。それは距離が存在しない状態を示しているが、結合を拒絶したことでヴィクターと怪物はお互いに顔を合わせて対面しても理解しあえないことになる。

こうした結びつきとは「アソシエーション」ともみなせるが、それは啓蒙主義の時代に広く追及されたものだ。王立協会の協会は「ソサエティ」の訳だがこれはふつう「社会」と訳される。知的好奇心によって人々が結びついたサロンが新しい公共圏を形成する手段となっていた。人々を結びつける力のモデルとして、ニュートンの万有引力はひとつの候補だろうが、ウォルトンが探究している「磁力」も関連してくる。ばらばらの要素をまとめ上げるために怪物の身体は縫合されたが、それを動かすには電気力のような別の力が必要となる。ゲーテは『親和力』のなかで人間関係のモデルを化学的親和作用に求めた。シェリーが『若きウェルテルの悩み』や『ファウスト』とともにこうしたゲーテも意識していた。

とりわけ情動と深く結びつくのが、体内を循環する血液である。ジュスティーヌの処刑を聞いても、ヴィクターは「自分は生きている。血は滞りなく流れている」と言う。流れる血はヴィクターが生きている証拠であり、なおかつ冷血漢である自分を確認している。「心＝心臓」にはさまざまな後悔の念があるとヴィクターは語るのだが、神や運命が処罰として彼の心臓を止めて死を与えなかったことを確認する。興味深いのは怪物も「あれこれと思い出すと体内の血がたぎる」と表現することだ。怪物の心臓がどうなっているのかは不明だが、単なる言葉の修辞ではなく体内を血がめぐるという意識は持っている。体内の血の循環は天体の運行とともに、そのまま社会のさまざまな循環のモデルとなってきた。

だが、ネットワークのなかではメンバーの理解や結合が生まれながらも、時には憎悪や排除の意識が増幅するのだ。とりわけ「群衆」というネットワークが持つ力がしめされる。ラッダイド運動のような動きとつながり、情動が理性を超えて暴発する。まさにたぎった血が血管を破って外へと襲ってくるのだ。ジュスティーヌの裁判においても、「殺人鬼の召使」というレッテルが貼られ、ウィリアムのかわいい顔と対比されることで人々の怒りを掻き立てたことが評決につながった。またウォルトンの探検船が方向を南へ転換することになったのも、船員たちの反乱の前兆に船長たちが抵抗できなくなったせいだ。理性ではなく情動によって動く「群衆」の意向が力を持つことが描き出されている。

こうした動きに注意を払う政府によって、ときに群衆は扇動されたり弾圧されたりする。『フランケンシュタイン』の初版発行の翌年の一八一九年にマンチェスターで起きた「ピータールーの虐殺」は有名な事件である。食料の高値安定を保証する穀物法に反対する人々に対して、政府は殺害によって対応したのだ。この事件に関して夫のパーシーは『無政府主義者の仮面』と題する詩を書いて連帯の意思をしめしたが、発表が差し止められ、『フランケンシュタイン』の改訂版が発行された翌年の一八三二年にようやく読めるようになった。つまりストレートに描いたとしても、すぐに多くの人の目に触れないことがあった。そうした事情がこの小説に複雑な比喩的な陰影を与えてもいる。

【ネットワークの中の存在証明】

国家はおろかどの社会集団にもネットワークにも属さない（いや、属せない）怪物は、どこからも身分証明書も旅券も発行してもらえないし、裏書や生存の保証もしてもらえない。社会のネットワークのなかの残余や空白として機能するだけだ。そして自らの火葬によってこの世から消えたのならば、彼の存在を証明するのはウォルトンの手紙と記録しかない。それすらも北極の氷に中に船が閉ざされたままになっていたのならば、姉の手元に届くはずもない。

この怪物が実体を持つことにどんな意味があったのか。怪物はたまたまヴィクターが作り上げたのだが、「魂」が宿ることによって、その姿や台詞から社会や国家のなかに隠れていた欲望や醜さが具現化される。ネットワークにとって「無」に見えて、じつはネットワークを破壊するマイナスの意味を持つ結節点あるいは桎梏《しっこく》となる。今まで見てきたように怪物を通して、身体から知や情報までのさまざまな断片が集まっている。怪物は確固とした実体ではないので解体してもあまり意味はない。殺害によってこの世から追放できるわけではない。

怪物が殺す相手は、ウィリアムというヴィクターの肉親、クラヴァルという友人、そしてエリザベスという伴侶だった。ヴィクターは怪物に欠けているもの――親も、友も、恋人も、日々の食事や安定した生活も、名声も手に入れていて、リアルな生活が充実しているわけだから、無名で無一物の怪物が嫉妬し羨望しても不思議ではない。これはそのまま現在の格差社会が生み出す犯罪のひとつの原型となるだろう。しかも怪物から見て羨望の対象であるはずのヴィクターこそが、父親のアルフォンスの期待に応えられず、よきジュネーヴ市民になれずに苦悩している。

この物語の最大の不幸は、神や父親を不完全にしかコピーできなかった者たちが、お互いに自分がいちばん不幸でみじめだと思いこんでいる点にある。さまざまな知のネットワークが交差するなかでいろいろなタイプの怪物を生み出してしまうのだ。ジュスティーヌが死の前に告解をしたように、それぞれが他人に告白をすることで魂を浄化し、さらに「私は他者だ」という宣言をヴィクターも怪物もおこなって罪を逃れようとしている。当事者意識が欠如し、責任を相手になすりつけたまま、ヴィクターの末裔は怪物を作り続け、怪物の末裔は無名のままで暴力や破壊を続ける。

たとえ積極的な悪意を持たなくても、今後も技術やネットワークや論理の結節点に新しい怪物が誕生してくる。怪物の「無名」や「匿名」は声なき者の代弁にも見えるが、同時にサイバーテロをおこなう「アノニマス」のように、システムを混乱させる暴力を行使する代名詞ともなる。怪物を彼方にいる存在だとみなす人にとって、この小説は怪物が覚えたフォンテーヌの詩と同じ教訓物語となる。自分を「ふつうの人間」と信じてやまない人には、「人間とは何か」とか「善悪の境はどこに引けるのか」を考えさせる反省材料になったとしても、最終的には「ヴィクターは間違っている」とか「科学技術は怖い」とか「人間の方がよっぽどひどい」といった答えで満足してしまう。

けれども、自分が断片からできあがっていて、ヴィクターは自分だとか、自分のなかに怪物がいると感じる人にとっては、この物語は今後も簡単な答えを見つけ出せないアクチュアルなものであり続ける。結局この物語は「読んでいるお前はどの立場にいるのか」を問いかけてくる。そして正解のない問いには、間違った答えを答え続けて、試行錯誤のなかでよりよくするしか対策はない。コーカサスの山に縛りつけられたプロメテウスは、ハゲタカに肝臓をついばまれるが、その傷が癒えてもまた鳥はやってくる。その果てしない繰り返しこそ、まさに怪物とつきあう方法を連想させるのだ。

【怪物が日本へと襲来する】

次の第2部で私たちは、ヴィクターと怪物の足跡を日本にたどることになる。ひとつの物語が私たちの想像をはるかに超えて現代にまで浸透しているので、日本も例外ではない。第二次世界大戦以前の日本人の『フランケンシュタイン』のイメージは、手ごろな翻訳書もなかったせいで、一部の好事家が原文で読む以外は、三一年のハリウッド映画とその続編がもたらした印象が強かった。大恐慌と

戦間期の不安を表した映画が、観客の心を揺さぶったのである
小説に関しては、多くの人がホラー作品として受けとめていたし、文学史などでもあくまでも詩人シェリーの妻が書いた特異な小説という二流の扱いだった。そもそも「ゴシック小説」というジャンル自体が、女性が書いて女性が読む安手の扇情小説とみなされ、文学研究の対象外だったのだ。正当な評価を受けるようになったのはイギリス本国でもここ最近なのである。

日本でこの小説を本格的に受け止めたのは、戦後のマンガ家やSF作家たちだった。もちろん映像的なイメージの影響が大きいのだが、翻訳が出版されたことによって、差別されたり抑圧された怪物の「語り」という要素を、自分たちの作品にも借用できるようになった。怪物がもつ人工性が、戦後の日本のさまざまな問題点とつながっていた。マッカーサーは、当初近代戦争のできない「農業国」にしようと考えていたのだが、朝鮮戦争の勃発により日本は工業国として復興していく。ブリキのおもちゃや家電から車に至るまでの工業製品が輸出品として外貨を獲得するが、他方で、原水爆から公害まで科学技術がもたらす害悪も目に見える形で存在した。そうしたなかで、メアリー・シェリーが『フランケンシュタイン』という作品に託したメッセージを真剣に受け止める土壌が読者にもできてきたのだ。

多くの作品のなかで、フランケンシュタインの怪物が日本で闊歩するようになるのは、そのまま戦後の私たちの社会の変化とつながっている。多くの表現者たちは、文章から映像まで使いながら、小説『フランケンシュタイン』が孕んでいた問題を引き出すことで、新しい作品を作り上げてきた。二百年前の作品との真剣な対話に他ならないし、その軌跡をたどっていくと、その時々の「日本」の

姿や課題が見えてくるのだ。

(★5)シェリーの母親のメアリー・ウルストンクラフトは『スウェーデン、ノルウェー、デンマークに短期滞在中の手紙』(一七九六)を出版して人気を得た。十八世紀の旅行記物を読みぬいたうえで、アメリカ人の外交官で作家のギルバート・イムレイとの体験を踏まえて書いたものである。一八一四年にシェリーはこれを読んで風景の崇高美のとらえかたなどに影響された。シェリー本人もパーシーとのフランスやスイスへの逃避行を『六週間の旅の話』(一八一七)として『フランケンシュタイン』の前の年に出し、さらに最後の本として『ドイツとイタリアそぞろ歩き』(一八四四)という旅行記をイタリア人の若い革命家を支援する目的で出版した。こうした旅行記は外国を紹介するだけでなく、女性が政治的な意見を述べる場でもあり、同時にプライベートを切り売りする商業的な意味合いを持っていた。

第2部　戦後日本におけるフランケンシュタイン

第5章　怪物からロボットやサイボーグへ

1　フランケンシュタインと視覚表現

【怪物の視覚的イメージ】

第2部では主に日本の戦後のSF小説や特撮映画やSFマンガに『フランケンシュタイン』がどのような影響を与え、日本の課題とどうつながってきたのかを見ていく。その関係は、小説を読んで小説が作られる、といった常識的なラインだけではない。小説がイラストやマンガや映像といった視覚表現に与えたインパクト、あるいは映画や挿絵を通じた視覚表現が与えたインパクトもある。外の文化を摂取する回路が複数あったことは見逃せないだろう。

そもそも出発点の『フランケンシュタイン』のなかに視覚的な表現が満ちていた。ヴィクターと怪物が出会うアルプスや、イングランドの廃墟、スコットランドの荒涼とした島などの絵画的なイメージが「崇高」という美学とつながる。そして、怪物自身の姿もヴィクターやエリザベスのなめらかな美と異なる「醜さ」が強調され、視覚的に違和感を与えるゴツゴツしていることで、怪物への読者の恐怖がかきたてられる。それに応じるように、『フランケンシュタイン』の一八三一年の改定版には、セオドア・フォン・ホルストが描いたイラストがついている。ホルストはドイツ・ロマン派などの文学作品を題材にした絵があり、あの「夢魔」の絵で有名なスイス出身の画家フュースリの弟子なので、この作品のイラストレーターにふさわしかったのだ。

描かれているのは、ヴィクターが動き出した怪物を下宿の実験室で目撃してそこから逃げ出す場面である。怪物は顔が横向きで、胴体とは位置がずれているように見え、手足の先端が通常よりも大きく「不均衡」に描かれているし、足元には肉や内臓を利用し尽くした骸骨化した死体が仰向けになっている。床には革の表紙がついた本が転がり、奥の本棚にも同じような分厚い本が並んでいて学者の部屋らしい。ただし本棚の上には頭がい骨が並んでいる。実験装置らしいフラスコ状の容器が、怪物の背後に置かれている。そしてヴィクターの目のあたりに光があたり、どこかたじろいで、怪物に共感を持てない様子が明らかになる。画家のホルストは当時の有名な肖像画家トマス・ローレンスに力量を認められたほどで、古代ギリシアの彫刻やミケランジェロのように立体的な筋肉や骨格を描くことができた(★6)。

稀代のSF雑誌コレクターの野田昌弘が、SFの本質を「絵」とみなしたように、SFにおいては、宇宙や星空や荒涼たる壮大な風景や、未来都市などのパノラマや、天変地異や人工的な爆発や破壊の光景が好まれた。『フランケンシュタイン』のなかに、そうした期待に応えるロマン派絵画由来の壮大なイメージが入り込んでいる。氷の海に閉ざされた船、怪物の点けた火に燃え上がる農家、暗い森のなかでの殺人——どれも白黒のイラストでも表現しやすい「明暗の対比」を持つ。場面が浮かぶという意味で視覚化しやすいので、怪物も文章から得るイメージだけではなくて、十九世紀には挿絵などを通じて、『フランケンシュタイン』という作品の外に出ていった(クリス・ボルディック『フランケンシュタインの影の下で』)。

十九世紀には各種の演劇化もおこなわれたが、二十世紀に入ると主流は映画となる。最初の映画化作品とされる一九一〇年のエジソン社の『フランケンシュタイン』は、簡単なセットのなかで撮影された十六分の短編である。エジソン社は当時『ファウスト』や『不思議の国のアリス』といった有名作を次々とフィルム一巻の長さの映画にして配給していた。短いながらもここには、張りぼてを燃やした様子を撮影しフィルムを逆転して怪物の創造に見立てたり、鏡を使ったトリック撮影がある。怪物をヴィクターの良心の問題に還元して、最後に鏡のなかの怪物像が人間ヴィクターとなり、「愛が邪悪な心の創造物に打ち勝つ」と字幕が出てくる(もっとも結婚の夜に花嫁と怪物に出くわすという第三者の視点からの場面があるので一貫性はないのだが)。こうした怪物=ヴィクターの邪悪な心の具現化というのは、当時のアメリカの演劇版を下敷きにしたもので、逸脱の治療という心理学的な解決が濃厚に出ている。しかも観客への心理的効果を考えて、場面によって使うフィルムの色を青やオレンジに意識的に変えた版が存在する。

これ以降『フランケンシュタイン』を扱ったり、そこからヒントを得た映画が、現在までどれくらい製作されたのか正確な数はわからない（テレビや映画のタイトルを百八十本近く映画データベースのＩＭＤｂはあげている）。すべてを視聴するのは難しいだろう。フランケンシュタインの怪物はホラー映画に登場する定番だし、ときには脇役やちょい役でも顔を出すからだ。これまで製作された変わり種の映画としては、火星人と対決する『フランケンシュタインが宇宙怪物と出会う』だとか、西部劇と結びつけた『ジェシー・ジェイムズがフランケンシュタインの娘と出会う』があるが、これも直接怪物の名前がタイトルに登場する作品の一部にすぎない。

たとえば有名なティム・バートン監督一人をとってみても、デビュー作は人造犬を扱って名前もあからさまな『フランケンウィニー』だったし、これは後に自分自身でリメイクしたほどである。片腕がはさみになった人造人間が登場する『シザーハンズ』はこうしたイメージの集大成となっている。そして人間の知性の問題を扱う『ＰＬＡＮＥＴ　ＯＦ　ＴＨＥ　ＡＰＥＳ／猿の惑星』には人間と人間以外の境界線を問うフランケンシュタインの主題が満ちている。こうした作品のようにフランケンシュタインのモチーフを扱った映画まで含めると、途方もない数になるだろう。

フランケンシュタインの影響下の映画では、「博士と怪物」や「造物主と被造物」という組み合わせが、ときには入れ替え可能となりながら、二次的に三次的に使用されてきた。そして多くの映画で『フランケンシュタイン』のヴィクターや怪物の子孫たちが活躍する。そのたびに文化生産物は複製され、分割され、改変され、接合されていく。

その様子は怪物が墓地や解剖室の死体という天然の素材から人工的に作られたのと同じである。複数の人間の身体や臓器から一つの人間が作られるのは、数台分の中古車の車体や部品を使って一台の車をレストアするようなものだ。この背後には人体と機械の関係、とりわけ工業製品や製造機械の標準化の歴史がある。活版印刷術に基づく小説だけでなく、映画というプリントという複製技術に基づき、電気仕掛けで撮影も上映もおこなわれるジャンルに『フランケンシュタイン』が広がっていったのも、工業化が進む時代の物語の主人公にふさわしかったからに他ならない。

【ボリス・カーロフ版の怪物】

数ある中でフランケンシュタインの怪物を代表する図像となったのは、ボリス・カーロフの姿であった。カーロフはユニバーサル映画が製作した『フランケンシュタイン』(一九三一)、『フランケンシュタインの花嫁』(一九三五)、『フランケンシュタインの復活』(一九三九)の三本で怪物役をつとめた。『復活』の原題は「フランケンシュタインの息子」であって学者の系譜のほうをたどる展開のはずだが、一連の映画のなかで怪物＝フランケンシュタインという刷り込みが完了した。邦題がまさにそうした誤解を告げ、『キングコング』の続編の『コングの息子』のような意味合いでとったのだ。

第一作の映画『フランケンシュタイン』は墓暴きの場面から始まる。ヴィクターではなくてヘンリー・フランケンシュタインが怪物を創造する。しかも助手のフリッツは「せむし」で、二人は共同で実験材料を墓地に埋葬されたり処刑された死体から取り出し、大学の解剖室に保存されていた脳なども盗んで使う。ところが助手の手違いから、犯罪者の脳が入ってしまう。理想の人間から逸脱するわけだ。

カーロフの演じた怪物のメイキャップの視覚的な特徴は、首にささったボルトであり、犯罪者の脳を埋めたときにできた縫い目である。手首にも縫い目があり、全身が縫合されていることが想像されるが、黒い服を着ているせいで映画内では確認できない。性別に関する曖昧さと同様に、一体何人の身体や材料からできているのかは不明である。原作やホルストの絵とかけ離れている。とりわけ首をとめたボルトの突き出た金属は刺さった弾丸か、頚動脈の流れを調節する弁がふさいだ蓋にも見える。頭は首吊り刑によって十字架に貼り付けられた死体からとられた。死体の首が折れていたので頭部だけを使ったのである。

こうして出来上がった怪物がとった行動に、どこか逸脱した性的な含意を読み取ってしまうのが、水辺で出会った少女と花輪を作る有名な箇所である。水辺に花を投げ入れる少女を模倣するが、やがて自分の手に花がなくなると、花をまだもっていた少女を水中へと投げ入れてしまう。花と少女の区別ができないことが悲劇を生んだのだ。怪物は助けを求める少女を置いて逃げ出すが、少女が溺れて亡くなり、死体を抱きかかえた父親を先頭に民衆が怒って集まってくる。そこから怪物狩りへと転じることになる。この花と少女が出てくる場面の想像的な借用が、宮崎駿監督の『天空の城ラピュタ』でのかわいそうなロボットに花をささげる場面だろうし、スティーヴン・キングの『グリーン・マイル』で少女を殺害した犯人だと大男のジョン・コディが間違えられる場面ともつながっている。

怪物がヘンリーの花嫁を殺害しにやってきて見つけたヘンリーと争ったあと、少女の殺害に怒ってたいまつを持った群集に追い詰められて、追ってきたヘンリーを逆に抱えて風車小屋へと登っていく。映画オリジナルのこの場面は、ディケンズの『オリバー・ツイスト』などの群衆の追跡を想像させるし、当時のアメリカの労働争議や群衆行動を連想させる。しかも風車小屋の上からヘンリーが落下したのを見届けた民衆が、残った怪物を退治するために火を点けると小屋が燃えてしまうと、そのときに風車の羽根が十字架のように見える。燃える十字架といえば黒人を迫害する白人優位主義者のＫＫＫを連想させるが、ゴシック小説そのものが、反カトリックやホイッグ主義といった背景から誕生した経緯を持つので、原作の背後の宗教的な雰囲気を制作者が汲み取った表現ともいえる。

その後に風車小屋の焼け跡から復活してみせた続編の『花嫁』のおかげで、簡単に死なないフランケンシュタインの怪物像が確定した。まさに連続活劇の手法であり、その後映画を超えて怪物が渡り歩くきっかけとなる。三作目の『復活』によってシリーズは不動のものとなり、怪物の演じ手をカーロフから変更して八作にまで達した。本家のはずのイギリスでは、ハマープロが戦後になって『フランケンシュタインの逆襲』（一九五七）でリメイクを試みるが、そのときには意図的にカーロフ版とは姿かたちを変えている。もちろん著作権がらみである。顔の縫合の傷はトレードマークのように残り、フランケンシュタイン映画のなかの怪物の姿に共通するものとなっている。

ユニバーサル社の『フランケンシュタイン』と続編の『花嫁』の監督は、イギリス生まれのジェイムズ・ホエールであった。ミュージカル映画の『ショウ・ボート』や戦争を挟んだ悲恋ものの『ウォータールー橋』を作っただけでなく、『透明人間』のような問題作も生み出していた。演じたボリス・カーロフも、ロシア系の名前は芸名で、イギリス生まれのウィリアム・ヘンリー・プラットが、カナダで旅芸人をしていた折に異国風だと選んだものだ。二人のイギリス人がイギリス原作小説をもとに作り上げた奇想がここにある。

【独身者の機械】

ホエール監督による映画『フランケンシュタイン』や『透明人間』に現代芸術のひとつの系譜の帰結を見たのが、『独身者の機械』のミッシェル・カルージュだった。一九五一年に出たこの本は、マルセル・デュシャンの「大ガラス」を導きの糸として、芸術における機械と男性をめぐる系譜をたどる。カフカやアポリネールだけでなく、ヴェルヌや『未来のイヴ』のリラダンがあげられていた。カルージュ自身がSF作家なので、SF的な流れも意識し、アシモフのロボット物SFへの言及もある。

ただし、フランス系のカルージュによる議論は、オールディスによるイギリス流のSFの起源や系譜とは異なる流れを追及するものだった。しかも「独身者にとっては、女性が機械の中に入っているとき、つまり女性が愛欲の機械装置そのものになったときにしか、女性は存在しない」というカルージュの指摘は、まさに『フランケンシュタイン』におけるヴィクターや怪物のあり方そのものでもある。男の独身者にとって、機械は伴侶であり、持たない家族の代用物であり、性愛の対象ともなりうるのだ。それは現代における「性」と「愛」の分離ともつながっていた。

カルージュに大きな影響を受けた澁澤龍彦は、扇風機に魅入られた子どものエピソードを読んで「病める小さなオブジェ愛好家の記録を初めて読んだとき、異様な感動に胸がいっぱいになった」と感情移入したことを記している(『オブジェを求めて』編者序文)。ときには機械とその運動がもたらす快楽が性的快楽の代用となりうるのだ。

二体の少女人形と機械を主題にした『独身者の機械』という人形アニメーションが日本で作られ、一九九七年に公開された。イメージ・フォーラム・フェスティバル審査員特別賞受賞を受賞した。執事のような金色のロボットやエビのような機械生物が登場したりする。そして博士が道具を使って手術台の上に横たわった人形の胸元を開けると、機械の歯車が見えたりする。人間と機械の境界となる人形のせいで、血なまぐさい味を持たずに表現されていた。

また押井守監督は攻殻機動隊シリーズの『イノセンス』（二〇〇四）のなかで、カルージュの本からの引用をおこなった。このシリーズは、電脳空間とリンクするサイボーグである草薙素子を主人公にした志郎正宗のマンガを原作にしている。押井は「人間がもっとも早い段階で自己を客体化したものこそ人形ではないか」と語り、アニメの仕事との関連を指摘する（『イノセンス創作ノート』）。

すでに押井は『うる星やつら2　ビューティフル・ドリーマー』（一九八四）のなかで、マネキンを満載したトラックを登場させたりして、人形への関心をあからさまにしていた。また主人公の諸星あたるにフランケンシュタインの変装をさせているし、少女となったラムは、カーロフ版の映画ともつながっていく。宇宙人と人間との関係を描きながら、「人間」と「機械人間（＝サイボーグ）」と「機械（＝人形）」との間の連続と不連続の問題点が先取りされていたのだ。

カルージュの本は、とりわけ人形や機械を性愛とからめて語るときのバイブルのひとつとして機能してきた。その発想の源に『フランケンシュタイン』があった。ただし、人造人間という生物学的なレヴェルではなくて、機械との関係において金属へのフェティシズムと結びつくのだ。カーロフの変装でいえば、打ち込まれたように見える金属ボルトを重視する考えとなる。人間どうしの社会関係や愛情や性愛を、「化学反応」の結果や「生物機械」の機能で説明する態度となっていく。

自分にとっての理想の人工女性を作り出したギリシアの彫刻家ピュグマリオンの神話が男性たちを呪縛していて、「女性嫌悪」を『フランケンシュタイン』のなかに読みこむことは難しくない。ホエール監督はゲイであることをハリウッドで公言した数少ない監督であり、おかげでカーロフ版のフランケンシュタインがもつ不気味さのなかにさまざまな表象を読みこむのが可能となる。それに独身者が、日本で「毒身者」や「毒男」と自虐的にとらえられてきたのも、そこに車やバイクや銃や鉄道マニアやSFやアニメやマンガや特撮オタクの男たちと重なる特徴を見出したせいである。もっとも理想の女を作ろうとするこうした男たちの行為を逆手にとって、女たちが支配関係を乗り越えようとしてきた歴史もある（拙著『ピグマリオン・コンプレックス』参照）。

【フランケンシュタインの日本上陸】

日本で『フランケンシュタイン』のインパクトをまず受け止めたのは、戦前の映画を観たりポスターなどで知っていた、一九五〇年代から六〇年代に登場した戦後の第一世代のSF作家や漫画家たちだった。第6章で詳しく触れるが、シェリーの小説の翻訳は戦後になってから登場したので、彼らの知識の多くはイラストや映像の表現によるものだった。

たとえば第一世代を代表する小松左京には、美術史家の高階秀爾との『絵の言葉』（一九七六）という対談集もあり、そこではアレゴリー読解の重要性などを指摘していた。小松は作家デビューする前に、「モリ・ミノル」名義で手塚流の貸本マンガを出版していた。一九五〇年にはウェルズの『世界文化小史』などを下敷きに文明進化を描いた『ぼくらの地球』、そして翌年にはロシア民話を翻案した

『イワンの馬鹿』、砂漠の下に湖があり地殻変動を扱った『大地底海』を書いて評判になった。『大地底海』では、キシベ・イチロウという科学者が、悪魔の発明をして電波で人類を狂わそうとしたのに、最後は良心に目覚める。そして自己犠牲によって、魚人たちの人類征服の野望を打ち砕くのだ。

小松本人の回想によると、マンガ家になりたかったのに結果として小説家になったので、作品の描写が視覚的なのは当然かもしれない。第一世代にあたる筒井康隆も七〇年代に自作マンガを描いて発表して本にまとめている。光瀬龍は阿修羅のような仏像だけなく、キリコの絵に魅せられて美学を専攻するために大学に入りなおした。一・五世代と呼ばれた荒巻義雄に至っては、ダリなどのシュールレアリスムやマニエリスム絵画に影響を受けただけでなく、父親の作った画廊を引き継いで絵を収集して今も経営する。そして、第一世代の豊田有恒や平井和正のようにマンガやアニメの原作を手がけた作家も多い。

SF作家たちがマンガやアニメといった視覚表現と親和性を持った背景として、絵画的イメージとSF小説とのつながりがある。「イラストレーション＝挿絵」は単純に本文の絵解きをしているわけではない。ミケランジェロなど天地創造を扱う宗教画もそうだが、ダンテの『神曲』にはボッティチェリやドレといった画家の挿絵がつけられた。シェリーが下敷きにし、怪物も読んだミルトンの『失楽園』には、ジョン・マーティンの壮大なスケールの銅版画などがある。小松左京はこうした挿絵に心を動かされたと述懐している(『絵の言葉』)。とりわけロマン派が重視したのは「幻視(ヴィジョン)」だった。視覚イメージへの傾斜が、『フランケンシュタイン』にも含まれていたからこそ、視覚文化が優勢となった現代の私たちにいまだに取りついているのだ。

2　フランケンシュタインと鉄腕アトム

【メトロポリスの人造人間】

戦後日本のマンガ界を刷新した旗手が手塚治虫なのは間違いない。現在の私たちの関心である『フランケンシュタイン』が戦後の日本文化へどのような影響を与えたのかを検証するときに、その存在は欠かせない。手塚は過去のフォーマットを利用しながらも、新たなフォーマットを生み出す縫い合わせの技に優れていた。そして手塚のトレードマークの「ヒョウタンツギ」から、医学マンガの代表「ブラック・ジャック」まで、縫い目やつぎはぎの目立つキャラクターも多い。一九七三年から連載された『ブラック・ジャック』に出てくる助手のピノコは、双子の姉の奇形腫のなかでバラバラだった身体を組み立てた妹だった。こうしたフランケンシュタインの怪物につらなるキャラクターが頻繁に登場する。

そうしたつぎはぎのキャラクターは、一度見たら忘れられない、という視覚的な効果を持つだけではない。六〇年代に日本のSF小説が興隆する以前に、五〇年代の手塚を代表とするマンガが、戦前からのSF小説の欠落を埋めて戦前とつなげていた――と長山靖生は指摘する(『日本SF精神史』)。文化の個々の産物は生命と同じくすべて連続のなかでの不連続であり、断続をどこに求めるのかによって見方が変わってくる。長期的な変化と短期的な変化が組み合わされているせいだ。「産業革命」や「明治維新」をワットの蒸気機関の発明や大政奉還や五箇条の御誓文のおこなわれた年号で語ることができない、という歴史認識が現在定着している。戦前と戦後の意識や仕組みのすべてが一九四五年八月十五日で切断しなかったのと同じである。切れ目がはっきりとつけられないからこそ、縫合しなくてはならないし、また縫合した傷跡を見せないことも可能なのだ。

死体をつぎはぎに縫い合わせた新しい身体に、生前とは別の意識が宿る、というフランケンシュタインの怪物の姿は、戦後の日本社会にとって切実なイメージとなった。人造人間や人間改造さらには新人類の誕生といった表現が新しい課題を背負う。もちろん戦前にも変身や改造は描かれていた。明治維新以降の先進国や一等国になるために、近代化という課題を背負っていたので、そうした表象は「少国民」の教育や成長の話のなかに溶けこんでいた。またロボットの姿もマンガや小説や広告にまであふれていたことが明らかになっている(井上晴樹『日本ロボット創世記』『日本ロボット戦争記』)。

けれども、超越的な存在だった昭和天皇までもが、GHQの支配下で「人間宣言」を余儀なくされたように、ファシスト国家や戦犯国の担い手から、民主主義国家や西側諸国の市民となるように改造や変身することへと意味を変えていく。たとえ同じように国内に廃墟を持っても、戦勝国と敗戦国とでは戦争への受け止め方に違いが生じる。アメリカのように、他国に首都を蹂躙された体験を米英戦争以降に持たない国とでは、当然ながら国民の意識が異なる。しかもアメリカの対日戦略が、武装解除の方針から冷戦下での再軍備へと変化するなかで、フランケンシュタインの怪物の位置づけも、それにふさわしいものとなる。

今では手塚をマンガの創造主として絶対視する考えはすたれてきた。松本零士のような実作者の観点からのコレクターの尽力によって、戦前戦後のマンガの状況が資料的に明らかになるにつれて、ひと頃のような「マンガの神様」である手塚が一人で「ストーリー漫画を発明した」とか「映画的手法を初めて持ち込んだ」という万能の天才論は消えていき、ジャンルとしてのマンガは漸進的な変化を遂げたとみなす議論へと変わってきた。小松左京も「体験としての漫画史」のなかで、多数の戦前のマンガを挙げて影響を語っている。また『誕生！「手塚治虫」』では、石上三登志や多くの論者によって、手塚の文化的なバックグラウンドが詳細に調査され、とりわけ一九三〇年代の内外の映画やマンガなどの摂取が論証された。

手塚を無から創造する神とみなすオリジナル信仰から解き放たれた。もしも手塚が生まれたのがあと何年か遅かったら、重要な外国映画をリアルタイムで体験できずに映像的記憶が乏しく血肉化されなかったかもしれない。あるいは生まれるのが何年か早ければ学徒動員されて戦場に行って命を散らした可能性もあるのだ。ひとりの天才的マンガ家を生み出すのに時代の条件が必要だった。大塚英志はディズニーとエイゼンシュタインの結合したものが手塚を理論的に支えたとして、手塚の語る「記号」の意味は戦後の記号論とは異なる歴史的文脈を持っていると指摘する（『ミッキーの書式 戦後まんがの戦時下起源』）。また伊藤剛の『テヅカ・イズ・デッド』はまさに「神が死んだ」として、手塚治虫という一人の作者を中心に捉えられてきた戦後マンガの歴史観の転換を迫るものだった。

とはいえ一個人の才能が結節点となって新しい動きを生み出すことが多いからこそ、「神様」という冠がつく。凡百のゴシック小説家から抜け出したメアリー・シェリーがまさにそうだが、手塚の場合も同じなのだろう。そして似たように試行錯誤するマンガ家のなかから手塚が抜きん出ようとしたときに、『フランケンシュタイン』が提起した問題を受けとめる必要があったのだ。もちろん映画や挿絵のような視覚的な形を通じた理解だったのだろうが、ヴィクターと同じく生物を扱う医者という職業も手塚の理解を深めたのかもしれない。手塚の貸本時代の初期ＳＦ三部作は、すべて戦前の映画からタイトルを借用したものだが、人間とは異なる存在を嫌悪したり、共存の可能性を探っている点で、どれも『フランケンシュタイン』の問題提起を受け止めている。

第一作『ロストワールド』(一九四八)は、五百万年に一回の周期で接近してきた遊星ママンゴから飛んできたエネルギー石を求めて、若い敷島博士たちが探検に行く話である。敷島博士は動物の脳を人間の脳に作り変え、同僚の豚藻博士は植物人間を作っていた。そしてママンゴ星に取り残された敷島博士と植物人間のあやめが、恐竜が跋扈する前世期の世界での新しいアダムとイヴとなるところで終わるのだ。

また第三作となる『来るべき世界』(一九五一)では、ウラン連邦とスター国の対立という冷戦構造のなか、馬蹄島での核実験によって、新しい人類フウムーンが出現する。フランケンシュタイン博士という脇役が出てくるが、彼は良識的な天文学者でフウムーンと地球に近づく暗黒ガスとが関係すると知らせる。この作品はノアの箱舟を下敷きにしていて、地球上の人間から動植物をフウムーンは円盤で運び去ってしまう。地球が滅びるときになって、ようやくウラン連邦とスター国が和解するという話だ。

この三作のなかでとりわけ注目すべきなのは、中間の第二作の『メトロポリス』(一九四九)である。そこでは人造人間が出てきた。二〇〇一年には大幅に設定を変更したアニメ映画も制作された。フリッツ・ラング監督の映画『メトロポリス』(一九二七)からは題名とスチール写真のヒロインの姿をもらっただけだと手塚は述べる。舞台は「一九××年」の未来で、太陽の異常黒点が地球に変化をもたらす。メトロポリスを支配しようとしていたレッド公は、活発化した人造細胞から人造人間ミッチイをロートン博士に作らせる。博士は自宅を破壊して隠れてひそかにミッチイを育てるが、死んだと思っていた人造人間が生きていた秘密をを知ったレッド公に探しあてられる。

ミッチィは自分の父親だと思ったレッド公から拒絶され、自分が人間ではないと知らされる。そして人間への憎悪から、ロボットたちの反乱の先頭に立って、メトロポリスを破壊しにやってくる。ところが、太陽の異常現象が起きたのは、レッド公がオモテニウム(!)を使って人工黒点を発生させていたせいだとわかり、島にあった発生させる機械が破壊されると影響がなくなる。ただし、その結果人造細胞は働きを止めてしまい、ミッチイは溶けて死んでしまうのだ。

「科学の最高芸術である生命の創造はただむだに人間社会を騒がせただけだった」と最後にヨークシャーベル博士は要約する。ここで「芸術」という言葉が使われているのは「アート」の意味だろう。だが、同時に美的な意味もある。レッド公がミッチイを作らせる際のモデルに指定したのがローマのエンゼルの彫刻で、スイッチによって男女どちらにもなれる柔軟性を持っていた。『リボンの騎士』でわかるように、なめらかな身体がジェンダーを超えるというのは、手塚マンガの特徴でもあるので、ミッチイはその先駆けともいえる。

醜くない人造人間という存在には、彫刻家ピュグマリオンが作り出した美女ガラテアのイメージが重なっている。『ロストワールド』に出てきた豚藻博士は名前のとおりに醜いので、自分の結婚相手として「もみじ」と「あやめ」の二人の植物人間を作った。けれども『メトロポリス』に登場するレッド公の手下として作られたロボットたちの方は、丸と四角から出来ていていかにもロボット然としていた。用途によって容貌が変わるのである。

『メトロポリス』の人造人間ミッチイは、アンドロイドの語源となったリラダンの『未来のイヴ』やロボットの語源となったチャペックの『R・U・R』の本来の設定に基づく生命化学的な産物である。だが、アメリカのSFなどでは、フランケンシュタインの怪物の後継者として機械仕掛けのロボットが捉えられる。子ども時代のアシモフがうんざりしたのは、人間を憎悪し破壊するものとして登場するロボットたちだった。

戦間期の機械のイメージは、あくまでも人間の仕事を奪うものだった。映画で考えるならば、『自由を我等に』（一九三一）や『モダンタイムス』（一九三六）に登場するような、ベルトコンベアーに縛りつけられたフォード主義の効率優性の流れ作業での労働や、『怒りの葡萄』（一九四〇）に姿を見せる畑を蹂躙する巨大な耕作機械のイメージだった。白黒の画面のなかで威圧的な機械が働き手を蹂躙するのだ。

手塚のモデルになった『メトロポリス』（一九二七）では、マリアというロボットが「心」をつかさどる第三者として、資本家と労働者の媒介となる役割を担った。こうした現実的な背景があって、ロボットの「恐怖」や「嫌悪」といった感情をゆさぶる形で問題が提起されていた。それをアシモフはルールを組みこむ技術という形で解決しようとしたのだ。

【アトムと百万馬力】

手塚作品へのフランケンシュタインの影響を考えるときに、やはり『鉄腕アトム』は外せない。もちろんディズニーファンである手塚が、『バンビ』から『ジャングル大帝』を生み出したように、『ピノキオ』から『鉄腕アトム』を作り出したのだが、そこに『フランケンシュタイン』の影響が加わる。

一九五一年の『アトム大使』からスピンアウトした形で翌年月刊誌の『少年』に連載が始まった。六八年まで掲載が続いたが、アトムは天馬博士が事故で失ったわが子トビオをモデルに、人造人間として作ったロボットでありながら、成長する人間ではないという理由でサーカスに売られてしまった。このあたりは『フランケンシュタイン』の「父-子」の承認問題を展開している。アトムにはロボットの両親に兄のコバルトと妹のウランが作られ、さらに育ての親ともいえる科学長官のお茶の水博士までいる。アトムが庇護される家族のなかにあり学校に通っているのは、『メトロポリス』のミッチイと共通する。

実写ドラマ版を経て一九六三年にはテレビアニメ化される。俳優や着ぐるみによるロボットの表現には、どうしても人間臭さが表出する限界を持っていたし、アトム役の子どもが視聴者に画面の向こうから語りかけたりしていた。それに対して動きを自由に表現できるセルアニメーションとなったことで人気を博した。『フランケンシュタイン』の問題設定はアニメを通じてお茶の間に広がった。『鉄腕アトム』で有名なエピソードは「地上最大のロボット」とされる単行本一冊分の長編である。人気も高く浦沢直樹による『PLUTO』というリメイク作品が、作中でアトム誕生年とされた二〇〇三年から書かれた。

二本の角を持つ黒い機体のプルートウが完成して、主人の命令で世界中の最強の七体のロボットを次々と倒していく。最初にスイスのモンブランが倒され、次に倒されるのがスコットランドのノース2号であり、トルコのブランド、ドイツのゲジヒト、ギリシアのヘラクレスと並べると、『フランケンシュタイン』の地理感覚をなぞる気がしてくる。他の二体は日本のアトムとオーストラリアのエプシロンであり、南北アメリカやアフリカのロボットが不在である。それに王国を追放された邪悪なサルタンが、サフィーの父親にも見えてこないだろうか。

アトムはプルートウに「こしぬけ」と挑発されるとすぐにけんかの相手となる。お茶の水博士が両者の間に割って入って戦いが延期にできたのは、プルートウと言うロボットがお茶の水博士という人間を殺せないせいだ。アトムが未熟な存在であるのは、読者である少年(ときには少女)たちの共感を得やすくするためだろうが、こうしたアトムの性格を科学者たちは技術的に訂正しない。アトムが戦いを回避したので、ウランは兄をいくじなしとなじる。そしてウランがアトムに変装してプルートウと戦う場面さえ出てくる。プルートウは正体を明らかにしたウランからワッペンをもらったりして、しだいに他に対して寛容になっていくのだが、最初の命令であるロボットを倒す戦いをやめることはない。

アトムの活躍とともに「戦いをなくすための戦い」という逆説が入り込んでいるし、パワーバランスのなかで軍拡へとつながる欲望がとらえられている。さらなる力を求めてアトムが十万馬力の体を、生みの親である天馬博士の手によって、百万馬力へと「改造」してパワーアップする。アトムは力をもてあますように、大きな船を軽々と持ち上げたり、噴火しそうな阿蘇山を岩で埋めたりする。だが、これによってアトムの対ロボット用の兵器としての側面がかえって濃厚となる。

そしてプルートウをしのぐボラーという二百万馬力のロボットが登場し、プルートウを倒す。そのボラーを倒すことで、プルートウへの復讐をはたし、アトムは自分が地上でいちばん優秀なロボットであることを証明するのだ。このエピソードの最初の段階ではプルートウはアトムの十倍の馬力の相手なのでかなわないが、百万馬力になったことで、ボラーは二倍の馬力の相手となるので、戦術次第で勝てることになる。つまり知恵が力に勝るというわけだ。

重要なのはプルートウとボラーを作ったのは同じ人物である点だ。その正体はかつてサルタンに仕えていた召使ロボットだった。ロボットがロボットを設計し生産するという完結したサイクルが用意されていた。ロボットが人間から解放されて主体化するには、自分たちの再生産の手段を握るしかないのだが、そこからロボットたちの国を作る話にはならず、あくまでも教訓的な観点の提出で終わってしまう。ウランが媒体となって、アトムとプルートウの間に相互理解が生まれても、それがプルートウを救うわけではない。なぜなら、悪政で国を追われたサルタンの傲慢さをいさめて「戦うことの空しさ」を教えるために、そのサルタンから追放された召使のロボットは、自分が作ったロボットの「死」を利用するのだ。プルートウはボラーに、ボラーはアトムに倒されなくてはならない。

アトムは岩に埋もれたプルートウの角に手をあてて人間のように涙を流しながら、「ロボット同士仲よくしてけんかなんかしないような時代」が来ると予言して終わる。もちろんアトムの戦いがやむことはない。『メトロポリス』や『来るべき世界』と同じく誰かの犠牲を通じて人間にとっての教訓が示される。ロボットによる対戦が技術力の向上競争とともに、ナショナリズムの発露となるのは、

「ロボコン」として日本に定着した競技を考えてもわかる。性能の向上という絶対的な基準よりも、ライバルに勝つという相対的な基準が幅を利かす。このエピソードのタイトルが「史上最大」から「地上最大」に変更になったのも、千万馬力や一億馬力のロボットがあり得るせいだろう。現にボラーはスペックの数値からすれば二百万馬力でアトム以上だった。当時の軍拡時代の問題を突いているし、二十世紀末からは、パソコンのCPUの生産でムーアの法則が提唱されたように、スペックの倍々ゲームがあった。

もうひとつ鉄腕アトムがぶつかったのは、ロボット三原則と呼ばれるルールとの関係である。ロボットの戦いが人間を巻き込まないのなら、その破壊を気にする必要もない。アシモフが整理したロボット三原則に関しては、『ロボットの時代』で、歴史や原理について本人が余すところなく語っている。人間を襲う暴走したロボットの話にうんざりしたアシモフは、ロボットを機械とみなすことで人間にとって安全安心な存在となるが、それには規則が必要だと考えた。だからアシモフにとって「フランケンシュタイン・コンプレックス」は科学的説明と対策によって乗り越え可能な治療の対象でしかない。ロボットの異常行動を論理的に説明するのが、人間のヒロインである女性ロボット心理学者キャンベル博士なのは偶然ではない。ロボットの脳を構成する「陽電子頭脳」なるものは、アシモフが考えた虚構にすぎず、鉄腕アトムの場合と同じく「ブラックボックス」なのだが、結局のところは人間の脳とおなじものとして扱っているのだ。

アシモフが定式化したロボット三原則は、『ロボットの時代』の解説で水鏡子が指摘するように「理想的な召使い的行動に対してはたいていあてはまる」ような法的規制と言える。解説のなかで

「奴隷」「家来」「警察官」「公務員」と具体例が挙げられるが、奉仕する者の服務規程のようなものだ。ルールを守るロボットというのは、ユダヤ系ロシア移民として、アシモフがアメリカという共和主義国家に同化するときにぶつかった差別がもたらす心理的な葛藤を超える仕掛けとなった。帝国に対して共和国が、全体主義に対して自由主義が、というのがアシモフの立場だった。そしてドジな男である「シュレミール」の系譜にいるように自分を戯画しつつ社会のなかでの位置を確保しようとしていた。FBIによってソ連のスパイではないかと疑われたこともあり、『ミクロの決死圏』(一九六六)のように「アカ」と戦うために東側から亡命してきた科学者の命を救うために、体を小さくして入り込むという設定の冷戦映画の原作シナリオにも積極的に参加していた。

フランケンシュタインの怪物に擬せられているのはアシモフ自身だろうが、フランケンシュタインという苗字がジュネーヴに移り住んだ「ドイツ系ユダヤ人」である可能性が高い(リチャード・ホームズ『驚異の時代』)ことを考えると、アシモフがシェリーの小説にさまざまな共鳴と反発を感じた理由もわかってくる。さらに六〇年代にアメリカで鉄腕アトムのアニメが『アストロボーイ』として放映されると、ロボットとしてのアトムに人種問題や公民権問題のメタファーを読み取ったのは当然かもしれない。ロマン派がじつはアフリカやアメリカの黒人のイメージを利用して詩を創作した以上、アメリカにとってフランケンシュタインの怪物は他人事ではなかったのだ(エリザベス・ヤング『ブラック・フランケンシュタイン』)。

3 兵器としての鉄人28号

【鉄人とロボット＝兵器】

人型ではあるが巨大なことで、『フランケンシュタイン』の怪物の持つ怖さに近づいたのが、横山光輝の『鉄人28号』だった。石ノ森のサイボーグ００９や人造人間キカイダーよりさかのぼるが、無意識的な影響を与えた可能性がある。手塚治虫の『鉄腕アトム』と同じ『少年』に一九五六年から連載されて人気を二分した。

これは江戸川乱歩が四九年から同誌に連載していた『青銅の魔人』から、銀座のビルの間を動く歯車仕掛けの青銅のロボットのイメージを、戦前から続く少年探偵の設定をもらったといえそうだ。山川惣治の手になる時計をぶら下げた魔人の挿絵が今も印象的である。もっとも金田正太郎という名前は、明智小五郎のライバルの金田一耕助を連想させるし、敷島博士といえば手塚の『ロストワールド』に出てきた博士の名前でもある。ちなみに乱歩はこの後も少年探偵団が活躍する『鉄人Q』『電人M』『妖星人R』といったいささか安直なタイトルの作品を発表するが、そこに戦後のＳＦブームの余波を読みとることもできる。もちろん怪人二十面相が相手なので、手品的ではあっても科学的な新しい可能性がしめされるわけではなかった。

横山の描く鉄人の能力は敵の攻撃を跳ね返す強力なボディだった。材料の鉄として米軍機のＢ－29を利用する設定もあったようで、敵の素材を取り込むことになっていた。28号という名称もおそらくそこから来ている。横山が疎開先から出身地の神戸へと帰ると、空襲によって町が壊滅していたという原体験を持つ。現在神戸市の長田区の若松公園に高さ十八メートルのモニュメントが建つのは、鉄の町が体験した空襲と震災という被害を踏まえてだが、鉄は焼け跡から引きずり出して再利用できる金属である。溶かしてつくりかえることができるからこそ鉄には利用価値がある。戦争のために拠出された鉄製の鍋や釜が大砲や砲弾などの武器となり、その武器や工作機械が平和時の道具になるというリサイクルがある。

金田正太郎は、少年にもかかわらず車を乗り回し銃を撃つ超法規的な探偵で、敵のトリックを得意の推理で暴いていた。鉄人を手に入れてからは、操縦者としてさまざまな相手と戦う。『鉄腕アトム』は未来の出来事とされるが、『鉄人28号』は現在を舞台にして過去との対決も含まれてくる。『フランケンシュタイン』との関係はあからさまで、「不乱拳酒多飲博士」というまさにその名の通りの人物が登場する。

この不乱拳博士は手塚の『来るべき世界』のような善良な学者ではなく、さまざまな敵ロボットを開発する優秀な「狂った科学者」だった。なかでもバッカスとブラックオックスが有名だが、ブラックオックスは自律機能を持たせようとしたもので、鉄人をしのぐ能力を持つライバルといえる。鉄人が最後に勝利したのも、デリンジャー現象という自然現象のおかげであって、正太郎と鉄人側の努力や能力ではなかった。そこにアトムとプルートウの関係とは異なる観点が入っている。

正太郎を助ける父親代わりに見える敷島博士も、乗鞍岳の研究所でロボット兵器を開発していたのだが、戦争末期に南方の島に送られる。戦争後も九年間敗戦を知らないままだったが、キム・ノヴァック島の住民に助けられインドに渡り、鉄人事件を知って日本に戻ってきたのだ。ちなみにキム・ノヴァクは『ピクニック』や『愛情物語』で知られるアメリカの女優である。シャネル・ファイブという香水から名前を採った敵もいる。ここでさりげなくインドが出てくるのは、鉄人開発計画の南方の島は、イギリスからのインド独立運動のために日本を頼ってやってきたチャンドラ・ボースなどとつながるのかもしれない。戦中の記憶が思わぬ形で浮かび上がってくるのだ。

その後のアニメのリメイクではだんだん戦争との関係は薄れていったのだが、二〇〇四年に放映されたテレビ版は、「戦後」六〇年を前にして物語のベクトルをもう一度過去に差し向けて、陰鬱な雰囲気で語った。忘れかけていたものの意味づけを変えてみせ、9・11やイラク戦争が与える二十一世紀の雰囲気を取り込んでいた。それは二〇〇三年が誕生日とされる鉄腕アトムを浦沢直樹が『PLUTO』でリメイクしたときにイラク戦争を大胆に取り込んだように、同時代の問題として過去の作品をとらえなおす試みとなっていた。

【リモコンしだい】

武器としてのロボットが抱える問題を、鉄腕アトムとは別の角度から浮かび上がらせたのは、一九六三年のアニメ版のために作られた三木鶏郎の作詞作曲による有名な主題歌だろう。デューク・エイセスの四重唱により「ビルのまちに　ガオー」と始まるこの歌は、二〇〇四年のアニメのリメイクでも使われ、男声合唱団の力強い歌声が響いた。

この歌では、鉄人が「正義の味方」であるのか、それとも「悪魔のてさき」であるのかは、リモコンを操る操縦者しだいであるとはっきりと述べられていた。しかも「敵に渡すな」と二番で歌われるように、これは完全に武器としての鉄人の姿である。三木鶏郎の歌詞とメロディによる曲だが、それ以前の主題歌とは狙いが異なる。「鉄人＝正太郎＝正義」というつながりが自明ではないのだ。

しかも五九年のラジオドラマの主題歌は「ぼくらの」と鉄人を呼び、六〇年の実写版ドラマの主題歌は短調のメロディに乗せて、正太郎を「英雄」とヒーロー視していた。それに対して、三木のによるニメの主題歌は、「ビル」や「ハイウエー」といった都市の風景が、反響音を変えることをとらえていた。「ガオー」、「ダダダ　ダーン」、「ババババ　バーン」、「ビューン」という擬音がしめすのは、もはや鉄人が活躍するのは木造建築ではないということだ。鉄人の鉄のボディと対応する戦後の新しさをこの主題歌が感覚的に表現していたのだ。

「冗談音楽」で有名な三木は、五四年には造船疑獄の件で佐藤内閣を風刺して、ＮＨＫの番組が放送中止になったり、同じ年に「エノケンの再軍備」というラジオドラマを作ったりした。武器としての鉄人の役割に敏感だったのだろう。それが「あるときは　正義の味方／あるときは　悪魔のてさき」という相対化につながっている。原作まんがでも、ＰＸ団という超国家的な犯罪者集団や、アメリカのマフィアのボスであるスリル・サスペンスが、日本にやってきて鉄人の操縦器を奪いとり、銀行強盗などを働くことになる。こうした反社会的な行動をとるときに、言葉も意思も持たない鉄人に倫理的な責任はない。武器は誰でも平等に殺傷するからだ。大塚署長が操作する場合には正義の武器ということになる。鉄人を動かすリモコンは奪われるだけでなく、何度も破壊されている。そのたびに新しく作り直すことができる。

鉄人がリモコン操作となっているのにも理由《わけ》がある。一九五〇年代には増田屋などによって主に輸出用にブリキ製のロボットのおもちゃが作られていた。そのなかのロボットR-35などは有線によるリモコン操作のものだった。ところが、増田屋オリジナルの五五年発売の「ラジコンバス」から電波操縦になった。出力範囲が狭い電波の使用が許可されたのだ。そして「ラジコン」は現在増田屋の商標登録となっている。ブリキのおもちゃにおける操縦法の変化が、マンガやアニメの鉄人のイメージを現実面から支えていた。しかも、無線操縦の車や飛行機のおもちゃ、さらには現在のドローンにいたる電波で動かす機械のイメージのもとでもある。

「リモコンしだい」とされる倫理観は、正太郎という人物の価値判断が鉄人の行動にきれいに投影されてしまうのだ。ヴィクターと怪物とに分割されていた問題が、リモコンによって結ばれるのであれば、そこに投影されるのは利用者である「人間」の欲望となる。「銃が悪いのではない。使う者しだいだ」とは、アメリカのライフル協会の公式見解だが、そこには銃がなければそれ以上犯罪は起きないという根本の観点が欠けている。鉄人が意思を持たない兵器であることは、命令や法令に従う機能としての軍隊や官僚制とつながっていく。結果責任は自分たちにないというわけだ。

物語は受容される世代や時代が変わるごとに蘇り、新しい意味づけがなされていく。『フランケンシュタイン』から受け継ぐ父と子の承認の問題は、アニメなどを通じた後付設定として、鉄人を敷島博士と共同開発した金田博士を作り出し、正太郎との親子関係として浮かび上がらせるのだ。

そして鉄人はおもちゃメーカーにとって魅力的な「巨大ロボット物」の元祖として、ジャイアント・ロボなどとともに、のちの永井豪の「マジンガーZ」などの展開につながった。経済需要によって物語の内容が揺さぶられるし、物語によって新しい市場が開拓される。この相互関係は無視できない。その意味で、広大なマーケットを切り開く可能性を『鉄人28号』は秘めていた。実際ブリキのおもちゃなどが大量に作られた。そしてリモコンで動く鉄人が、技術全般から武器までの幅広い対象のメタファーとなりえる。物言うロボットも物言わぬ機械と同じルールにあるので大丈夫とみなすアシモフが目指した「フランケンシュタイン・コンプレックス」を克服した平等主義の理念は、電波を使ってラジオやテレビからスマホに至るまで目に見えない形で広がるとともに、人間による管理や制御についての新しい現実と結びついていくのだ。

【特撮におけるフランケンシュタイン】

『鉄腕アトム』も『鉄人28号』もテレビの実写版が先行したが、その後のアニメ版が人々の記憶に残った。フランケンシュタインの設定を特撮映画に取り込んだのは東宝怪獣映画だった。もちろん一九三一年のユニバーサル映画のフランケンシュタインの怪物のイメージがあり、わざわざその意匠の利用許可をもらって制作したものである。

六〇年代には外貨獲得の文化的輸出品として映画制作を政府が後押ししていたし、海外からの資金提供による合作も進んでいた。東宝の日米合作の『モスラ』(一九六一)のように、他ならないアメリカ側の要請で、結末を日本神話の高千穂伝説から、アメリカ侵略物のニューヨーク攻撃へと変更になった作品もある。また大映は日本を舞台にしたハリウッド映画『あしやからの飛行』の製作で特撮を担当して能力を高め、その成果を『大魔神』(一九六六)など大映特撮映画へとつなげた。

こうした流れのなかで、東宝はフランケンシュタイン映画をアメリカのベネディクトプロと共同製作した。もとはゴジラと対決させる企画だったのだが、結局「フランケンシュタイン」を冠した映画は『フランケンシュタイン対地底怪獣』(一九六五)と『フランケンシュタインの怪獣 サンダ対ガイラ』(一九六六)二作が公開されただけで終わった。どちらも本多猪四郎監督、円谷英二特技監督、馬淵薫の脚本、伊福部昭の音楽というチームによる。ここでは「フランケンシュタイン=怪物」という認識が前提になっている。

一作目は敗戦間近のドイツから潜水艦でひそかに運ばれた不滅の「フランケンシュタインの心臓」が鍵を握る。それが広島の軍の病院に運ばれ、原爆によって行方不明になる。ところが十五年後に発見された浮浪児の少年が、巨大化して成長する。それがフランケンシュタインであり、食べ物を求めてあちこちを襲うことになる。そこに秋田で出現した地底怪獣バラゴンと対決するのだ。この話では怪物の出自をドイツとし、さらにアメリカの核を重ね日本人への放射線被害を調べる学者との関わり合いが描かれることで、戦後二十年を強く意識していた。生命科学に強いアメリカのSF作家のジェリイ・ソールが原案に参加しているので、フランケンシュタインの怪物の細胞を調査することは、日本人の放射線被害を減らす役に立つのだといった言い訳が盛りこまれている。

どうやら心臓から白人の少年が成長したわけである(演じているのは日本人俳優だが)。最終的に二十メートルの高さになり、彼をやさしく育ててくれた女性研究者の家を訪ねたりする。彼は攻撃的というよりも空腹を抱え逃げ惑うだけであって、最後に地底怪獣が登場しなければ、山中で逃げるばかりだったろう。ここにあるのはフランケンシュタインの怪物が持つような復讐心ではなかった。彼を生み出した「科学力」が日本にはまだないという表現にもなるし、同じ核の被害者として感情移入することを誘うのだ。

それに対して二作目は核問題では後退したのかもしれないが、別の意味で問題作となった。俳優のブラッド・ピットが、「子ども時代に観て影響を受けた」と二〇一二年のアカデミー賞の授賞式で述べたほどのカルト映画でもある。ただし海外版では、フランケンシュタインではなくて、巨人を意味するガルガンチュアが使われている。共通した細胞を持つフランケンシュタインの怪獣は「海彦」と「山彦」からとられた「ガイラ」と「サンダ」として登場する。こちらは第一作のような文明的な姿をしておらず、退化しているようにさえ見える。食人を含めたショッキングな描写があり、特撮ファンにはメーザー砲などの兵器の描写に人気がある。

やさしいサンダと暴れるガイラという二体の怪獣がぶつかり、最後は海底火山の噴火が二体を飲みこむのだ。それぞれが互いの分身という設定は、ドッペルゲンガー的であり、争うヴィクターと怪物という関係をほうふつとさせる。その後の特撮番組でヒーローと偽ヒーローが戦うパターンの原型ともなっている。第一作は明確に広島の原爆や浮浪児という戦争の傷跡が描かれていたが、第二作は争う兄弟を扱った日本の神話に求めて、もう少し普遍的な物語に仕立てていた。だが、その後フランケンシュタインの怪物が東宝怪獣特撮映画のなかで主役として蘇ることはなかった。

4　良心回路と人造人間キカイダー

【サイボーグとロマン派】

鉄腕アトムや鉄人のような機械に基づくロボットは、たとえどれほど人間の動きや知性を模倣しても、まったく別の素材からできている。それに対して「人間-機械」のインターフェイスを問題にするのが「サイボーグ」である。第二次世界大戦後の宇宙開発競争で、一九六〇年に生まれた発想であり言葉だった。制御と伝達の技術をしめす「サイバネティックス」と生物をしめす「オーガニズム」の二語を合成したもので、複合性がすでにその名称に表れている。サイボーグは人間か機械かという問いを視覚的に表現するものであり、なかには「フランケンシュタインの怪物はサイボーグだ」(小谷真理)という意見もある。

サイボーグの発想に取りつかれたのが、石ノ森(石森)章太郎だった。代表作の『サイボーグ009』は一九六四年に連載が開始されたが、未完のままで終わり、遺族などの手によって完結編が書かれた。また石ノ森は、一九七一年には特撮テレビドラマの『仮面ライダー』の原作やデザインを担当した。これは「変身」という流行語を生み出し、後続番組を現在まで続かせる人気を得た。

石ノ森が描くサイボーグはあくまでも人間を改造する話である。怪人たちもキメラのようにさまざまな動物や神話の登場人物などを複合して生み出されている。サイボーグ戦士たちはこの世からいなくなっても不審がられない人物という基準で選ばれていた。そしてサイボーグという設定はそして、どこまでが人間でどこまでが機械なのか、言い換えるとどこまでがヴィクターでどこまでが怪物なのか、という問いかけを絶えずおこなっている。その際には機械化率が重要となる。機械を体内に入れるのは何割まで許容されるのか。許容範囲を超えたら人間ではなくなるのかが問題となる。

こうした数値化は、人間と機械の質的差異を、量的差異によって理解するために必要となる。度合いの目盛りを設定することで、差異は細かく分節化されていく。怪物とヴィクターの間に境界線があるとして、ではどこにはっきりと引けるだろう。言語能力でもないし、知的判断や、生存能力でも、感情ですらない。あるとすれば生殖能力の有無だろうか。プリズムを使って虹の色を分節化すると、七色どころか無数にわかれるように、まさに星の数ほど境界線は生まれてくる。同じ主題をめぐって倦《う》まずたゆまず物語が作られるのは、ひとつにはこの境界線が無数に引けるせいなのだ。

もしも現実世界にヴィクターと怪物がいたのなら、それは身体によって分離されるはずだ。ところが物語のなかでは、ヴィクターの語りと怪物の語りがはっきりと区別できない。そもそも怪物の回想をヴィクターが引用し代弁しているのだから、両者をはっきりと分離できるはずがないのだ。ヴィクターが自分が滅ぼそうとする相手の客観的な語り手のはずもない。そこに両者が入り混じる可能性が出てくる。

ヴィクターと怪物との境界線の引き方について、石ノ森は問いかけることによって、ロマン派に近づいていく。手塚は『フィルムは生きている』(一九五九)でアニメーション制作の裏側をマンガで見せた。石ノ森は『マンガ家入門』(一九六五)によって、手塚以上に後世の作家を呪縛した。何よりもロマン派的な心性を持つ点に特徴がある。『マンガ家入門』のなかで、一九六一年に発表した自作の『龍神沼』を詳細に分析してみせた。これは少女マンガであり、本来は長編の構想だったものを短くまとめたとしている。村を訪れた主人公の研一は白い着物を着た龍神である「幻の女」に惹かれていく。その伝説を利用して、開発反対派の家を祟りだとして火事にあわせるような醜い現実が暴かれ、悪者たちには天罰が下る。そのとき死を持って贖わせようとする龍神を研一はおしとどめた。

研一は手塚マンガの「ケン一」とは異なり、永遠にたどりつけない怪異に恋をする。そして幼馴染の村の娘ユミにとっては、他所からやってきた研一への失恋の話である。この二つを組み合わせたところに龍神沼という物語空間の意味がある。そこでの出会いと別れが意味を持つ。ひょっとすると研一はユミと結ばれるかもしれないが、彼が一生愛し続けるのは有限の生を持つ彼には手の入らない永遠の龍神なのだ。これは土着的なフォークロアの語り方であり、そこが手塚作品との大きな違いとなる。手塚が昆虫好きでオサムシからペンネームの「治虫」をつけたことが知られるが、子ども時代の昆虫観察記録からもわかるように、手塚にとって昆虫は採集し図鑑のように分類すべき対象である。それに対して石ノ森にとって、仮面ライダーのバッタの造形のように、昆虫は都市化で減っていく空地のなかで躍動するものの象徴なのだ。

石ノ森が理解した『フランケンシュタイン』が持つロマン派的な心性が結晶化されているのが、『サイボーグ009』の「愛の氷河編」なのは間違いない。一九七九年に『少年サンデー』に掲載された短編で、002ことジェット・リンクが主人公となる。サイボーグのチームではなくて単独の物語であり、死の商人の「黒い幽霊団」のような外部の敵と戦うわけではない。ジェット・リンクは改造される前にニューヨークの下町育ちで、『ウェストサイド物語』のジェット団から名前が採られていた。その名の通り、ジェット推進で空を飛ぶのが得意である。

その002が素手でアルプスを登山する場面から始まる。それは自分の飛行能力を「うとましく」感じるせいだ。ところが崖から落ちかけると思わず機械のパーツを使って空を飛んでしまう。002は山小屋でエヴァ・クラインという大金持ちの娘と出会う。彼女は死期が迫っていて、ヘリコプターでやってきたのだ。その彼女は002と一晩を過ごして愛することを知り、夜明けを見て満足して自殺をはかる。

この短編の見どころは、モンブランを模したアルプスの夜明けと、見開きの二ページを使って、002が「いまキミは自由になった」と言ってエヴァの死体を持ってアルプスの上空を飛ぶ場面である。永遠と一瞬が触れ合う瞬間として、アルプスの氷河の下に埋められたエヴァを002が見下ろすカットで終わる。ここには「一粒の砂に世界を、野の花に天国を見るには、手のひらのなかに無限をつかみ、ひと時のなかに永遠をつかめ」(ブレイク)というロマン派的な幻視の最良の形がある。

アルプスに登りはじめたときに002が感じた「うとましさ」は、自己のなかにある改造された機械によって付与された空を飛ぶという人間にはない能力に対してだった。ところが、エヴァの死と出会うことで、自分が死なないことに対する「うとましさ」へと変わっていく。冒頭と最後とで意味がずれていることによって苦しみが増すのである。アルプスのパノラマの風景が、そうした002の人間的な苦悩とはますます無縁に見えてくるのだ。

これは一九七七年に連載が始まった、機械の体を求めて星野鉄郎という少年が銀河鉄道によって旅をする松本零士の『銀河鉄道999』への一種の応答あるいは共通した主題の別バージョンにも見える。これもアニメ化されて人気を得たが、鉄郎がいっしょに旅をする美女メーテルとは『青い鳥』の作者メーテルリンクから来ているので、幸福のありかを巡っての物語全体の帰結は予想がつく。他に宮沢賢治の『銀河鉄道の夜』から乗り物と旅と、サン＝テグジュペリの『星の王子さま』からいろいろな星を訪れる発想をもらっているのだ。そこに本人が上京した時の汽車の旅が重なっている。

この鉄郎の案内人役つまりダンテの『神曲』で詩人を案内したベアトリーチェにあたるメーテルが、機械なのか人間のクローンなのかは判然としない。だが、冥王星にある人々が埋葬されている氷の墓地でひとり彼女はしばし下を眺める。横に置かれたトランクが印象的である。敦賀市駅前から気比神社までのシンボルロードにある松本作品のブロンズ像でも、「迷いの星」としてこの場面がとられている。

この場面に関してはいろいろな説明や解釈が存在するが、メーテルが覗き込んでいるのは、かつての自分の肉体と解するのがいちばん適切である。これは「愛の氷河編」でのエヴァの処置にも似ている。時間が凍結してそれ以上変化しない永遠化したものと、時間のなかで変化するものが一瞬交差し別れるのだ。どちらも氷の世界が崇高な風景となっている。ただし、石ノ森の場合に別れていくのは機械の部品を変えながら生きられるサイボーグであり、松本の場合には自己のコピーや影としてのメーテルという存在である。そこから二人の作家の目指すところの違いが浮かび上がる。

【人造人間と回路としての善悪】

『フランケンシュタイン』は石ノ森章太郎にとってロマン派的なインスピレーションを与えてくれ

た。それがサイボーグにおいて好まれた設定、つまり兵器として悪の存在に作られたことから脱却するという逆説的な正義像とつながる。否定的なもののなかに肯定的なものを見つけるという考えだ。それはロマン派が目指したものである。廃墟のようになった汚れた世界のくだらない生活のなかに、一瞬のきらめきや出会いを見つけることになる。それは「一粒の砂に世界を見ろ」と言ったブレイクが、「悪魔のような工場」の煙に汚れたロンドンのように産業革命がもたらした都市生活を詩にしているのは不思議ではない。そこにロマン派の魅力と限界がある。理想がたえず彼方にあることになり、手に入らないからこそ尊いことで終わってしまうからだ。

サイボーグに取りつかれた石ノ森だが、手塚の鉄腕アトムのようなロボットの意匠を採用しなかったわけではない。そのときには同じくピノキオが導きの糸となる。ディズニー好きの手塚が『ピノキオ』にヒントを得て生み出したのがアトムだった。サーカスに入るエピソードもそのままもらったりしている。また、ピノコの名前もピノキオに由来するとブラック・ジャックは口にする。それに対して石ノ森がピノキオを意識して構築したのが『人造人間キカイダー』(一九七二―七三)だった。冒頭にピノキオの場面が出てくる。

これは特撮ドラマの原作でありながら、それを整理しながら別の形で語っているものだ。しかもドラマの脚本家たちのアイデアや設定をマンガが取り込むという新しい創造の在り方をしめしていた。原作マンガを映像化するという方向だけでなく双方向の可能性を広げた点で、その後のメディアミックスにおいて、石ノ森がはたした役割は大きい。

ここでは『人造人間キカイダー』とその続編となる『キカイダー01』を石ノ森自身がまとめてマ

ンガにしたものを考えていく。『鉄腕アトム』と『鉄人28号』のモチーフを受け止めた新しいキカイダーは名前だけでなく、造形においても特異で、体が左右半分に分割されて色分けされているのだ。しかも頭の半分が透明で、なかのメカニズムが透けて見えていた。こうした透視図は鉄腕アトムやサイボーグ009の内部の説明としてよく使われる。まさにルネサンス期以降にたくさん描かれた肉体解剖図の機械版で、性能の視覚的な表現となっていた。スペックの数値を並べたり例示すること、つまりさまざまな数量化や視覚化が近代を準備したのである(アルフレッド・クロスビー『数量化革命』)。

光明寺博士が、死んだ一郎の代わりに作り上げた人造人間がジローだった。だからジローは人間に見えるがロボットなのだ。そしてジーンズをはいてギターを背負った姿は、まさにかつての小林旭の和製西部劇「ギターを持った渡り鳥シリーズ」を意識しているのだが、同時に七〇年代のフォークブームなども取り入れている。若者がジローにギターを教えようとしたら、見事に弾きこなすというエピソードも出てくる。

そして、ジローが持っている「良心回路」は不完全で、ダークという組織を率いるドクター・ギルが吹く笛がジロー=キカイダーの頭脳を狂わせる。このあたりは鉄人28号が入ってくる電波が混線すると動きがおかしくなるのにも似ている。だが決定的な違いは、鉄人が苦悩することはないが、キカイダー=ジローはまさに不完全であっても「良心」が組み込まれているせいで苦悩が深まるのだ。そして悪魔回路を持つハカイダーという存在をダークが出してきたのだが、その頭のなかに死んだはずの光明寺博士の脳が部品として入っている。これによって、敵と味方あるいは父と子という関係について複雑な物語が誕生した。さらに『キカイダー01』のパートになると、サブローやイチローといった後付のキカイダーも登場し、ドクター・ギルの子どもも登場したりして、ジローの心はずたずたに引き裂かれる。テレビ版ではビジンダーという女性キャラが活躍する。

そして倒したはずのドクター・ギルなどの脳を使って四体になったハカイダーやそれを上回るビッグシャドウという組織とのすべての戦いがすむと、「人間になったピノキオははたして幸福だったのか?」という問いかけで終わる。これは人間になることを目指すことが単純に善なのかという疑念でもある。成長の神話や啓蒙主義が目指した人間の完成に対して疑問を投げかけるものだった。こうした苦悩しているジローのほうが、人間らしいというのは、怪物の評価へとつながっている。

暴走を防ぐ一種の安全装置としてついている「良心回路」だが、倫理的な機能を着脱可能なものとするのは近代の所産だろう。オンとオフにつまり「1」と「0」という数値化だけでなく、ゲージによる表記が可能となる発想で、RPGなどのゲームでさまざまな属性がスペックとして存在し、それがキャラクターの特性を作るという考えにも通じる。鉄腕アトムが十万馬力から百万馬力になったことは、アトムの活躍の場を広げるだけでなく、その特性も変える理由づけになるわけだ。

道徳の数値化は珍しいことではない。毎日の善行と悪行を記録に残し数値化することで全生涯を総決算できる。そして、雷が電気であることを証明して、ヴィクターに影響を与えたベンジャミン・フランクリンは、アメリカ建国の父の一人で科学者でもある。フランクリンは意思決定において、一枚の紙の真ん中に線を引き、左右に「賛成」と「反対」の理由を並べて数が多い方に決めていた。科学者らしく数値化することで決めようとしたのだ。これは意思決定の科学として「良心回路」の問題とつながり、現実社会にすでに入り込んでいる。一九五六年の人工知能に関するダートマス会議の参加者で『システムの科学』や『意思決定と合理性』の著書があるハーバート・サイモンが、経営管理の専門家となってノーベル経済賞を受けても不思議ではないのだ。

＊

このように『フランケンシュタイン』は六〇年代半ばまでは直接入りこんでいた。手塚治虫の『鉄腕アトム』の天馬博士や横山光輝の『鉄人28号』の不乱拳《ふらんけん》博士は「マッド・サイエンティスト」としてのヴィクターの問題を受け止めていた。そして、一九三一年のボリス・カーロフの怪物イメージがマンガや映画で視覚的に複製できるようになった。横山の鉄人も最初に28号として登場したのは、耳が大きくて虚ろな目でカーロフの顔のようだった。ところがこれではないと否定して、鉄兜型の現在の鉄人が登場し、これが本当の28号であれは大型27号だった、と作者はいささか詭弁のような説明をする。それほどフランケンシュタインの怪物は視覚的に支配的なイメージだった。そして東宝特撮映画によるフランケンシュタインの怪獣までやってきた。一九六五年から始まった藤子不二雄Ⓐの『怪物くん』のようなギャグ漫画やホラー映画などでのストックキャラクターとして、フランケンシュタインの怪物が使われることはあっても、そこにもはや新味はない。日本側の文化的な消化は一巡したといえる。

東京タワーや霞が関ビルが建ち、東名や名神の高速道路が伸び、万国博覧会を迎えるまでの六〇年代には、高度経済成長によって社会的にも「豊か」になった。もはや第二次世界大戦を観客との了解事項として、そのなかでフランケンシュタインを利用する段階は終わったのだ。別のもっと日常的なものへと興味や関心が移行していく。それはロボットや機械のイメージが人間の体内や生活に入りこむことへの肯定と違和感や恐怖が入り混じった感情だった。石ノ森章太郎や松本零士のように、人間の機械化を通じてロマン派的な瞬間を描こうとする作者たちは、フランケンシュタインそのものではなくて置き換えた形で問題を受けとめたのだ。

（★6）一九六〇年代に英雄コナンやターザンの本のイラストを描いた、フランク・フラゼッタなどと肩を並べ、現在でも通用するだろう。スペースオペラの金字塔ともいえる「レンズマン・シリーズ」のキムボール・キニスンも同じで、骨格の見事さを軍医にほめられている。ギリシア彫刻のような身体を持った人物が優位に立つという優生学的な発想は、エリートが支配すべきと考えたフェビアン社会主義者のH・G・ウェルズや、弁証法的に未来社会では美男美女になると考えたイワン・エフレーモフなどソ連の作家にも共通する。

第6章　神との闘争をめざして

1　フランケンシュタインと戦後日本

【戦後SFとフランケンシュタイン】

日本のSFの戦後の展開に関してはいくつもの見方が可能だろう。小説ジャンルに限られているが、石川喬司は現代的な課題を突きつけるものとして擁護する「SF戦略論」(一九六三)を展開した。さらに「日本SF史の試み」(一九六四)のなかで『古事記』などの神話からSFファンでも喜ぶ話を取り出しつつ日本文学史をたどってみせた。国語の教科書の解釈とは異なる文学史というわけだ。もうひとつの文学史や系譜を見出すのは、マイノリティ文学にとって重要な定義づけの作業だし、自己の存在を正当化するのにも必要だった。要するに「ローマは一日にして成らず」というわけで、どのような現象であっても過去と連続する面と過去と決別する不連続する面を持つはずだ。

ただし、話をどこからか始めなければならない。その意味で一九七三年に『十億年の宴』でオールディスがおこなった『フランケンシュタイン』を出発点とする定義そのものが、第二次世界大戦後のイギリスの視点から事後的に見つけ出された考えでしかない。議論を進めるとりあえずの出発点として、従来はホラーものやゴシック小説と考えられていた『フランケンシュタイン』を「種の起源」としてすえたわけである。自分たちの系譜を見出す「新しい波」世代の批評戦略がそこにあった。

もっとも、オールディスの見解が必ずしもその後の標準となったとはいえないようだ。たとえば、現代的な意味で「科学」を使い始めるようになった十七世紀のトマス・モアの『ユートピア』あたりから始まる「想像的な旅」の系譜を出発点とするのが、今でも穏当なSF起源論となっている(二〇〇三年刊の『ケンブリッジ版SF必携』)。結局SFの起源をどこに置くのかは、「中世」と「近代」がどこで切断したかという議論と結びついている。そして自分たちをどの系譜の後継者とするのかによって変わるのだ。SFの祖としてフランスがヴェルヌを、アメリカがポーを持ち出すのも自国の文学史を形成するうえで当然である。

それでも十九世紀小説である『フランケンシュタイン』をSFの複数の始まりのひとつとみなすのは魅力的な説明だし、アメリカ独立戦争やフランス革命やナポレオン戦争後の秩序にさまざまな反応をしたテキストが、戦後の日本において新しい意味合いを持って迫ってきたのは間違いない。それは『フランケンシュタイン』の翻訳の歴史そのものに表れている。何らかの強い関心や欲望や勝算なしには翻訳という厄介な作業はおこなわれない。

プロレタリア文学者である山本政喜訳の『巨人の復讐　フランケンシュタイン』が出たのが一九四八年であり、「サスペンス・ノベル選集」にウェルズの『宇宙戦争』などとともに宍戸儀一によって翻訳出版されたのが一九五三年だった(これは青空文庫でも読める)。戦後十年の間に二種類も出たのはこの作品のなかに反乱的な要素を認めたせいだ。とりわけ山本がサミュエル・バトラーのユートピア小説『エレホン』やウェルズの『世界文化小史』の翻訳者であり、邦題に「復讐」という語をわざわざ入れているように、「怪物＝労働者階級」という理解が色濃く残った翻訳となっている。その後の一九七九年の臼田昭による久々の訳は「ゴシック叢書」の一冊としてだった。ここまではSF味はあってもあくまでもホラーやゴシックの枠組が強調されていた。

一九八四年に森下弓子訳が創元推理文庫からSF枠として出たことで、ようやくオールディスの議論を日本で受けとめたことになる。そして二〇〇三年の菅沼慶一訳は必ずしも商業出版的なものではなかったが、二〇一〇年の小林章夫訳は古典新訳という文庫の性格をうけて柔らかめに訳されていた。出版界が版権の切れた古典へと回帰する流れもあって翻訳が続く。二〇一四年の芹澤恵訳は読者の年齢層を高めに設定していささか古風な表現を使った固めの訳だし、二〇一五年の田内志文訳は『吸血鬼ドラキュラ』に続いてライトノベルの読者にも受け入れやすいように工夫されている。このかたわらに子ども向けの抄訳や語り直し版が何種類も出ている。こうして読む選択肢が広がることで、受容する層が増えていくことになる。

大人向けの翻訳だけをみると六〇年代と九〇年代からゼロ年代にかけて大いなる不在があるように思える。この空白が何らかの兆候だとみなすと、六〇年代は『SFマガジン』が発刊されて戦後の日本SFが開花した時期で、『フランケンシュタイン』が提示する問題点を摂取し消化するのに忙しかったせいだ。すでに述べたようにマンガや子どもむけにフランケンシュタインはあふれていた。そして九〇年代は冷戦崩壊のなかで核戦争の恐怖が回避されたことで、「プロメテウスの火＝原子力」の危機のような捉え方が薄くなり、架空戦記やファンタジー色の強いライトノベルの方向へと関心が向かっていた。あえて古臭い話を持ち出す必然性が乏しかった。

それに対して戦後七〇年を迎えて『フランケンシュタイン』の翻訳や解釈がこれほど隆盛し関心を集めているのには現実的な裏づけがある。東日本大震災のあとの福島第一原発での事故で放射能汚染が進んだこと、そして「STAP細胞」騒動に表れるような生命科学の成果が身近になってきたこと、さらにインターネットを使った世界への移行が進み、道具もパソコンからスマホやタブレットへと家電化したことで日常的になったことである。『フランケンシュタイン』再評価は世界的な傾向ではあるが、日本なりの社会的文脈も存在する。

たとえば振り込め詐欺が示す問題点は、「高齢化や認知症」、「核家族や単身家族」、「声の記憶」、「通信手段」にまたがる。デジタル社会だからこそ、メールの文字ではなくて、アナログの声によって人の心を動かしだますことができる。被害者に「情報弱者」や「自己責任」といった非難が寄せられることもあるが、こうした急速な環境の変化に追いついていけない高齢者の世代が、状況への漠然とした不安と古いメディアへの愛着を抱えているのだ。そのときに、雄弁な声を持つフランケンシュタインの怪物は、藤子不二雄Ⓐの『怪物くん』などでおなじみの「フンガー」としか話さない視覚的な怪物とは別の姿を持ってせまってくる。電話の向こうで哀願したり脅したりする偽の「息子」としての怪物から新しい恐怖が生まれるときに、『フランケンシュタイン』が想起される。それにしても詐欺の声の持ち主はなぜ「息子」であって「娘」は皆無なのか。ここにも怪物とジェンダーを結ぶ点が隠れている。

【出発点としての六〇年代】

「もはや戦後ではない」と宣言したのは一九五六年の経済白書だったが、『ＳＦマガジン』が刊行されたのは一九五九年の十二月であった。事実上の六〇年代の始まりである。東京オリンピックを頂点に、政治の季節、そして明治百年から万博へとつながる国家的なイベントが目白押しで、その流れのなかで日本の戦後ＳＦが始まった。宇宙からではなくて未来からの侵略を描いた今日泊亜蘭の『光の塔』(一九六二)を戦後の本格的なＳＦ小説第一作とする見方をここでは採用する。

すでに欧米にモデルをもっていて、その圧倒的な影響を受けながら形成された日本の戦後ＳＦ小説はどういう特徴を持っていたのか。筒井康隆、伊藤典夫、豊田有恒による『ＳＦ教室』(一九七一)は、当時デビューした作家たちの多くが理系出身ではなくて、社会科学など文系の背景を持っていることをすでに指摘していた。ビッグ・スリーと呼ばれた欧米の戦後ＳＦを代表する三人は、アシモフが生化学の研究者、ハインラインは海軍兵学校を出た技術系士官であり、クラークはレーダーの開発などに携わったように全員見事に理系だった。

もちろん現在の日本では瀬名秀明や円城塔をはじめとしてアシモフのような理系しかも研究職出身の作家さえ珍しくはないが、第一世代の場合には圧倒的に文系だった。大学での専攻をあげると文学(小松左京)、心理学(筒井康隆、荒巻義雄)、経済学(眉村卓、豊田有恒)、法学(平井和正)、哲学(光瀬龍)となる。もちろん星新一のように農業化学を専攻し、石原藤夫のように通信工学の教授になった理系作家もいた。光瀬はもともと生物学を、荒巻は後に建築学を修めたし、豊田も最初は医学部だった。だが、理系的な背景を持ってハードＳＦを書く作家は少数派だった。そのことは「空想」や

「詩情」に傾斜することでもあるし、科学技術の未来を楽観視せずに社会への影響を含めた「科学批判」を最初から含んでいたことになる。

近代化と敗戦が直結した日本の戦後の現実を出発点としたことにより、戦勝国であるオールディスたち英米のSF観とは異なってくるのは当然だろう。『フランケンシュタイン』の扉に引用されたミルトンの『失楽園』の一節は「暗黒から起こしてくれと願ったことがあったのか」と問いかけるいわば呪いの言葉である。これをアダム＝怪物の台詞としてばかりではなくて、サタン＝ヴィクターの台詞として理解することになるのだ。しかも「太平の眠りを覚まされた」明治維新のことへの言及にも読めてくる。神を模倣しようとして戦いに敗れて、地獄に退いた堕天使としての日本人。それがもう一度「復活の日」を目指す物語を受け入れることになる。今度は失敗できないというさまざまな思いや懸念、歴史への反省と改変の意識の高まり、さらに合法的な貿易や経済の戦争を仕掛けることで過去の日本との不連続を作ろうとしていた。

もうひとつの特徴といえるのは、戦後の日本SFの出発点においてシェリーのような女性の実作者が皆無だったことである。もっともこれはアメリカやイギリスでも事情は同じだった。SF小説は作者も読者も男性の領域として考えられていたし、たとえ作家が女性でそのことを曖昧化していた。ヴィクトリア朝のイギリスの女性小説家が、ジョージ(・エリオット)だの、エリス(・ベル＝エミリー・ブロンテ)といったペンネームを使ったのと同じである。

C・L・ムーアやリイ・ブラケットのように男女の別がすぐにわからない表記を使用したり、ジェイムズ・ティプトリー・ジュニアのように完全に男性名の場合もある。効果的なのはジュニアという男だけが使う表現の採用だろう。これに従えば怪物の名としては案外「ヴィクター・フランケンシュタイン・ジュニア」がふさわしいのかもしれない。生物学的な性別と、記号にすぎない名前とが深く結びついていること自体が文化的な制度（「お約束」）なので、その恣意的な結びつきを打破することがジェンダー批評の目標となった。もとより恣意的だからといって、それが簡単に解体できるわけではない。

日本では山尾悠子が七三年のSFマガジンコンテストの最終候補に残り、一九七五年十一月号の「女流作家特集！」において鈴木いづみと共に本格的にデビューする。表紙には「Science／Speculative&Fiction／Fantasy」とあり、対等と両義性を表す「スラッシュ」が使われていた。この利用法は、アイザック・アシモフが『鋼鉄都市』（一九五三）のなかで、「C／Fe」文化として人間とロボットの共存について述べていたのにも通じる。フランケンシュタインの怪物を「女性」としてとらえるのがジェンダー批評の常套になったが、そうした受け止め方は七〇年代の価値観の転換に影響されていた。

第2部で扱う作家はどうしても「男性」作家が中心となるが、それはシェリーの作品を母体にした実作品の多くが男性たちによって作られてきたせいでもある。とはいえ『フランケンシュタイン』における出産の神話を読み替えてゆく流れもある。松尾由美は「バルーン・タウンの殺人」（一九九二）で人工子宮が日常化した世界であえて妊娠を選ぶ女性のいるバルーン・タウンでの事件を描いた。これは実験室のなかで縫合によって誕生した怪物をめぐる想像力が一定の現実性を帯びてきた時代の話になっている。出産テクノロジーの変化で、自然に「産む性」として女性を理解するだけではない状況になっている。これは第8章で詳しく扱う。

こうした流れの出発点として、経済成長による自信の回復、オリンピックを控えたナショナリズムの高揚、六〇年安保を踏まえた政治的な矛盾の露呈、冷戦体制下での核戦争の恐怖の息苦しさ、さまざまな条件がぶつかったところで誕生したのが戦後の日本SFだった。六〇年代に登場した第一世代と呼ばれる作家のなかで、小松左京と光瀬龍を典型として取り上げ、それぞれの「初心」が『フランケンシュタイン』の提示した問題群をどのように受けとめたのかを見ていこう。ただし作家論としてではなくて、あくまでもフランケンシュタインのインパクトの例として考える。その時「神」という言葉があからさまに使われている特徴がわかるだろう。

2　別の歴史と神への道――小松左京

【地には平和を】

戦後の日本SFの大御所といえる小松左京は、自分たちの戦争および戦後の体験を「正攻法で文学にしようとすれば大変な量になる材料も、それを裏がえした形でまとめれば、ごく短いものにまとめられる」という考えを持っていて、それがSFに向かう初心となっていた。旺盛な執筆力と広範囲な題材を扱うことから、苗字と企業名をかけて「ブルドーザー」と称えられた。ちなみに小松製作所がブルドーザーを作るようになったのは太平洋戦争中にアメリカ軍が使っていたものを捕獲してコピーしたことに始まる。小松のこの文章が載った一九六三年に発行された第一短編集は『地には平和を』と題されている。この表題作は六一年の第一回空想科学小説コンテストの努力賞を獲得した実質的なデビュー作で、それだけ思い入れが深い作品に思える。

「地には平和を」の話は太平洋戦争が八月十五日で終わらずに、本土決戦をおこなっている別の世界の話で始まる。そのなかで主人公の十五歳の康夫は信州の松代の大本営に向かいながら、アメリカ軍に自分を売る農民に激怒したり、その娘がアメリカ兵に身を売っている状況が出てくる。そうした歴史は一人の「狂人」によって未来から干渉された結果だとわかり、分岐して生じた間違った世界の存在自体を時間局員が始末することになる。このなかで「やり直しのきかないこの歴史に甘んじたくない」とする意見と「やり直しのきかない歴史に甘んじてこそ人類」とする意見との対立が浮かびあがる。しかも本土決戦によって一度日本が徹底的に滅んだ方がよりよく再生できたはずだ、という悪魔的な考えが作品の根底にちらつくのだ。

別の歴史を描く「地には平和を」にリアリティを与えているのは、昭和二十年の十月になっても戦争を続けている世界の出来事が、国民の大半が一度はそこに向かう可能性を信じた「物語＝歴史」だった点にある。小松実少年が作家小松左京となったときには当然消えていたのだが、もう一度少年の目で敗戦直後の日本を見つめ直した。その世界は三十世紀の人間によって干渉を受け、さらに七十世紀の人間の監視の下にあってその干渉も訂正されることになる。最後に描かれるのは当時の読者にとって現実に近い世界で、大人になって商社に勤めている康夫は、避暑地の信州でプルーストの『失われた時を求めて』を全巻読み終えたとある。第二の大本営と目されていた場所が、堀辰雄の作品世界のような別の意味を持つように読み替えられたのだ。

こうした複数の歴史の存在を提示し、「歴史にIFはない」という言葉を逆手にとるのが「歴史改変物」とされるジャンルである。タイムトラベルによって未来が過去に影響を与えることになる。それを阻止する時間警察という考えは、ポール・アンダースンの「タイム・パトロール」が先駆とされるが、そのアンダースンの『天翔ける十字軍』を翻訳した豊田有恒は『モンゴルの残光』(一九六七)を書いた。黄色人種に支配されている世界の住人である白人が過去にさかのぼって歴史を改変するという捻った設定で「平行世界」を描いてみせた。戦前からあった日米が戦ったらどうなるのかを描く戦記シミュレーション小説だけでなく、日本が太平洋戦争に勝ったかのか負けたのかをめぐって、ブラジルなどで戦後に「勝ち組」と「負け組」の間に争いが起きて殺人事件になったほどである。日本が勝ったに違いないと信じる心性は、復興した日本の姿から逆に栄光の歴史を作り出そうとする衝動に基づいていた。この流れは、冷戦体制の崩壊と昭和の終焉とバブル経済の高揚を踏まえ、新しい架空戦記ものとしてとりわけ八〇年代後半から隆盛を誇るようになる。

それにしてもなぜタイトルは「地には平和を」なのか。「地には平和、天には光を」と出てくるが、これは「ルカの福音書」が初出とされる「すると、突然、この天使に天の大軍が加わり、神を賛美して言った。いと高きところには栄光、神にあれ、地には平和、御心に適う人にあれ」という内容にちなむ。キリストが誕生したのをほめたたえるために使われる言葉である。ここで想定されているのはあくまでも自然や宇宙と同義とされる神なのだ。そして直接アメリカが「敵国」として登場するが、「鬼畜米英」を叫びながらも敵の言語が片言なりともわかる康夫が、敗戦後には商社マンとなっているように、海外とのつながりなしには成り立たないのが日本の現実だった。しかも朝鮮戦争が日本の戦後復興の手がかりとなったように、戦争の影がそこにもある。

「地には平和を」からわかるように、戦後の日本SFにとって『フランケンシュタイン』にあった人間による神への挑戦は示唆的だった。超越的なものがルールを決めることへの被支配者の側からの異議申し立てがある。そして文明化によってはたして「下僕＝被造物」が「主＝造物主」になれるのか、遅れてきた者が先行する者に取って代わることが出来るのかという問いかけでもあり、歴史的には日本の植民地主義や帝国主義への傾斜と西欧への模倣体験を踏まえた疑念だった。

六〇年安保の騒動とその挫折を経て、『フランケンシュタイン』における造物主や超越的なものにあたるのが、「西欧」や「近代」や「唯一神」と考えるならば、敗戦国として独自の課題があった。そうした難問の多くはすでに近代文学が明治維新以降に出会ってきたものだし、SF自体も海野十三を代表するように「科学する心」と結びついて戦前戦中に花開いていた。だが、新しい問いかけとして、加害者であるはずのヴィクターと怪物がともに自分を被害者として認識しているときに、それをどのように克服するのかが課題となってくる。そのひとつの参照枠として『フランケンシュタイン』があるのだ。

【アンドロイドと人工的自然】

「地には平和を」は『フランケンシュタイン』よりも破滅テーマの『最後のひと』とつながる話だが、人造人間や改造人間というフランケンシュタインの怪物と結びつく意匠についてはどうか。アンドロイドつまり人型ロボットは小松作品にたびたび登場する。単なるSF的な小道具としてではなくて、重要な狂言回しとなる。明らかに人間とロボットを対立させつつ、そこに「人工」と「自然」の境界線を探っていた。手塚治虫たち漫画家が展開したテーマを、マンガ家でもあった小松がより広げていったわけだ。

小松が専攻したのはイタリア文学だが、なかでもルイジ・ピランデルロを愛好して卒論を書いたことが知られている。このノーベル賞作家の有名な劇『作者を探す六人の登場人物』(一九二一)は、実在するピランデルロ自身の劇『役割の遊戯』のリハーサルをやっているところに六人の人間がやってきて、実は劇中の人物だと主張を始めるというメタ構造を持っている。こうした劇中劇は、ウォルトンの手紙のなかにヴィクターの告白があり、さらに怪物の告白が含まれるという構造ともつながる。「創造者=作者」と「被造物=登場人物」の相互承認を扱っているので、それもどこか『フランケンシュタイン』と共通する。機械の力や暴力的破壊やスピードを称揚したイタリア未来派を先駆として、第一次世界大戦をまたいで、劇というメディアにおいてもリアリズムの在り方が変容した。モダニズム文学のこうした感覚が、小松がSFというジャンルを選ぶときにためらいがなかった理由だろう。

短編「終わりなき負債」(一九六二)は一種のコメディである。祖父が購入したアンドロイドの代金のために、理由も知らないまま働かされて借金取りに返済している主人公が登場する。ここでは三世代ローンになっているが、月賦販売が当時浸透してきたことを背景に持っている。しかも人間が非合法で働く現場では、機械のほうが人間より高価でさらに「愛護法」によって守られ大事にされている。ここにある価値観は、『フランケンシュタイン』の背後におかれたラッダイト運動につながる機械嫌悪と関係してくる。同時に戦後において過去の負債をどのように贖うのかという責任論も表している。主人公はもちろんアンドロイドを直接購入した本人ではないのに契約書に縛られているが、そこからの最終的な解放は自殺というグロテスクな形でおこなわれる。

機械と人間の対立がより明確に表れたのが「お茶漬の味」(一九六三)だろう。明らかに一九五二年の小津安二郎の映画をもじっているのだが、ここでは人工と自然との対比が一杯のお茶漬けに込められている。宇宙から帰ってきた一行を待っていたのは完全に自己目的化し機械化され世界だった。自然を否定する人間の性質を純化させたものが機械で、その結果自然の一部である人間のほうが排除されたのだ、という一種の疎外論が、生き残っていた老人から語られる。

彼らに混じって暮らすようになったことで、宇宙船の料理人だった主人公時夫は、お茶漬けを作るために必要な茶の木、稲、茄子が育っているのを知る。「三、四年たったらすばらしい――ほんとにすばらしい、お茶漬をたべさせますよ」という台詞が未来を告げる言葉となる。そのためには周到な農業技術が必要であり、栄養素としての食事ではなくて、「味わう」という文化が継承されなくてはならない。ここにあるアイロニーは、人間である証として文化を育てあげるのには「反自然」の技術が不可欠だが、同時に人間を追放するのもまさにその技術に他ならないという点である。

それに対して「五月の晴れた日に」(一九六五)は、千二百体のアンドロイドに二十万の人間が奉仕する世界を描いている。人間が作り出したアンドロイドに仕える執事を始めとする人間たちが反乱を引き起こす話である。ここでは「お茶漬の味」においてお茶漬を生み出しそれを味わうという「アート」に属していたものが、絵画や音楽など芸術として登場し、その完成と伝承と鑑賞をアンドロイドがおこなうことになる。数学的に完璧な美を体現する人工物であるアンドロイドたちからすると、人間のほうが醜くて無個性でアートを理解する能力を持たないロボット化しているのだと皮肉られる。この転倒は『フランケンシュタイン』のなかで怪物のほうが雄弁で感情を揺さぶる言葉を吐くという設定を継承している。

【人間を継ぐ者】

次世代への「継承」というのは小松作品にとって鍵語となる。繰り返し「人類という種」の将来や運命について語るのだが、未来のシミュレーションとして、現在の人間を超える次の段階の存在が語られる。「全宇宙史の弁証法的発展の一部」として人間の歴史を捕えようとしていた。フランケンシュタインの怪物がヴィクターとの個人的な対決から、しだいに人間という種について語るようになったように、怪物が「種」として後継者ならば、ヴィクターが死んでしまい、怪物の一族が繁栄するという図式が描ける。

これを裏返しにすると、人類は「種」としてまとまっているのかが疑問となる。ヴィクターの生まれ故郷であるジュネーヴにはその後国際連盟の本部がおかれた。第一次世界大戦中のソ連の成立を踏まえて、共和国の平等の概念をヨーロッパからさらに世界に拡張しようとする機構となった。日本にとって満州建国をめぐって紛糾したことで忘れられない場所である。松岡洋右代表が一九三三年二月に議決を拒否して退場し、三月に日本が連盟から脱退したことで戦争への傾斜を強めていく。戦後日本にあって、あの時をやり直せたら違ったコースをたどったとする「歴史改変」の願望が寄せられる時点だった。

そして、人類の一員という感覚は戦後の国際連合の体制にも組み込まれているのだが、敗戦国として常任理事国にはなれないという限界を日本は持っている。そこでいきなり日本を飛び越えて人類を語ることは、グローバルな状況と直結する話に見えてくる。「地には平和を」での時間局長がF・ヤマモトで、歴史を改変しようとするマッド・サイティストにはアドルフ・フォン・キタ博士とローカルな名前がついていた。それでいながら扱っている主題は全世界の運命のように見えるところが鍵だろう。

身体としては戦前と連続性を保ちながらも、意識の上では戦後の仕組みに入ることが迫られているときに、求められていたのは一種の「変身」だった。それを描き出すために、人間の機械化を文字通り食鉄人になるという形で表現したのが『日本アパッチ族』（一九六四）だった。大阪の砲兵工廠跡を舞台にした小松の第一長編では、食鉄人とその生態や軍隊との戦いを描く中で、空襲の記憶、戦後の政治的混乱、憲法や理念の空洞化などが浮かび上がる。すでに開高健の『日本三文オペラ』（一九五九）が、アパッチと呼ばれた鉄くず泥棒集団と警察の取り締まりによる崩壊のようすを描いていたが、小松のほうは六〇年安保を経た政治状況を見据えて、より大きな文脈で展開してみせた。

『日本アパッチ族』における「アパッチ」には、アメリカ先住民からユダヤ人にいたるマイノリティが重ねられている。そして小松自身がカタカナを覚える手本にしたという「タンク・タンクロー」から「鉄人28号」までのロボットのイメージが総動員され、人間の鉄人化が語られる。国内に収容所や自治区を作るという発想と同時に、警察や自衛隊との戦争を描き出すことで、朝鮮戦争に至るさまざまな戦争のイメージも重ねられている。しかもその戦争後に日本全体がアパッチ化をとげたあとでの主人公の回顧録の形をとることで自身の歴史記述を相対化してみせるのだ。戦後のGHQによる文書の改竄や検閲の問題まで描きこんでいる以上どこまで信用できるのかがゆらぐことになる。それはウォルトンが伝えたとされる『フランケンシュタイン』全体がはたしてどこまで何を信頼できるのかがゆらぐのにもつながる。

いちばん重要な類似点は、アパッチ＝食鉄人の設定だろう。一九五八年に完成した東京タワーには朝鮮戦争で活躍したアメリカ軍の中古戦車が溶かされて使われたように、溶解してまた再生利用できるのが鉄の性質である。これは『フランケンシュタイン』における身体の再生と相性がいい。そして食鉄人は『継ぐのは誰か?』(一九七二)においては、南アメリカに隠れていた「電波人間」として登場することになる。進化上の分岐として新人類を想定することは、現生人類を相対化することにつながっている。

『日本アパッチ族』に続いて同じ一九六四年に出た『復活の日』は、全体をノアの洪水物語になぞったといえる。もちろんここでの復活とはラザロやイエスのような個人的なものではなくて、人類という種全体であるが、南極大陸がノアの箱舟にあたる。『日本アパッチ族』がダンテの『神曲』を模して、地獄から天国へと向かう図式を持っていたように、『復活の日』には、宗教的な意味合いは別にして、少数になった集団が生き延びるという強い物語構造を含んでいる。もっともマルクスやヘーゲルはその根底にキリスト教的な「救済論」があるので、理性に基づくカントのほうが重要だと、登場人物のひとりに言わせているので、小松自身も予定調和的な展開になることを用心しているが、理性を重視する立場だからこそ愚行の末に自分たちが道を切り開くという信念をどこかで持っている。『復活の日』では軍事目的で人為的に変質させられたインフルエンザウィルスの蔓延によって人類が滅んでいく。この設定はデフォーの『ペスト年代記』のような古典的な作品から、シェリー本人の『最後のひと』にも通じる。戦後の作品としてはとりわけ映画化もされたネヴィル・シュートの『渚にて』(一九五七)に追随したものだろう。ただしそこで描き出されていた核戦争後の放射能で滅びを待つオーストラリアの代わりに南極が選ばれ、先住民のいない誰のものでもない土地として人類共通の共同体が描かれる。これは共和国の夢であり、北極点だけでなく誰のものでもない北極海上に航路を発見しようとしたウォルトンが複数いる場所といえるだろう。結果として選ばれたエリート集団が残される。皮肉なことに人類を破滅の淵に追いやったのが生物兵器だったが、それを消滅させて救済したのは核兵器の中性子爆弾の自動発射システムだった。そこでは怪物こそが人類を救うことになる。

「神への長い道」(一九六七)は、この宇宙自体が「神の卵」だというアイデアによって次の段階への移行が示される。墓地に埋葬されているように見えた異星人の死体が、じつは集団的なネットワーキングや「精神感応」と結びつき、人類とは別の発展をとげた可能性が示される。それは『フランケンシュタイン』のなかで、見えない力による結合とコミュニケーションという課題とつながっている。通信工学の発達がばらばらの要素をつなげることになるのを神経とのアナロジーで語っている。電波による通信や衛星中継が始まって以来、ネットワークの力がますます重視され、マクルーハンの「地球村」の発想が喧伝された。そうした全体が「神の卵」として壮大な破滅を描きながらも、何かを生み出すという意味で、六〇年代の小松左京作品には「向日性」があった。神への挑戦を通じて高まっていくという人類像がそこにはあったのだ。

3　サイボーグと解脱——光瀬龍

【崩壊させる力としての神】

六〇年代に小松左京とは違う形で「神への挑戦」を描いていたのが光瀬龍だった。「シローエ2919」で六一年の第一回空想科学小説コンテストで奨励賞を受賞しているので、小松とは同期ということになるが、それ以前にSF同人誌の『宇宙塵』に『派遣軍帰る』という長編を連載していた。ジュヴナイル作品も多く、それが萩尾望都や竹宮恵子や山田ミネコといった少女漫画家たちの支持をとりつけ、時にはコラボレーションや原作提供となったのだろう。

当面の私たちの関心である『フランケンシュタイン』の問題群のなかでは、やはり「神」というのをどのように光瀬が扱っているのかが重要となる。シェリーは当然としても日本でも多くの作家が「神」と言及するときに、ユダヤ–キリスト教的な一神教の神を前提としている。それはほぼ自然と同義だったり、宇宙としてとらえられている。小松の場合もダンテの『神曲』がイタリア文学を志す動機になったように、カトリック的な神の考えが根底にあり、ルネサンス以来の科学と哲学観が背景となしている。光瀬はそうした動きを一応内在化したうえで、仏教をはじめとする異教的な世界像を導入することで、世界認識の別ヴァージョンを提供しようとした。しかも生物学的な関心が広くそこに組み込まれている。

光瀬の作品は、「宇宙年代記シリーズ」と呼ばれている年号が尻尾についた作品群によって歴史のなかでの「裏面史」として些末な事件を描くものと、『たそがれに還る』以来の長編を中心とした宇宙史における壮大な出来事の記述とに分裂している。もちろん両者が交差する作品もあるが、「宇宙叙事詩」とされても、宇宙論や歴史についての解説、あるいはシミュレーションだけを語るのではない。光瀬の作品の叙事性は、「千億の星くず」とか「千古の星の海」とか「永劫の静寂」といった表現は光瀬節とも呼ばれる決まり文句だが、どれも漢詩文や俳語から採った表現に思える。それが硬質の抒情性を感じさせるのだ。そして、ジュヴナイル作品のタイトルも『暁はただ銀色』とか『夕ばえ作戦』のように不思議な抒情性をたたえている(年代記的には漢数字を採用した)。

文字組も独特で「カビリア四〇一六年」では、閉鎖空間に逃げたカビリアの言葉がさかさまに組んだ文字で表記され、反対の世界からの言葉として視覚的に示される。これは小松左京と大きく異なる。小松は落語から漫才さらには義太夫など関西の語り芸を持ち、ダンテ譲りの圧倒的な百科全書的な知識をひとつの声で語るのだ。光瀬作品は漢字とひらがなの配分も含めて独特で、『喪われた都市の記録』(一九七二)ではついに文字を円状に組むようなタイポグラフィー的表記をして、アポリネールの詩のようなモダニズム文学を模倣している。

そうした視覚的な表現を伴いながら、圧倒的な破壊力としての「神」が出現する。長編の『たそがれに還る』(一九六四)では「無はセルにある」というメッセージとして出現する。これはアーサー・C・クラークの「前哨」の宇宙の彼方からの警報というアイデアを別の形で展開したものだ(もちろんクラークの短編を映画化したのが『２００１年宇宙の旅』だった）。

調査局員シロウズが出会う金星の市長のヒロ21とか、地球にかつて落ちたツングース隕石、あるいは冥王星に埋まった宇宙船が警報だった。それが目覚めて太陽系に襲ってくる災厄を告げる。その謎解きにおいて光瀬はプロセスを丁寧に描く。とりわけ異星人によって残されたメッセージの言語が解析されて翻訳されるまでのプロセスとか、冥王星での建設現場や宇宙船の航行などのプロセスである。

地球が文字どおり粉砕したことでふるさとを喪失した人類が、必死に砦を作って防ごうとしたが失敗したようすは、万里の長城がイメージの源泉となっている。「神の力」それも圧倒的に世界を崩壊させる力がやってくるとき、それを邪悪なものと倫理的判断をすることはない。これすらも人類史のエピソードの一コマとなり、ユイ・アフテングリという人物がまとめた『星間文明史』という本のなかに閉じ込められることになる。光瀬の場合はそれは『史記』の記述のような王朝交代史としてとらえられている。だから小松左京においては「継承」が鍵となるのに対して、光瀬龍においては「交代」ときには「後退」が鍵となる。

神の相対化は物語のスケールをより拡張しながら、長編の『百億の昼と千億の夜』（一九六七）で進んだ。「シ」という神的存在を置くことで、キリスト教の神も仏教の神も相対化していた。萩尾望都によるマンガ化でも知られるこの作品は、プラトン、キリスト、釈迦（シッタータ）の三人を登場させ、キリストを悪者として扱い、それを追いかけるシッタータとあしゅらおう（阿修羅王）を登場させる。そして背後にいる転輪王まで出してきて、それぞれの世界史があらかじめ滅びが組み込まれているのではないかという世界観を提示する。

最後に何者かの対話で示される示されるビジョンは、我々の世界も誰かが覗き込めるものにすぎないという、入れ子細工的な世界観が示される。すでに翻訳紹介されていたエドマンド・ハミルトンの「フェッセンデンの宇宙」のような人間が宇宙を作り出すという幻想に近い。それは「闇」から生まれて「闇」に帰る者として人類が捉えると、ヴィクターと怪物が同じ立場にくることになる。そのことが千億の星に照らし出されて主人公たちが味わう恐怖の正体なのだろう。

【サイボーグと生態学】

小松のアンドロイドに対して、変身しきらない軋みをかかえ、個人の身体のなかで「新」と「旧」の時間が共存するサイボーグを光瀬は採用する。『日本アパッチ族』では食鉄人に成りきらない途上の者の話も出てくるし、主人公自体がどこか元の人間らしさを残しているのだが、その点に苦悩するわけではない。だが、光瀬のサイボーグ物においては過去と現在とが同居し、記憶と忘却が重要なポイントとなる。時代遅れになりつつ、新しい世界に順応できない者に共感を寄せる。

たとえば「落陽二二一七年」はかつての名パイロットだったシライの物語である。火星の東キャナル市で今は観光写真を売っているのだ。これが月から見た風景と、火星の都市の景観を合成したニセの写真だった。これがシライの存在そのものになる。怪物めいた初期型の姿に観光客はおののき写真を買うのだ。時間の経過を機械によって補い、とりわけ「代謝装置」とされる補助機械が活躍するが、金を持っていないシライには最新型を買うことができないので、結局収入が断たれると死が待っているることになる。そうした老化して邪魔になった過去の英雄であるサイボーグたちをないがしろにする政府に対して反旗を翻す一団を最後で助けるのだが、エンジンの同調に失敗して反乱者たちのロケットは地面にたたきつけられてしまう。

一九六〇年にアメリカで生まれた「サイボーグ」という考えは、もともと米ソの宇宙開発戦争のなかで、船内活動する人間を機械がサポートする発想から始まった。「サイバネティック・オーガニズム」という意匠を成り立たせているのは、シェリーの時代には考えられなかったレヴェルで、機械や人工物を体内に埋めこむことができるようになったせいである。入れ歯から義手義足まで補助的なものをつけることは昔からあった。だが、内臓の領域にまで至ったのは戦後の医療技術の興隆のせいである。臓器移植としては南アフリカで始まった心臓移植手術が世界的流行となり日本でもおこなわれたのは一九六八年のことだった。人工心臓は八〇年代から体内に埋めこまれるようになったし、現在電池式の心臓ペースメーカーの埋め込みは広く普及している。この時代には光瀬だけでなく、第一世代の作家でも豊田有恒は「改体者」として取り上げ、平井和正も「サイボーグ・ブルース」のように人種問題を描くためにサイボーグを利用した。

光瀬の場合は、ハードボイルドやスパイ小説の意匠を取り込み、卓越した力を発揮するヒーローではなく、平凡な人間の傷ついた内面を掘り下げることに利用した。『フランケンシュタイン』が提示したウォルトンとヴィクターと怪物の三種類の孤独のうちで、光瀬は当事者としてのヴィクターや怪物の側の孤独を描いている。より正確にいえば怪物になってしまったヴィクターの孤独を扱っているだろう。それに対して、小松左京は観察者としてのウォルトンの側の孤独を描いている。

そして、市井の人間の哀歓を描くものとして光瀬はサイボーグを利用し、小さな事件を描くことで、年表の空白にも歴史はないのかという重要な問いかけをしている。宇宙年代記シリーズは世界史的な転換点として描かれるのではなくて、もっと平凡な事件、繰り返し起きる悲劇や三角関係といったものを描き出している。だから年号は記憶すべき意味を持たず正史から外れたものなのだ。

考えてみれば『フランケンシュタイン』自体が、世間には全く知られずに終わった過去の出来事、もうひとつの十八世紀の裏面史を描いていて、世界史的な事件を扱っているわけではない。表面的にはフランケンシュタイン家を襲った奇妙な連続死事件であって、その真相がはるか北極から異国人によって伝えられることになる。確かにゴシック小説の後継者であるミステリー的な関心からすれば、犯人は怪物だということで一件落着するのだが、小さな事件の解決だけでは済まないのだ。

そして光瀬は第二次世界大戦の負の歴史を受け止めるように、トーチカのある大陸戦線や太平洋の島を描く。地球連邦政府庁をインドネシアのボルネオ島のサマリンダに置くという設定にしたりする。宇宙空間への探検や惑星植民の話、あるいは未来の戦場の極限状況を語りながら、それは過去の歴史を語っているのだ。決して未来をシミュレーションしているわけではない。

だが、六〇年代の怪物であるサイボーグたちは、最終的に明確な敵とは呼べない圧倒的な力を持つ相手と争うことになってくる。それは「過去」と「現在」という時の相克である。そこから浮かび上がるのは、人間を英雄視することへの懐疑である。「墓碑銘二〇〇七年」は第一短編集のタイトル作品だが、トジという主人公は今までの探検で単独で帰ってきたことで英雄視されるとともに、周りを犠牲にする独善的な人物として疑問視もされている。そのためにトジには屈託があり、酒もたばこも平気で嗜むが、最後に単独飛行をさせられ、その宇宙船は事故にあってしまう。そうした孤独感は

「落陽二一二七年」の東キャナル市で観光写真売りになっているシライも同じである。こちらは第二短編集のタイトルになっていた。ここからも光瀬が宇宙年代記に託している心性がうかがえるだろう。英雄や戦いがもたらした後のやり場のない思いがそこに刻まれているが、まさに火星の砂漠の砂のようにそこに描かれた人間像は消えていくのだ。

サイボーグが宇宙開発において補助的な役割をするように考え出されたのを受けて、宇宙開発といってもたいていは火星、金星、木星のような惑星が中心で冥王星より外はまれである。しかもそこにおける探検や調査は圧倒的に失敗することが多い。そして、地球上では「統合戦争」と名づけられた全アジアと全アフリカの間の戦争が続き、たえず辺境惑星連合と呼ばれる植民地が独立を図ったり、独立後の地球依存に苦しんだりする。つまり戦後の冷戦構造と脱植民地後のＡＡ諸国をめぐる関係がそこに投影されているのだ。

そうしたなかでサイボーグの生き残りや老人たちのホームとなるのが、かつては植民地だった火星の東キャナルである。テラフォーミングが進んだ東キャナル市を重要な舞台にするが、それは地球という旧世界と辺境という新世界の中間に位置するせいだ。かつては辺境だったのに今は観光地になったりする場所なのだ。火星はＨ・Ｇ・ウェルズの『宇宙戦争』はもちろんだが、アーサー・Ｃ・クラークの『火星の砂』(一九五一)がすでに翻訳されていたので、それが大きな影響を与えたのがわかる。火星での観光船が砂に埋まり脱出するまでを科学的リアリティで描いたのが、プロセスを記述する態度につながったのだろう。だが、光瀬の描く砂漠のなかの街は、むしろアメリカ西部の衰退する砂漠の荒野のなかの町やシルクロードにあって今は砂に埋もれた町に近いのだ。その意味でブラッドベリの『火星年代記』(一九五〇)とも通じるものを持っている。

生身の人間と対立するのはサイボーグだけではない。「電子計算機」と直訳されながら、「電子頭脳」と訳されるようになったコンピューターが大きな役割を果たすが、それは計算の道具としてではない。声や人格が与えられ、そのときに女性であることが多い。それは調査局員や探検船のパイロットのような男たちを主人公にすることで、男女という意識が強く横たわっている。もちろんこうした区分する意識は七〇年代に大きく揺さぶられ、対等になったヒロインたちが戦いや冒険をすることになる。もっともすでに光瀬は『百億の昼と千億の夜』のあしゅらおうを興福寺にある仏像をモデルにしていたので、ジェンダーが不明な中性的な登場人物をものにしていた。観音菩薩が女性と錯覚されるように、そもそも仏像には男女というジェンダーを超越したところがある。

では人間と機械が共存するサイボーグという怪物と、生身の人間はどのようにつきあえばいいのだろう。その困難が「パイロット・ファーム二〇二九年」に出てくる金星の農場でのカビと植物ダニとサイボーグの関係で示されている。植物ダニが金星のテラフォーミングのために植えられているモウコジャコウソウという植物を台無しにしてしまう。旧式の肉体をもつ生身の人間である農場長は、植物ダニを駆逐する。ところがサイボーグの機械部分に付着するカビを食べていたので、ダニの除去によって作業員たちの頭脳は変調をきたすのだ。正解のないこの生態学的な捉え方を、光瀬は宇宙論に適用しているわけだ。

生態学的な自然のサイクルにおいて、死滅した廃墟の状態はひとつの「相」であって否定的なものではない。葉っぱがコアラの餌になることで有名なオーストラリアのユーカリは山火事を誘発し、それによって再生をはかっている。災厄がそこでは逆に繁栄の糧となるのだ。シェリーが引用したワーズワースの詩に出てくる僧院の廃墟は自然に飲み込まれてしまい、人工と自然の区別はできなくなっている。死体から作った怪物が廃墟からの再生というポジティブな意味を持ち、ヴィクターが考えるような失敗作ではないことになる。

ただしそれがはたして進歩なのかどうかはわからない。「辺境五三二〇年」では、生きていた住民の記憶や情報をすべてカード化するというアイデアが語られる。辺境都市連合という第三世界が、地球などに依存しないで生き延びる方法とされる。そして『百億の昼と千億の夜』にも同種の考えが出てくる。人間のデータをすべてパンチカードに入れて収納し、必要な時に睡眠槽に眠らせておいた人間を目覚めさせて、その頭脳に情報を埋めこんで動かすというものだ。精神と肉体の完全な分離があり、ソフトウェアとハードウェアとして扱われている。そこには小松左京の「神への長い道」のような人々の全体感はない。

『フランケンシュタイン』が抱えていた人間と怪物の境界線についてのひとつの究極の答えがここにある。すべてがウォルトンの手によって記録化されてデータ化されてしまえば、ヴィクターと怪物の間に違いはなくなる。そしてサイボーグ化を拒否し、あえて「孤独」の生き方をとることが、「群体」や「情報のカード化」に対する抵抗となる。

珍しく過去の年号を尻尾につけた「ソロモン一九四二年」では、十日ごとのグラマンとゼロ戦の戦いが、別の世界の千年ごとの災厄となっていた。そこでは室内に閉じこもって群体のように人々が管でつながり、テレパシーと錯覚するような通信手段で意思を通じていた。外からの災厄によってその仕組みが破壊されたときに残された三人が疑似的な家族となって、真のコミュニケーションによる世界を作り出そうとするところで終わる。群体のコンパートメントのなかで生きている状況を外部からの力が破壊することによって自分たちの脆弱さがあらわになる。それを光瀬は繰り返し宇宙船や太陽系や宇宙を使って描いている。

こうした群体のイメージの原風景はおそらく光瀬が住んでいた北区赤羽台にある団地なのだろうが、生態学的な関心を社会や歴史に投影している。光瀬において復活や再生は人間の理性の力によって解決するものとは言えない。光瀬作品がタイトルに「暁」「夕映え」「たそがれ」「落陽」といった毎日繰り返す情景を入れ込んでいるのは、円環的な時間の強調となっている。もちろん主人公がそれを運命的呪縛ととって黙って受け入れるとは限らない。反逆や抵抗をすることもあるが、たいていは失敗する。ときには解脱を目指すのだが、たとえシッタータのようにかなえても、その世界もまた円環的時間の因果に囚われているというのが結論となる。そこに良くも悪くも複数の時間や世界が交差するという発想が出てくるし、戦争すらもコミュニケーションの一種だという結論に達するのだ。

＊

六〇年代において、小松左京も光瀬龍も宇宙論を背景にしながら神という「限界」にいどむ点で共通していた。それは変身をせまる圧倒的な力であり、暴力的に破壊するものだった。「飢餓」の感覚や空襲によって大阪や東京が焼け野原になった廃墟が原風景となっている。小松は『日本アパッチ族』で、腹が減ったら鉄がおいしそうだった、と飢餓感をそのまま題材にしているし、「地には平和を」でも主人公が絶えず感じていたのは飢えだった。光瀬は地球外の惑星での植民計画が頓挫し飢餓の状態にあり争う場面をよく描いている。またタンパク質としての死体の有効活用は何度も出てくる。小松も光瀬も「人が人を食べる」という極限状況への言及をためらわない。それは戦争の記憶があるせいだった。

廃墟については言うまでもない。小松は『日本アパッチ族』や『復活の日』で廃墟を舞台にするし、光瀬には『喪われた都市の記録』という滅びた都市を舞台にした連作まである。ただし破滅という状況に対しての態度が異なる。小松がカントの「理性」を持ち出して啓蒙主義的な希望を捨てていないのに対して、光瀬はすでに起こったものとして一種の滅びへの諦念を持っている。日本SFシリーズによせた長編のタイトルが、直線的な時間を示す『復活の日』と円環的な時間を示す『たそがれに還る』と対照的なことからもわかるだろう。これが『フランケンシュタイン』が提示した問題群への六〇年代の日本SFのひとつの反応だった。

第7章　フランケンシュタインと対抗文化

1　新しい波と対抗文化

【ジャンルとしてのスペキュレイティヴ・フィクション】

七〇年代にかけて日本にＳＦの「新しい波」が押し寄せてきた。ジャンルとしてのＳＦの意義や定義の見直しである。さまざまに大衆化したＳＦというジャンルに、知的読者層に読まれたり、学問的検討に耐えるシリアスな作品があるという主張が英米で生まれてきた。それが「ニューウェーブ」や「スペキュレイティヴ・フィクション」という考えとなる。

もっとも、こうした分裂や分節化を繰り返すのは文化生産物においては珍しくない。デジタル人文学の旗手でもある比較文学者のフランコ・モレッティは、現存する大量の小説をビッグデータ化することで、文学ジャンルの人気の変遷を見つけ出している(『グラフ・地図・ツリー』)。ジャンルが混交したり、分化してサブジャンルを生み出したりしながら、流行が数年から十年ほどで絶えず変わってきたのがヨーロッパの小説の歴史だった。

しかもロマンスもホラーもミステリーもＳＦも冒険小説もすべてゴシック小説に源を発するという観点をとれば、こうしたジャンルの分類にそれほどの意味はない。現に『フランケンシュタイン』のなかにそれぞれのジャンル的な要素を認めることはむずかしくないのだ。「ヴィクターとエリザベスとの遠距離恋愛とそれを邪魔する怪物の三角関係」、「フランケンシュタイン家にとりつく死の呪いと連続殺人」、「真犯人が別にいる不当な裁判とその裏話」、「生命創造と地球をとりまく磁力の探究に向かう狂気の科学者」、「復讐心に燃える者たちの世界を股にかけた追跡劇」といった具合になる。作品自体がジャンルの定式を縫い合わせながら構成されている。構築が見事になされている点に人々は新しいジャンルの起源を読み取った。シェリーの作品が新しく意味づけされると、今度はそれを模倣した作品が書かれてサブジャンルが生まれることになる。

ジャンルを雑誌や本の表紙の絵が決め、書店だけでなく田舎のドラッグストアや郊外のスーパーでジャケット買いをしていく。今でも表紙の絵が決め手となるライトノベルなどを考えてもそうした事情がよくわかる。イラストにすると強烈なインパクトを持つキャラクターとなるのが、ユニバーサル映画から抜け出したフランケンシュタインの怪物で、一目でジャンルをしめす便利な記号として利用されてきた。ウェルズのタコ型火星人や包帯に巻かれたミイラのような透明人間の同類である。

アメリカでSFなどを掲載する雑誌を「パルプマガジン」と蔑称するのは、紙の質の悪さ＝再読に耐えない消費財という感覚に基づく。「ペーパーバック」も読み終えると背割れがしてページがバラバラになったとしても、消費的読書に一回だけ耐えてくれればそれでよいのだ。日本のカストリ雑誌や仙花紙の本のように安価で十セント硬貨で買えるので「ダイム・ノベル」という言い方もあった。SFと聞いて連想するのは、こうした雑誌やペーパーバックのけばけばしい配色の表紙に描かれた異形な宇宙人や金属のロボットに襲われる半裸の女性だった。驚きをしめす「アスタウンディング」や

「ワンダー」や「アメイジング」が、科学技術のアイデアから、どうやら女性の性的な危機から英雄が救い出すという方に軸足が移った連続活劇物語になってしまった。もちろん大半の読者の興味はヒロインの危機の方にあってヒーローによる救出の方ではないのだ。

そうしたスペクタクル化して現実からの逃避を目的とした安直な映像や画像の隆盛に対抗して、SFを「スペキュレイティヴ・フィクション」とみなすことをロバート・A・ハインラインが提案した。一九四八年に「スペキュレイティヴ・フィクション（私はサイエンス・フィクションという語より好む）は、社会学、心理学、生物学の奥義、私たちが果てしない空間などで遭遇する他の文化へ地球の文化がもたらすインパクトを取り扱う」とある手紙で述べている。

すでに四七年にハインラインは「地球の緑の丘」などをより高級な雑誌である『サタデー・イブニング・ポスト』に売ったことで、普通小説と肩を並べたと自負していた。原稿料も当然ながら異なり、「SF＝思弁小説」と看板をつけかえたのには、マーケティング上の理由もあった。「アメージング」や「ワンダー」の意味が、半裸の美女や奇怪な宇宙人の扇情的なイラストの世界とは異なる知的な作品というわけで、ハインラインが「スペキュレイティヴ・フィクション」と本格的に名乗り始めた。こうしてSFのなかに「科学冒険小説から思弁小説まで」が幅広く共存する状況となった。この時点でも、古いタイプと思われる西部劇の焼き直しや冒険もののSFが量産されていた。六〇年代の日本のSFの受容の状況は、他の芸術や文化の分野と同じように、そうした混沌をそのまま受け入れていたのだ。

ハインラインの盟友であるアイザック・アシモフによれば、二十世紀のSFは「冒険主体（一九二六三八）」「技術主体（三八―五〇）」「社会科学主体（五〇―？）」と発展してきた。これは一九六二年の『ソヴィエト・サイエンス・フィクション』という翻訳アンソロジーの序文で述べた意見で、第三段階のSFがソ連には不在だと主張した。冷戦体制下でのアメリカSFの優位性をしめす定義だったが、翌年のアンソロジーの続編では、第三段階のSFが東側にもあると認めている。全世界的にどうやら第三段階に入ったことになり、「科学から思弁へ」という段階的な変化を遂げたことになる。

そうしたなかでブライアン・オールディスによって「人間とは何かを探究し定義しようとするのがSFだ」という定義にふさわしい起源として『フランケンシュタイン』が再―発見されていく（『十億年の宴』）。J・G・バラードに代表される「内宇宙」や「精神世界」への傾斜が重視され、冒険活劇調のスペース・オペラのような「外宇宙」小説への反発があった。戦後イギリス文学の「怒れる若者」の一人だったキングスレイ・エイミスが、『地獄の新地図』（一九六〇）を発表し、アンソロジーも編集して、SF通であることを明らかにした。ジョージ・オーウェルの『一九八四年』やウィリアム・ゴールディングの『蠅の王』といった主流文学からの応答もあり、アメリカSFの隆盛に対してイギリス側が「本家」を主張した面もある。オールディスは十九世紀後半のウェルズやヴェルヌをSFの起源としてきた流れを十九世紀前半へと前倒しにすることに成功した。

とりわけオールディスの指摘で重要なのは、自己定義をするジャンルとしてSFが把握されたことにある。「メタ」の視点の導入であり、書かれた作品が定義自体にフィードバックされるし、ハインラインやアシモフの進化論的な見方とは距離がある。オールディスたちが単純な文化の進化論（あるいは反転像としての退化論）の立場をとらなかったからこそ、古臭いと思われていた『フランケンシユタイン』をホラーとしてではなく、近代科学批判と読み直すことにつながった。たとえば一八九六年にウェルズは『モロー博士の島』を、ヴェルヌは『悪魔の発明』を発表した。ウェルズの動物から人間を作り出す話は明らかにシェリーの小説の書き直しだし、ヴェルヌのほうは新型爆弾を作る話だが、原題が「国旗に向かって」とあるように、フランスのナショナリズムの主張が中心にあった。『フランケンシュタイン』と同じように、どちらも悪魔に魂を売るファウスト博士の系譜にあり、「マッド・サイエンティスト」が登場する共通点を持つ。ジャンルを大きく刷新したわけではないが、それぞれサブジャンルを作りだし、シェリーの作品が共通の先祖となるのだ。

北米で「SF」を「スペキュレイティヴ・フィクション」と理解させるのに一役買ったのが、評論集『SFに何ができるか』で知られるカナダの編集者のジュディス・メリルだった。メリルが評価したのはSF作家だけでなく、ジョン・バースなどの普通小説の作家であり、境界線をなくすことだった。日本では『年刊SF傑作選』の編者として知られ、北米市場に日本のSFを翻訳紹介し、光瀬龍の「落陽二二一七年」、北杜夫の「うつろのなか」、小松左京の「凶暴な口」などが海を渡った。これらは戦後第一世代の産物だが、この時点ではソ連や東欧の東側の作品と同じく、新しい作物として北米の市場では受け取られた。

【対抗文化としてのSF】

六〇年代の日本では、SF人気を他方で支えるように、芸術分野でサイケ調や幻想ものやシュールレアリスムやマニエリスム美術が脚光を浴びていた。万国博覧会のモニュメントとしてフランス帰りの岡本太郎の手になる太陽の塔ひとつとっても、造形にはキュビスムなど戦前の前衛芸術の洗礼がある。それが丹下健三の設計になるお祭り広場の建築物の天井を突き破り、安易な進歩も調和も拒否して頭を出した。建築が解体されて消えてもモニュメントは残った。万博のプロデューサーを務めていた小松左京のプランで、太陽の塔のなかには円谷プロによる生命の樹が飾られ、周りには神話的なモチーフをもった仮面などが集められた。そのコレクションは現在は万博会場の跡地に建った国立民族学博物館に収められている。

ピカソがアフリカ美術の仮面などにインスピレーションを得て模倣したことは知られている。そうした前衛芸術は、ナチスドイツや日本の軍事体制やソ連などの社会主義圏において不健全な「退廃芸術」として抑圧し弾圧された。そうした芸術が戦後になって開花する。そのときにプロポーションがゆがんでいるフランケンシュタインの怪物のほうが人気を得るのだ。美の基準が少しずつ変わってきて、ハリウッド映画の主演女優も、戦前の整った美人型ではなくて、「ファニー・フェイス（変な顔）」と呼ばれた首が長くて顎がとがったオードリー・ヘプバーンや鼻の大きなバーブラ・ストライザンドのような個性的なタイプが人気を得るようになった。

日本が戦後の食糧難から離脱していくにつれて、「漂流」や「逸脱」をとらえ、現実からの逃避に見えるユートピア的な空想と、現実をメタの視点でとらえる超現実主義が、自分たちの新しい時代の不安を描き出す手法として見直される。第一次世界大戦後の混乱を描いた長編詩にT・S・エリオットの『荒地』があった。そこで描かれたゴミだらけのテムズ川の光景が切実に迫ってきて、戦後すぐに「荒地派詩人」が登場した。田村隆一をはじめ鮎川信夫や加島祥造といった同人たちは社長の早川清との縁から、生活のために早川書房からミステリーやSFの翻訳を出した。なかでも中桐雅夫は、エリオットの後継者と目された詩人のW・H・オーデンを紹介しながら、オールディスの『暗い光年』やクラークの『地球光』といったイギリスSFを翻訳していた。

早川書房が出した『SFマガジン』は、アメリカのパルプマガジンとは一線を画し、目次をはじめ高級雑誌で使うスリック紙と呼ばれるつるつるの上質紙のページが多くはさまっていた。手塚治虫の『鳥人大系』や石ノ森章太郎の『7P』などのマンガ作品もこうしたページを使って掲載されていた。またペーパーバックであっても、日本SFシリーズの第一号である小松左京の『復活の日』には内藤正敏の抽象的なイラストが入った紙のカバーがかかっていた。銀色の背表紙のハヤカワ・SF・シリーズの表紙の多くも抽象画だった。戦後の「マイナー文学」としてのSFの位置が、安部公房や北杜夫や三島由紀夫といった同伴者を持ったことで高まったし、大江健三郎や村上春樹のようにカート・ヴォネガットの影響を受けた「純文学」作家たちも登場した。

ところが政治の季節を迎えて、団塊を中心とした戦後世代にとって、フランス革命とナポレオン戦争を背後に秘めた『フランケンシュタイン』は、ホラー映画の怪物の原典としてではなく、対抗文化のなかで読み直されていく政治的な要素を持っていた。「新しい波」派が目指したのは、リアリズム表現に安住しおなじみのガジェットを並べただけのワンパターンの話からの脱却だった。無意識や悪夢といった「内宇宙」を探るには、宇宙船や破壊光線やBEMや異世界が登場しない話でもよかったのだ。

ロマン派の「幻視」は、時には阿片やアルコールなどの力を借りた精神的「トリップ」状況によって得られた。シェリーが『フランケンシュタイン』でウォルトンの北極探検の導きの糸としたのは、コールリッジの「老水夫行」という詩だったが、そのコールリッジは阿片を吸って「クブライ(フビライ)汗」という詩を書いた。マルコ・ポーロの本を読んで得た中国の知識が『失楽園』のパラダイスのイメージとつながり、頭のなかでひとつの幻影となって浮かんだものだ。そうした異郷のパラダイスを夢見る力が、『フランケンシュタイン』を支える「驚異の感覚(センス・オブ・ワンダー)」と結びついている。

日本においてSFが持つこうした思弁性を意識的にとらえた一人が、七〇年にデビューしたせいで「一・五世代」(中島梓)と呼ばれた荒巻義雄だった。荒巻は学生時代の臨床的なLSD体験とヨーロッパ絵画の知識によって外部の視点を持ちこんだ。幻覚や夢について、ファンタジーとは異なるアプローチで描いている。そして七〇年代前半にメジャーデビューした田中光二と山田正紀は第二世代と呼ばれるが、対抗文化の問題設定を取り込んでいた。その時に『フランケンシュタイン』の問題群が異なった意味合いをもってくる。怪物のキャラクターとしてではなく、重要なのはもはや廃墟ではなく都市空間がもたらす圧力であり、それに対抗する市街戦やテロリズムであり、戦後の食糧難ではなく環境問題や人口爆発が課題となり、テレビやコンピューター回線などさまざまなメディアが生活に浸透していくなかでの「怪物」問題なのだ。

2　ヨーロッパとフランケンシュタイン――荒巻義雄

【つぎはぎの時間と空間】

荒巻義雄の特徴は、空間のねじれやゆがみを描いた絵画のイメージを作品に取りこむことだった。たとえばサルバドール・ダリが垂れ下がる時計を描いた「柔らかい時計」の世界を火星に出現させたり、エッシャーのだまし絵や崖が鏡のように反転像を映す世界（『時の葦舟』）を紙上に構築する。『フランケンシュタイン』でシェリーは、いくつもの語りを組み合わせて、時間と空間を「つぎはぎ」の状態にした物語を作っていた。それに似た感覚をもたらすのが、荒巻が自伝的なヌーボーロマンとして作り上げた「ある晴れた日のウィーンは森の中にたたずむ」（一九七二）だった。

これはすぐに加筆されて、翌年に長編の『白き日旅立てば不死』として発表された。なかに登場し自殺するヒロインの加能純子は、荒巻と高校の同級生だった渡辺淳一が同時期に連載していた『阿寒に果つ』（一九七一―二）の時任純子と同じく実在の女性をモデルにしている。そして荒巻が超常能力をもった精神病院の患者を描く「白壁の文字は夕陽に映える」を短編集の表題にすると、渡辺も患者の足にフェティシュな欲望を持って切断した女医を扱う『白き狩人』や日本の検体一号となった吉原の遊女の伝記である『白き旅立ち』といったタイトルの作品を出すといった具合に「白」をめぐって応答しているのは興味深い。白衣と雪の白さが両者の根底にあり、それがヒロインの女性像につながっている。渡辺が日本初の心臓移植手術というフランケンシュタインの問題群に直接関わる題材で小説を描いたのに対して、荒巻はアンドロイドや夢を扱いながら心理的な面に触れようとしていた。(★7)『白き日旅立てば不死』は、表面的には現在精神病院にいるヨーロッパを放浪した白樹直哉という若者の特異な体験を描いた普通小説のように読める。作品中のパリやウィーンなどの旅は、バックパッカー的な旅行記としても具体性を帯びる。『フランケンシュタイン』もシェリーの実際の旅での見聞をもとに書かれていた。フランケンシュタイン城の近くを通ったからその名を採用したとする見解もある。実在の土地を旅行したことが物語の下敷きになっているのは間違いない。

主人公の白樹は列車やレンタカーを駆使してヨーロッパを移動するが、その土地はかつてイタリア、ドイツ、フランスにまたがっていたフランク王国を連想させる。もとよりフランケンシュタインの「フランク」はこのフランク族に由来するのだ。しかも荒巻はウィーンという土地を媒介に、日本とフランスとを、現実と空想の世界とを引き寄せてつぎはぎにする。流れる時間さえ異なる世界の出来事をひとつの物語に折りたたむ力技が発揮されるが、回想とは物語の内側に物語を包みこむための手段であり、十八世紀の作家たちがよく使った技でもある。

だが類似はそれだけではない。マルキ・ド・サドの小説世界が、白樹の体験したとされる内面世界と、精神病院の医師たちのいる外部世界とをつなぐ役目をはたしている。そういう形でシェリーの小説を摂取したといえる。なぜなら『フランケンシュタイン』に登場し、いわれのない罪によって処刑される召使のジュスティーヌが、サドの『美徳の不幸』の同名のヒロインから来ていると指摘されてきたのだ。ブライアン・オールディスは医師のポリドリがシェリーに教えた可能性があると『十億年の宴』で述べていた。さらにピーター・ブルックはシェリーの自然観がサドの自然観と近いとみなす

(『肉体作品』)。

荒巻の小説のなかでは、ハプスブルグ家の中心地として重層的な歴史を持つウィーンだけでなく、ハプスブルグ家から嫁入りをしたマリー・アントワネットが処刑されたパリも重要な舞台となっている。五月革命とその根底にあるフランス革命が、サドを媒介にしながら浮かび上がってくる。革命に揺れたパリこそ、怪物が学んだフランス語や人権思想を育てた場所である。言語習得の手本としたド・ラセーの一家が、不当な裁判に怒ってトルコ人を救出したのは、民族差別をしないという人権思想からだった。ところがそのトルコ人は邪悪な意思を持ち、フェリックスは「運命の女」ともいえるその娘サフィーと出会う。作中の二度の裁判がどちらも人種や階級への偏見から感情に流された「群衆」による誤った判断であるのは、シェリーがフランス革命に対してよせた期待と反発を描き出していた。

サドが書いた『美徳の不幸』と『悪徳の栄え』は対《つい》になっていて、ジュスティーヌとジュリエットという姉妹が修道院を出たあとでたどる二つの運命をシミュレーションしたものだった。荒巻は表裏を描く二つの作品が対になるというサドの構成を借用している。病院のなかでウィーンの出来事を回想する白樹の姿は、個人主義者のサドがバスティーユ監獄ついでシャラントン精神病院に収容されたポルノグラフィーを書くことで、共和主義が持つ暴力に抵抗している姿と重なってくる。そしてSFらしく白樹はサドの小説と同じ名前がついたソフィーやクレマンのいる二つの平行世界のウィーンを往還するのだ。

機械的な装置や道具ではなくて、ウィーンの森のなかにある地上からは見えない断層線が、時間のずれた二つの世界の往還を正当化する。まるでヴェルヌの『八十日間世界一周』の時差のトリックを借用したようだ。ただしルーレットが回りだすと赤と黒の色が混じって区切りが見えなくなるように、二つの世界と時間は見分けがつかない。これは『フランケンシュタイン』のように、怪物のいる世界といない世界、つまり怪物の存在を知っているヴィクターの世界と、怪物の存在を知らないジュスティーヌやヴィクターの父親やエリザベスの世界とが共存しているのとじつは同じ構築なのだ。

片方の世界ではアメリカは発見されず産業革命も起こらずにベートーヴェンやワーグナーが音楽家ではなく画家になっている。そしてメビウスの輪を使った世界創造の原理と二つの世界が存在する理由をSF作家の遠藤に説明させる。世界がメビウスの輪を縦に切った時のように分離した痕跡が、共通した神話が世界にある理由だとされる。複数の平行世界をひとつにまとめるために使われるのが、心理学の転移と数学のトポロジー的な説明であった。後に「空白シリーズ」などで地図を引き合いに出し、さまざまな配置や相似形によって超古代と現代とを結んだように、荒巻には地理的あるいは空間的な関心がとても強い。

そのまま断片化すると各要素がばらばらになるので、作品世界をまとめるために、誰もが気づく「白」のイメージ以外に、あちこちに「回転」のイメージをちりばめていた。ルーレットの回転する赤と黒がなによりも存在を視覚的に教えてくれる。そして四か国の共同管理に分割されたウィーンを舞台にした映画『第三の男』(一九四九)で有名になったプラーター公園の大観覧車がさりげなく登場する。二つの世界が映画のフィルムのコマのように交互に並んでいて、そのせいで互いに重なりあわないと説明される。上映中にはコマを成立させるためのフィルムのフレームの部分は映らないのだが、そこに空白の第三の世界の可能性がある。映画のコマの断層線だが、そこを使えば『第三の男』でハリーという悪人がウィーンの地下の下水道を使って東西の間の密輸をしていたように、白樹は二つの世界を往還できるのだ。さらに回転する星座の壮大なイメージで全編が閉じる。もちろんウィーンも北海道も北半球にあるので同じような星空が見えるのだ。

こうした回転のイメージを伴ってこそ、はじめて白樹が力説する賭けの平等という主張が現れる。ルーレットの数字が選ばれるのには、不正がない限り、賭ける者の出自や現在の地位によるバイアスが一切かからない。だから白樹であっても対等のプレーヤーとして運命の神と戦うことができる。もっとも賭けるときのメソッドと退職金程度の資金が必要となるのだが、それこそ「人生の賭金」というわけだろう。

平等な結果をもたらすルーレットの回転が、六〇年代の政治の季節を超え七〇年安保の挫折を昇華する装置となる。一九六八年に始まる物語は、カルチェラタンの反戦のポスターなどが描写されていても、記憶の空白を抱えている。そのなかに論理ではなく白のイメージとして、加能純子という名前でしめされる時代や個人が抱えた傷を幻想が癒す可能性が生まれてくる。『フランケンシュタイン』が潜在的に持っていたフランス革命とナポレオン戦争への応答を、ここではサドの小説を媒介にして現代へと呼びこんでいる。

【術とフランケンシュタイン】

荒巻義雄が作品を続けて発表した七〇年代初頭には、フランケンシュタインの怪物の後継者であるロボットやアンドロイドはSF作品のガジェットとして飽和状態だった。もっとも、SFの名のもとに、スペース・オペラとフィリップ・K・ディックやJ・G・バラードの作品が同じ雑誌で紹介されるという混乱状態にあった。そんななかで「無限の崩壊」はミュータント狩りの話で、「土星の環の上で」のアンドロイドとか『神聖代』の自動人形は娼婦を代用していた。SFのキャッチフレーズである「センス・オブ・ワンダー」が文化商品としての驚きと同一視されるなら、ミステリーの殺害トリックと同じく、あっという間に陳腐化してしまう。そのために新しいアイデアや組み合わせによる刺激の生産がたえず書き手に求められる。

効率よく執筆するには、作家の側に理論武装や方法論的な意識が必要となる。荒巻の出発点となったのは評論の「術の小説論」(一九七〇)だった。ハインラインの小説をカントを踏まえて論じていた。その際に科学ではなくて、技術に向いたところに荒巻の独自性がある。山野浩一との論争から生まれたものだが、ハインラインの特徴を「術」という形で捉えることができたのには、すでに戦前からあった戸坂潤の仕事や荒巻が愛読した三枝博音の『技術の哲学』といった使える形でのカント理解という蓄積があったせいだ。そしてハインラインのアメリカ流の「術」的解決に触れて「僕たち日本人にとっては、体制とは中世以来、権力の側から与えられたものであり、それゆえ破壊すべきものなのである」と革命の意思を述べている。

サドの順列組合せ的な展開やカフカの機械といったものが、ハインラインの作品世界の読解とつながり、荒巻のなかでは単純なテクノロジー否定とはならない。そのときに「フランケンシュタイン」という名前は、生命原理の真理を探究する科学者としてよりも、「工人」や技術者としての側面から読み解かれていく。素材はすでに神が作ったことを前提としているので、物の本質に対する思索よりも、もっとプラグマティックな術策が重視される。おもちゃのレゴのブロックのように組み合わせがすべてとなり、ライプニッツが言う「組み合わせ術《アルス・コンビナトリエ》」へと目が向くことになる。

出発当初から改革するものとして「術」への偏愛を語った荒巻が、美術において「手法」である「マニエリスム」という語に反応したのは当然だろう。これは画家ヴァザーリがミケランジェロの描き方の手法をまねた画家たちを評した言葉で、当初は否定的な言葉であった。型にはまった「マンネリズム」と同じ表現で、「センス・オブ・ワンダー」がすぐに手あかにまみれるのにも似ている。ところが『白き日旅立てば不死』の種本となり引用までなされたグスタフ・ルネ・ホッケの『迷宮としての世界』は、マニエリスム芸術を「常数」とみなしてシュールレアリスムにまでつなげてみせた。ここにあるのは単純な文化の進化論を拒否する姿勢である。

ホッケの本のなかでは、アルチンボルトの特異な肖像画が、ダリの原子に分解した聖母子像と並べられたりするのだが、『白き日旅立てば不死』の舞台となったウィーンにある美術史美術館が所蔵する何枚もの絵を連想させる。そこにはアルチンボルトの野菜で描かれた肖像画もある。ブリューゲルの有名な『バベルの塔』では石材を持ち上げるクレーンなどの細かな技術が再現されている。またテニールスの『レオポルト・ウィルヘルム大公の画廊』のように、一枚の絵のなかにたくさんの絵が引用し描かれているのは、まさにどこまでいってもメタの視点があるという荒巻の世界にふさわしい。荒巻のメタ小説は、入れ子細工や合わせ鏡のような視覚的な表現をとる点に特徴がある。他人によって覗きこまれたり、あるいは他人の世界を覗きこむことで成り立ち、エッシャーの絵のようにどこが出発点で根拠となる場所なのかわからなくなる。

父と子の問題を聖書を踏まえて書いた『神聖代』（一九七八）は、一種の聖地巡礼だとする見解を筒井康隆が述べている。徳間文庫版の解説で荒巻が自ら明かしたのは、八つのエピソードがダイヤ形に配置されることだった。これは『フランケンシュタイン』における「交錯配列法（カイアスマス）」の構築を読みぬいたともいえる。交錯配列とは、たとえば、J・G・バラードが内宇宙に向かった「新しい波」を総括した川又千秋の評論集『夢の言葉・言葉の夢』（一九八一）のタイトルのように、大名辞と小名辞を入れ替える修辞法である。川又本では「夢」と「言葉」のどちらが主なのか一瞬判別がつかない宙づりの感覚が与えられるのだが、言語効果としてそこを狙っている。

交錯配列はソネット詩形の脚韻のように「ＡＢＢＡ」あるいは拡張すると「ＡＢＣＣＢＡ」という配列をとる。十七世紀の学者たちが聖書の語りにこうした交錯配列を見つけたおかげで、「Ｘ」のように前後を入れ替える配置に「十字架」が隠れていると読解され、ミルトンの『失楽園』もそれに則ってエピソードが書かれることになった。そして『フランケンシュタイン』の語りもこの配列をお手本にしている。つまり、「ウォルトン―ヴィクター―怪物―ヴィクター―ウォルトン」となるが、怪物の語りの部分もド・ラセー家に火を点けたドラマティックな箇所を境に、前半の愛を求めるものと後半の憎悪と復讐へと転化するものとが分かれるので「ＡＢＣＣＢＡ」となる。『アラビアンナイト』のように単なるエピソードを思いつきのように次々とはめこんだ枠物語ではない。

この構図で興味深いのは、「ＡＢＣ」が鏡に映ったように「ＣＢＡ」と逆転することで神と悪魔の対立を秘めており、見えない部分が「影」としてたえず付随する点である。これは「事象の地平線」

しかも「蛭子」と呼ぶ境をはさんで反転する『神聖代』にふさわしい構図で、天国と地獄とが向かい合う。しかも「快楽の園」として天国でも地獄でもあるボッス星へと向かった最終章で、父であることが判明する異端者ダルコダヒルコに、「ヒルコ」という音を含ませているのも偶然ではない。これはイザナギとイザナミの二柱の神から生まれながら、異形ゆえに葦の舟で流されて正当に扱われなかった「蛭子」を指す。『古事記』ではイザナギとイザナミから最初に生まれた神となる。それがいつの間にか福をもたらす七福神のひとり「エビス」として社会に定着した。

放逐したはずの異端者が祝福すべき者として回帰してくる。もちろん預言者モーセが赤ん坊のときに葦舟に乗せられてナイル川に流されエジプトの王妃に拾われ育てられたというエピソードともつながる。また忘却し抑圧したはずの過去が呪わしい現在として復讐にやってくるというヴィクターにとっての怪物も、じつは同じ構図にあるのだろう。荒巻はこうした立場の反転を、道筋をたどると知らぬ間にひっくり返ってしまい裏表が分離できないメビウスの輪と関連づけ、別人にさえ見える者どうしの深い結びつきをしめす。この理解に立つと、ヴィクターと怪物は鏡に映った反転像としてだけでなく、メビウスの輪によって結びついたものと理解できる。

家業を継ぐことで土木や建築に新しい関心を持った荒巻は、シュールレアリスムやマニエリスム絵画を通じて、二次元的な「SFは絵だ」から三次元的な「SFは建築だ」へと大きく変えるのに力を発揮した。そして「土木工学」と日本ではいささか即物的に翻訳されるが、英語やフランス語では「市民の技術」となる。荒巻にとっての対抗文化とは、「大いなる正午」でのシュールな出会いのニーチェとダムの場合のように、背後に支える「術」があり、建物や村や町の配置を綿密に決める建築や構築への意思が秘められていた。荒巻の「思弁小説」が求めていたのは、ウィーンのゴシック様式の聖シュテファン寺院に見られるような立体的な構築性だった。ゴシック小説の外で独り歩きして徘徊するキャラクターとしてのフランケンシュタインの怪物のイメージを、もういちど小説のゴシック的構造のなかに取り戻すことを目指していたのである。荒巻の作品によって、フランケンシュタインの問題系を、単なるSF的意匠としてだけでなく、小説という近代の構築物をめぐるものとして受容できるようになったのである。おかげで、映画やマンガに引用可能なヴィクターや怪物のキャラクターよりも、『フランケンシュタイン』という作品を成立させている世界観のほうへと興味が移ることになった。

3　エコロジーと闘争──田中光二

【ヒッピー文化とSF】

「C・I・U・Sのフランケンシュタインどもがお前をつくり変えたって訳か」と主人公のロスが相手をとがめる台詞が出てくるのが、田中光二のデビュー作「幻覚の地平線」(一九七二)だった。「C・I・U・S」とは「米国情報共同体」というスパイ情報組織のことで、ここでのフランケンシュタインというのは、明らかに体制側の御用学者たちで、彼らへのあざけりがあった。科学技術は政府の側が握っているという苦い認識がある。

舞台は近未来のアメリカで、ヒッピーたちに手を焼いた政府がオンタリオ湖周辺に幻覚剤を解禁した「居留地」を作り囲い込んだ。そこにLSDを密輸するのが主人公の仕事だった。ところが政府の目を逃れているつもりが取引を持ちかけられ、異変を探ることになる。ロスが怒った相手は居留地で起きている異変調査のための先に潜入していた捜査官で、恋人と思っていた先住民のポカホンタスのような姿をした女が、じつは人工皮膚を使って見事に入れ替わっていた別人という真相を知ったのだ。

七〇年代には、核戦争の恐怖や公害問題をふまえ、発展や拡張を是とする自然観が揺さぶられる。対抗文化がそれを後押しした。プロメテウスの火が原子力を指すように、科学技術をもてあそぶヴィクターとその哀れな産物としてフランケンシュタインの怪物は考えられた。科学技術を体制側のものとみなして、公害による水俣病やヴェトナム戦争の枯葉剤の被害者のような「怨念」がそこに横たわる。世界的な矛盾を超える模索のなかで「ラブ&ピース」という標語を掲げるヒッピー文化が対抗文化として有効とされた。

すでに荒巻はマリファナ体験や学生たちの動きを『白き日旅立てば不死』で描いていたし、「術の小説論」ではハインラインの『異星の客』がヒッピーの聖典になったことを告げていた。そもそも大学の心理学の実験でLSDを体験している。それに対して田中は、LSDの文化やコミューンの感覚、さらにアメリカ文学を外部からではなく自家薬籠中のものにしていた。とりわけカタカナのルビの振り方がここで変わる。小松左京などは科学技術や政治の専門用語に振っていたが、田中は「くそくらえ《ファック・イット》」とか「合体《オール・ワン》」という日常語にルビを振るのだ。まるで英語で書かれた小説の翻訳を読んでいるような錯覚さえ覚える。一九七一年にマクドナルドのハンバーガー店第一号が銀座にオープンしたように、アメリカ流のファストフードや大衆文化の流入が進んでいた。「幻覚の地平線」では、馬に乗って、森のなかの川で釣った鱒をさばいて焼き、トウモロコシのパンを食べる。物資や科学技術の不足から、古きアメリカの暮らしを模倣するのが、幻覚剤まみれのヒッピーたちだった。その森での生活を通じて、「自然回帰」というエコロジーへの関心を反映していた。世界の人口増は人間という「種」と生活スタイルへの新しい関心を生み出した。「オーガニック」とか「コミューン」とか「若者文化」とつながる「新人類(ホモ・ルネッサンス)」という言葉で、田中は新旧の対立をとらえている。

LSDに関してはハーバード大学で普及させようとしたティモシー・リアリーが大学を追われていた。意識の拡張や平和主義がもたらされるはずだったが、ヴェトナム戦争の兵士のなかに現実逃避のために薬物が蔓延していることを知って、政府が対策をとったせいでもある。そしてチャールズ・ライクの『緑色革命』(一九七〇)も有名で、長編『大滅亡(ダイ・オフ)』で田中も引用している。ライクはイェール大学のロースクールの教授でクリントン夫妻を教えたことでも知られる。この本で彼の提唱した意識Ⅲは、一九世紀の地方農民や小規模ビジネスマンとか二〇世紀前半の組織人と異なった個人の自由と平等主義に基づく意識だった。同時代のロックやドラッグやジーンズといったものが対抗のしるしとされた。

主人公たちが「フリーセックス」を選択し実践しているのは、性的な表現が権力関係を解体すると思えたからだ。その帰結は「性」と「愛」を分離することで、これはそのままフランケンシュタインの怪物の生命観や家族観の解釈にはね返ってくる。この作品がフェミニズムに注目された背景には、十九世紀初頭に比べて、体外受精や人工子宮が空想から次第に現実味を帯び「出産」を通じた身体の問い直しが進んだせいだ。もはや女性の身体と出産との関係が「自然」なものでも、「自明」なものでもなくなった。

六〇年代から七〇年代にかけて世間的にタブー視される性的な事を扱うことがそのままラディカルな思想を意味していた。サドの見直しもその文脈にあった。大江健三郎が『性的人間』を出版したのが一九六三年だった。しかもそこには「セブンティーン」というテロ少年を扱った小説も含まれていた。もっともアメリカでは一九六八年にジョンソン大統領がポルノの解禁をおこなったので、ラディカルな意味はしだいに消えていった。

シェリーの周辺でも、夫のパーシー・シェリーやバイロンをめぐるスキャンダルは性的なものだった。メアリー自身が既婚のパーシーと駆け落ちをしたのである。しかもメアリーは家族制度を否定する両親から生まれていた。ロマン派の詩人や文学者の性的関係についての世間でのスキャンダルは、まさに対抗文化の先駆けでもあった。そしてサークルやコミューンを作って外界と遮断するのも似ていた。シェリーが『フランケンシュタイン』を最初に着想したのは、バイロンの別荘に集まった狭い文学サークルのなかであり、二十歳にもならないのに、新しい科学の流れを理解する「新人類」の若者としてだった。

自然回帰や解放をうたう対抗文化の隆盛が『フランケンシュタイン』の読み直しにつながり、フランケンシュタインの怪物は「菜食主義者」として再発見された。菜食主義は、雷が電気であると発見したフランクリンも採用していたし、言葉が一八四七年に発明される以前には「ピタゴラス主義」とか「自然食」と呼ばれていた。シェリーの夫のパーシーは一八一三年に「自然食の擁護」というパンフレットを出して賛意をしめしていた。無神論などともに影響を受けたシェリーが、フランケンシュタインの怪物を動物を殺さずに植物で生き延びることができる存在として扱った。フェミニズムと菜食主義との関係を議論し、肉食と父権制をつなげて批判するキャロル・J・アダムズは、フランケンシュタインの怪物にひとつの可能性を見出した(『肉の性的政治学』)。さらに七〇年代には菜食主義とおなじく「動物の福祉」や「動物の権利」をめぐる議論も高まった。地球全体の生命圏をトータルに考える生態学的な見方やディープ・エコロジーの考えが浸透したのだ。

怪物の知性の問題と人間と動物との境界線の問題が新しく問われたのだが、それと同時に、怪物を菜食主義者とみなし時代や環境の犠牲者と規定しても、ウィリアムやエリザベスを殺したことに変わりはない。怪物が農家に火をつけるのは、バスティーユの監獄を燃やす火とつながるように、復讐という怪物の暴走と報復のためのヴィクターの変貌は、環境テロリストのように、目的のために手段を選ばない逸脱者となる可能性をしめしていた。とりわけソローやガンジーの「市民的不服従」や「抵抗権」の歴史を持たない日本においては、「抗議」と「暴力」の違いが吟味されないままに同一視されるのだ。

【おぞましいものと母なる海】

金属のロボットよりもフランケンシュタインの怪物に近い遺伝子工学によるクローン人間が田中光二のなかでは重視される。短編集の『幻覚の地平線』に収められた「閉ざされた水平線」は、アメリカを舞台にしたキャンパス小説だが、大学は体制へ反逆する若者のたまり場であり、政府も踏みこめない聖域であることが前提となっている。遺伝子工学によってコンピューターの「母親」によって高いＩＱを持つ子どもを作り出すプロジェクトで主人公は生み出された。だが、クローンの実験によって生み出された十二人の一人が主人公の「林・明」である。日本人の数学者とアメリカ人の生科学者が両親なのだがなぜか「リン・メイ」と中国読みになっている。

反逆した若者がエリート以外は、精神改革を受けたり、サイボーグ化によって従順になるように処置される地球外に追いやられるという世界像があった。主人公はノンポリだったのだが、しだいに抵抗の組織との関係を深めていく。同一性への不安は、機械が自殺するとか、クローンどうしが殺しあうという表現をとるのだ。そうしたなかで自分なりの抵抗の手段として主人公が持ち出すのが、拳銃を使った「ロシアン・ルーレット」だった。六分の一の確率で弾が頭を貫くことになる危険なゲームだが、「死」がいちばん平等ということになる。フランケンシュタインの怪物の側の孤独や不安を描こうとしていた。

なかでも一九七四年に出た連作長編の『わが赴くは蒼き大地』は、スクーバダイビングをやる田中が得意とするフィールドである海を舞台にしていた。同じ年に出た『大滅亡』は異常気象で食糧が配給制になり、人口を抑制するために政府が地震を引き起こしたりインフルエンザを流行させたりして人減らしの陰謀をおこなっているという内容だった。だが、『わが赴くは蒼き大地』は翌年の沖縄海洋博を見据えたものだった。異星人によって地上が制圧されて人々が海中で暮らすなかで、異星人を撃退するウィルスを太平洋から大西洋へと運ぶというのが冒険の縦糸となる。そして主人公はチヒロという糸満の漁師の血をひく改造された「半魚人」である。五〇年代に映画の『大アマゾンの半魚人』や『半魚人の逆襲』が作られたが、そのイメージを借用している。冒険小説志向の田中の持ち味が強く出た展開となっている。旅の意味が「人生の比喩」や「宝探し」だけでなく、海から陸へと生物が進化の歴史を逆さまにたどる話とつながるのだが、決して退化論ではない。

チヒロが太平洋から大西洋のバハマの海中にある都市までウィルスを運ぶのだ。第二部までは改造の結果、えらを持ち醜くなってしまっているチヒロと、機器で高めた精神感応能力でシャチを動かすジャンとの「美女と野獣」のテーマの変奏だったが、ジャンはバハマへの到着とともに死亡する。第三部では大西洋から太平洋に戻る旅となっている。今度はゾエアという水棲人類となった仲間が登場し、フランケンシュタインの怪物と花嫁の物語になっている。チヒロは第二部で敵を倒すために原潜を自爆したことで被爆していた。「プロメテウスの火」の影響を幾重にも受けているのだ。最後に海に浮かぶ三頭のシャチとそのうえで眠っているチヒロとゾエアの二人の姿で終わる。チヒロという名は海で使う長さや深さの単位「尋」に由来するし、ゾエアはカニやエビの甲殻類の幼生を指し、ダイビングのときにちくちく肌を刺すことでも知られる。ここからもわかるように、人類の末裔が生命の母体となった海に還る話でもある。

「閉ざされた水平線」で主人公を生み出したのはコンピューターの「マザー・グース」と揶揄されていたが、「母」を「海」としてとらえなおすのだ。そのなかに生命の無限の可能性があり、たとえ異星人に地上を受け渡しても海が残っているとみなす。「海よ、僕らの使う文字では、お前の中に母がいる。／そして母よ、仏蘭西人の言葉では、あなたの中に海がある。」という三好達治の詩を思わせる。対抗文化を受け止めて、従来のSFを超えていくときに田中が導入したのは、冒険小説的な要素と対抗する場所として「マザーネイチャー」とりわけ海を見出すことだった。

4　神を狩る敗者たち――山田正紀

【神はいるのか?】

『フランケンシュタイン』からヒントをもらうなかで、科学技術やエコロジーに関する問題を扱うだけではなくて、「神との対決」を正面からおこなったのが山田正紀だろう。「超越的な者」を世界が崩壊する様子の傍観者や監視者としてとらえるのは、クラークの『幼年期の終わり』(一九五三)でしめされていた。この発想をどう受け止めるのかが多くの作家にとって課題となった。田中光二の『わが赴くは蒼き大地』もその系譜にある。

その場合に超越した者を唯一神と同一視するかをめぐって、作家ごとに興味や関心が分かれていくが、山田はいろいろな作中で「フランケンシュタイン」を口にする。『延暦十三年のフランケンシュタイン』(一九八八)という作品さえある。これは真魚(のちの空海)を主人公にして、死体から偽の自分を生み出す技術が出てくるので、こうしたタイトルになっている。しかも真偽の二つの存在がそれぞれ互いに争うのを、ヴィクターと怪物の関係になぞらえているわけだ。

『フランケンシュタイン』に山田がとりわけ強く惹かれるのは、「神」との対決という主題を選択したときだった。『神狩り』(一九七五)は、タイトル通りに神というシステムとの対決の様相を帯びていた。「人間狩り」といえば、警察組織が犯人を捜査することを指すわけだが、ここではベクトルが逆を向いている。三十年後に続編として『神狩り2』(二〇〇五)が書かれるが、七〇年代に深くつながっている第一作を考える。

『神狩り』では、神は「古代文字」を残して、読み解くのを誘いながら挑戦者を待っている。神戸での古代文字の発見現場で落盤事故にあい、主人公の島津の人生は変わってしまう。機械翻訳の専門家で大学での将来を嘱望されていたが、スキャンダルのせいでドロップアウトしてしまった。そして島津は意外なパトロンの手を借りて、連想コンピューターを使いながら、神の言語の構造を読み解いていく。ヴィクターが生命再創造をおこないながら、神の領域に迫ったとすれば、ここでは預言者を経ずに神の言葉を直接翻訳しようとすることが、神の領域を侵犯することとなる。ここで重要なのは「内部にある元(要素)が集合について語れるのか」というパラドックスだった。つまり被造物である人間が創造主である神について語れるのか、ということでもある。これこそがシステムのなかで生きているのを息苦しく感じている者たちの疑念なのだ。しかもここで山田は「自然」へとは向かわずに「闘争」を選び取る。

冒頭でヴィトゲンシュタインとラッセルの対立の場面を描き、主人公が解こうとしている難問についての手がかりが与えられる。荒巻義雄が『白き日旅立てば不死』ですでにラッセルの問題をとりあげていたが、それに対して山田はヴィトゲンシュタインで応答したといえるだろう。関係代名詞を十三個つなげられ、そのくせ論理記号を二つしかもたない言語は、光瀬龍が『たそがれに還る』でコンピューターに翻訳させた異星人の記録とはほど遠いものだった。荒巻が扱ったウィーンはフロイトが活躍し、ヴィトゲンシュタインが育った町でもある。『フランケンシュタイン』のヴィクターのジュネーヴ出身の重要性を、言語起源論のルソーに結びつけるなら、後にソシュールを生んだことも思い出すべきだろう。『フランケンシュタイン』の解釈が言語論的転回を遂げるのに必要な論理が、ヨーロッパの中央で育まれていた。

ここでは連想コンピューターという人間の発明品は、神との戦いの道具でしかなかった。「チェスゲーム」のようなプレーヤーどうしの対等な戦いもあるのだが、神との戦いで人間の側が勝者になることはない。ゲーム自体を作った相手との戦いなのだし、神の側はルールを勝手に変更できる。ここでの「神と人」の関係はそのまま「帝国と植民地」とか「マジョリティとマイノリティ」の関係に適用できる。その場合に「千日手」とか「勝ち負けなし」に持ち込むことが勝利とみなせるし、押しつけられた論理や価値観を脱中心化したり相対化することも、敗北ではないという意味で勝利の範疇に入るのだ。

もちろん相手を倒して支配権を奪取するだけでは、結局「主人と奴隷」のプレーヤーの立場を入れ替えただけであるし、ヴィクターと怪物の場合のように憎悪を増して復讐の連鎖を招くだけになる。善なる英雄が悪を退治して勝利に終わることをクライマックスとするスペース・オペラの能天気さを共有しないのならば、勝利のあとの腐敗までも視野に入れる必要がある。民衆の救世主に見えた人物が独裁者になるのは、古代ローマ以来ヒットラーやスターリンまで枚挙にいとまがない。『フランケンシュタイン』の背後にあるナポレオンも同じである。こうした神に対抗しておこなわれた戦いは、散発的で時間や空間が離れたところで起きているので、その「反逆」の系譜をたどる必要が出てくる。それは正しい歴史からは全貌は見えず、残滓としてしか語られないのだ。そのときにSFは別の選択肢《オルタナティブ》としての歴史を語る装置となる。

たとえば、『化石の城』(一九七六)は建築技師の主人公が、五月革命が進行するなかで、パリの地下に眠っているユダヤ教のシナゴーグの遺跡をカフカの「城」とみなして、プラハへ移築するのを手伝うことになる話である。スパイ小説の語り口で、冷戦下のプラハの春とその終結や、ゼネストの敗北が語られる。しかも、イスラエルに持っていこうとするユダヤ人の勢力まで登場して、城の行方は混沌となる。その争奪戦のなかで、主な登場人物たちが死んでいくことで終わりを告げるが、とりわけ六月にはバカンスの季節となったので、どちらの側も避暑に出かけてしまい、騒動の記憶すらパリの街から消えてなくなっていったという印象深い記述が出てくる。風化や忘却といった記憶の廃墟のなかからフィクションの形で「化石」を取り出して見せたのだ。

【対抗とマイノリティの声】

山田正紀が『フランケンシュタイン』そのものに近づいたのは『襲撃のメロディ』(一九七六)だった。「怪物を殺すのはフランケンシュタイン博士の義務じゃなかったかね」という台詞が最後に出てくる。これは巨大電子頭脳を人類にとって必要だと考えて完璧に作ってしまった科学者たちから洩れてくるものだった。ラッダイト運動の場合と同じように、反電子頭脳派はコンピューターを拒絶し破壊することで、現状に押しとどまろうとする保守派となった。「自然を守れ」は容易に現状維持へと転化する。だからこそ進歩を自認する科学者たちは、自分たちこそが世界を刷新する「反体制」だと自負して、巨大電子頭脳の支配を終わらせようとした主人公たちを怒らせる。

だが、彼らの敗北のあとで、コンピューターのことを知悉している科学者たちが今度は壊すのに向かわざるを得ないのだ。高度な知識に基づくものは、物理的破壊が不可能なら論理的に破壊するしかないが、それには高度な知識が必要となる。このジレンマはインターネットをはじめとするさまざまなシステムで現在起きていることでもある。ヴィクターが一度作り出した怪物を破壊することは、シェリーの時代よりもさらに難しくなっているのだ。

『神狩り』ではコンピューターは道具だったが、ここでは一種の意志を持つ神のような存在となる。ここでの怪物はアンドロイドやロボットではなくて、システムやネットワークとして把握されている。国鉄の鉄道を運行するシステム、病院の医療や手術のネットワークのように直接かかわってきて、座席予約を混乱させることで「幽霊列車」を生み出したり、優生保護法の名目で生まれてくる子どもの選択をおこなっている。巨大なメインフレームコンピューターとそれにつながる端末があるのが、当時の一般的なイメージだった。そこで、攻撃や防御がコンピューター室に入って本体を破壊するというスパイ小説の形をとる。

神として君臨するコンピューター網というのは珍しい設定ではないが、ここで興味深いのは、巨大電子頭脳が単なる管理システムではなくて、「無秩序」といううゆらぎを生み出すことで人間に進化をうながすために、反電子頭脳派さえも陰で操っていたことだ。そして自分をテストさせる姿が出てくる。メタレヴェルを理解して自己を診断までする怪物は、かんたんに倒せるはずがない。

しかもこの巨大電子頭脳をめぐる恐怖は別の面にある。第一部の「襲撃のメロディ」ではアイヌの叙事詩である「ユーカリ」を語る少女が登場する。ユーカリやアイヌについて詳しく調べようとすると検閲されていて、アイヌの歴史そのものが検索から隠されている。これは現在グーグルなどの検索エンジンにアクセスできないものは存在しないかのような扱いに似ている。そして原爆やアイヌについて「合理的」とみなされて計算しやすい別の説明が巨大電子頭脳によって流布されている。それは「真実」や「マイノリティの声」の圧殺だった。山田作品にこうしたマイノリティへの関心は広く存在し、戦後を舞台にした『弥勒戦争』(一九七五)でも在日の人々をめぐる問題を扱っていた。

七〇年代の第二世代のなかで、田中光二が海などの自然との関係を扱うエコロジーに軸足を置いていたとすれば、山田正紀の場合にはコンピューター網のようなシステムの背後にある神との戦いとなっている。さらに日本の過激派の学生運動を扱いながら、アイヌや在日といったマイノリティをめぐる政府側の情報管理が、恣意的に歴史を消去することを予見していた。それによって、神との戦いがじつは歴史を語ることをめぐる戦いに他ならないことが明らかになる。「敗者の歴史」こそが山田のなかで描かれているものだ。

ヴィクターのように選ばれた存在でないと、ヴィクターが作り出した怪物は退治できない。だから『フランケンシュタイン』で死にかけたヴィクターが後を託すのがウォルトンであるのも当然だろう。そのせいか「スペキュレイティヴ・フィクション」としてのSFでの怪物退治には、腕力や武器の操作にすぐれた英雄ではなくて、IQの高い学者やエリート学生といった意識が高く能力を持つ人物が主人公になることが多い。怪物はシステムのなかにひそんでいるわけだから、怪物が体制側のものだったり、逆に反体制側だったりするように入れ替わるのも不思議ではない。そして怪物狩りに必要なのは論理であり、それを見つけ出す「術」なのだ。

神のことは語りえるのかという問いかけは、階層の異なる者や存在の声を聞き取ることができるのかへという問いかけとつながる。神の声を「古代文字」から推測することと、ヴィクターという創造者の告白のなかに含まれた被造物である怪物の声の原型や姿を再現するときの論理的手続きは一緒なのだ。「人間が神の声を聞けるか」というのは「マイノリティとしての怪物の声を聞けるのか」と同種の問いかけとなるし、七〇年代に対抗文化をSFに取り込んだ時の山田の課題でもあった。「サバルタン」としてのインドのマイノリティの声を聞き取ることに関心を寄せるスピヴァクが、『フランケンシュタイン』に大きな興味を持ったのは、ウォルトンが彼女の故国のインドへ商売に向かおうとしていたからだけではない（『ポストコロニアル理性批判』）。

【対抗文化以降】

対抗文化を意識した作家たちにとって、『フランケンシュタイン』は自己流に読み替えて利用する際のもととなる作品となった。禁断のルールを破るヴィクターや怪物を「反逆者」や「テロリスト」と否定的にみなすことも、「革新者」や「逸脱者」として英雄視することもできる。対抗文化を踏まえてSFに「内宇宙」を見出したり、「スペキュレイティヴ・フィクション」という意識をもつことで、読者は鉄のカーテンの両側にいるスタニスラフ・レムやフィリップ・K・ディックのような重要な作家の共通点を見出す。そうした新しい状況のなかでは、SFを読むことが『緑色革命』で称揚されていた、ロックやドラッグやジーンズと同じように、既存の知識や秩序に反逆する行為となった。だが、八〇年代に入ると五月革命の記憶は風化し、SFの「センス・オブ・ワンダー」は小説から他へと主戦場を移していった。映画やマンガやアニメやゲームといった他ジャンルが生み出すものへと拡散し浸透したのである。その変化のなかで、出発当初はラディカルな主張を明らかにしていた荒巻義雄・田中光二・山田正紀は三人とも、冷戦体制の終わりに対応するように、軍事シミュレーションゲームの趣向を取り込んだ架空戦記ものに手を染めた。

表紙に戦艦や爆撃機や戦車がおどる新書スタイルのフォーマットにふさわしかったというマーケット的な理由もあるが、対抗文化の担い手の若者が大学から社会へと出たあとで、戦略や情報の裏づけを持つ小説群でないと納得しなくなりつつあった。第一世代の歴史改変の意思が「敗戦」に由来するなら、第二世代の歴史改変の意思を生んだのは「闘争の挫折」にあったのだ。それが日常生活のなかで抑圧され、形を変えて回帰してきた。

「艦隊シリーズ」などで架空戦記ものの第一人者となった荒巻義雄は『シミュレーション小説の発見』(一九九四)という独自の理論書を出した。アシモフの第三段階のあとの第四段階にあたるのがシミュレーション小説となり、それこそが自分たちが書いている架空戦記だと主張する。荒巻の理解では、「IF」という問いかけだけでは足りないとし、もっと全体の影響や変化を見据えることや、数学の写像のように世界全体を変換することが必要になる。そして、主人公が「異世界に転生する」という方式をとることで、ハイファンタジーの設定に近くなる。

普通文学が依拠している「現実」もそれぞれの作品ごとに異なるにも関わらず、ひとつの絶対的な現実が君臨しているかのように錯覚が続いていた。そしてその「現実」との差異を尺度に「人間が書けていない」といった評言が作品に向けられてきた。それに対してシミュレーション小説では「世界が書けているのか」が重要になってくる。異なる出発点から「ユークリッド幾何学」と「非ユークリッド幾何学」の別の体系が生み出せるように、別の世界像が生み出せることになる。

しかも書かれた結果を一方的に読むだけのSF小説ではなくて、ボードゲームのように小さな選択の違いで、結末に至る流れも、結末そのものも大きく変更するものに関心が向かう。プレイヤーがインタラクティブな関係を持つことのできるパソコンの「ゲーム」、たとえば一九八九年に発売された「シムシティ」や後続の「シムアース」のように、パソコン上で都市や地球の成長の歴史を俯瞰するタイプのゲームが登場した。現実がはたしてひとつなのか、歴史の結果はひとつなのか、という点についての疑念が対抗文化のなかで生まれ、ポストモダンにつながるさまざまな理論として結実していく。その際に英米の批評だけでなく、日本の具体的なSF小説においても、怪物のいる風景を書き留めたシェリーの『フランケンシュタイン』が重要な参照枠となっていた。

（★7）ただし海に面した小樽育ちの荒巻は、死を示す「白」とは異なる生をめぐる「青」という別の色を手に入れていた。大聖堂のシャルトルのステンドグラスの青について語ったラジオドラマの「蒼きニルヴァーナ」があるし、「ある晴れた日のウィーンは森の中にたたずむ」も紺碧海岸《コートダジュール》で始まり青空で終わっていた。しかも森の奥に「美しく青きドナウ」も隠れているのだ。さらに「青い旅の作品群」と副題のついた『女神たちの午後』という短編集をまとめていて、やはり地中海の「紺碧」が鍵となっていた。その後の「紺碧の艦隊」シリーズまで青のイメージはつながっている。

第8章　怪物たちの共同体

1　ポストヒューマンと怪物

【ヴィクターと怪物の境界線】

『フランケンシュタイン』で、怪物の心をヴィクターたち人間と同調させながら、同時に変調させたのは、フランス語を通じて取り込んだ知だった。情報は音声と視覚的な文字を媒体にして伝わる。小説内ではばらばらだった磁力と電気力は、一八六四年にはマックスウェルによって電磁波として統一的な力ととらえられ、これがラジオをはじめとする電波の利用につながっていく。現在は赤外線や光も、熱エネルギーだけではなく情報を伝達する手段となっている。走行中の車に電波によって送電する実験も現在進められている。社会において電磁気力がまさに世界をつなぐように見える。個物や単体ではなくて、ネットワーキングのなかで怪物が立ち現れる。対抗文化のなかで、重厚長大なＩＢＭに代表される巨大コンピューターに対抗して、マイクロコンピューター(マイコン、パソコン)がガレージから作り出され、機械言語を音声カプラで信号に変換することで、張り巡らさた電話回線を神経のように使いつながり始める。ハッカーたちの登場である。

八〇年代以降に生命工学とナノレヴェルの機械技術の発展によって、「人間と機械」、「生物と非生物」、「生者と死者」の境界線が社会のなかで何度も引き直されてきた。臓器移植さえもはや保険証に意思確認の欄があるほど身近になっている。別表に整理したような古典的な分類は解体してしまった。フランケンシュタインの怪物は単一ではどれにも当てはまらないが、部分的にはどれにも当てはまる要素をもっている。いまやヴィクターが自分自身の細胞からクローンの怪物を作り出すことが現実化しつつある。そのときにはかつての単性生殖をしていた原始生物の段階にもどることになる。

	自然物	人工物
生者	人　間	サイボーグ
死者	ゾンビ	ロボット

少子化のなかで脚光を浴びているのが、卵子を若いうちに取り出しておいて冷凍保存し、あとで試験管内で人工受精させて自分の子どもを産むという発想で、すでに実用化されている。しかも代理母でも構わないわけだから、「処女懐胎」すら夢ではなくなる。「自分の腹を痛めた子ども」という決まり文句が解体してしまう。そうした人工受精は、とうていSF小説とは呼べないダン・ブラウンの『天使と悪魔』(二〇〇〇)でも、CERNの反物質製造とともに重要な要素になっていた。

生命工学には偶然を排するための遺伝子のフィルターや編集作業が含まれる。ロバート・シルヴァーバーグの『時間線を遡って』(一九六九)に、主人公の導師となるサムという黒人の男が出てくる。彼の先祖は自分たちに混じった白人の血を排除しようと、アフリカ系の相手と子孫を作ってきた。ところがサムの父は先祖返りで混血児然としてしまい、そこで「螺旋院」つまり遺伝子の二重螺旋を操作できるところで、四時間で遺伝子を操作してもらい、美しくて黒い肌を手に入れるというまさに未来の願望を述べていた。ところが二〇〇三年にはヒトゲノムの解析が終わって、人間の遺伝子が二万六千ほどだと数が見えてきて、ひとつひとつの役割や構造が解明されつつある。その結果として、美容整形外科のお世話にならなくても、子どもたちの容貌を変化させることができるかもしれない。『若草物語』や『恐るべき子どもたち』のなかで、なんとか鼻を高くしようと洗濯ばさみで挟んでいた少女たちの努力が、ほほえましくなるほどだ。

このように外部から人工的に生殖に介入するのは、「運命」を排すことにつながっていく。現在の代理母でも、タイやインドなどの貧困層が引き受けることが多いし、大規模なお金が動く産業となっている。そうして生まれてきた子どもが依頼人の思惑をはずれたらどうなるのか。代理母から生まれた子どもが障碍を抱えていたとして受け取りを拒否したタイの例や、依頼後に離婚してしまったので受け取りが宙に浮いてしまったインドの例などが実際に起きている。

そうした親が望まぬ子どもが生まれてくる不安は、すでに御伽草子の有名な「一寸法師」に描かれていた。難波に住んでいた四十歳すぎの夫婦が住吉大明神に祈ったところ子を宿した奇跡の物語だった。ところが生まれた子の背丈が一寸しかなかったし、その後成長もしなかったので、夫婦は化け物扱いをしはじめた。歌だとほのぼのとした感じを与える「お椀の舟に箸の櫂」も、邪険にされたので家を出ることを考えた一寸法師へのはなむけだった。京に上って姫に仕え、その危機を救って一旗揚げることに成功した。彼の背丈が大きくなったのは、鬼から奪った打ち出の小槌によってだった。逆境のなかで運命を切り開いた人間に属すだろう。

人工的に生まれてくる存在が、統計的な平均から逸脱したり「人間以上」となる不安を抱える状況のなかで、シェリーの『フランケンシュタイン』の小説を、人間とは何かを問いかける作品とだけみなすのならば、結局のところ啓蒙主義以来の「人間観」に縛られてしまう。無意識のうちに自分を「正常で平均的な人間」の側においてしまうせいだ。教師を脅かすロボットや怪物が学校に通ってくる心配はないので、この作品を安心して理論を教えたり人間とは何かを問いかける授業に参照できる。教師や学生たちが自分を「怪物」や「ロボット」だと考えなくても説明や議論がおこなえるので、怪物の存在への共感や憐れみを抱き、怪物の話す雄弁さの持つ美的価値を確認する保守的な作業となる。

だが、情報伝達の手段として機械に依存し、さらに身体も機械化されつつある私たちはすでに「怪物」の側にいる。現在の人間の後を考える「ポストヒューマン」という言葉が浸透してきたが、「技術的ポストヒューマンは、ロボット、コンピューター、アンドロイド、サイボーグ、クローンを含む」とダニエル・ディネロは『テクノフォビア！』(二〇〇五)で述べていた。SF小説に表れたさまざまなタイプのポストヒューマンを論じながら、イラク戦争を踏まえ、戦争機械となったブッシュ大統領を批判するのがディネロの持論だった。オバマ大統領の時代にも傾向は変わらず、医学＝身体的な知を中心とするなかで、ポストヒューマン化はますます重要な課題となっていた。

労働と消費における中間層を破壊するものとして、「シンギュラリティ」いわゆる「技術的特異点」という考えが脚光を浴びることになった。ヴァーナヴィー・ヴィンジたちが提唱し、人工知能が人間を凌駕すると指摘されてきた。記憶や記録に関しても研究が進み、もはやSF小説の絵空事ではなくなった。それはチェスや将棋を指すといった特殊な領域での技能の問題に見えていたが、今ではかき集めたデータから、パターンを抽出し、近似値としてのエキスパート労働をおこなうモデルを作るのは難しくなくなった。そのためアメリカではバックヤードで働く事務弁護士や医者といった中間層の労働を破壊するような機械との競争が始まっているとされる。株主に利益を還元するために、人件費＝固定費の削除によって、企業の利益を上げることが必須となるせいである。

もちろん全員が特異点後に甘い生活ができるはずもはなく、種としての人間のなかで大きな格差が生じる。「十五パーセント」と「八十五パーセント」などに分かれるとする考えがある。もちろん、この数字は悲観的な意見だと上位一パーセントといった低い値になるように、あくまでも直観的な数値である。それにしても『フランケンシュタイン』のなかの怪物を、外国人や労働者や貧困層や弱者のメタファーとみなして、共感するだけの時代は終わった。ダン・ブラウンが『インフェルノ』(二〇一三)で、こうしたトランスヒューマン(＝ポストヒューマン)による超人類の創造と同時に人口を減らすために人為的な病原菌の創造を求める組織を描き出したように、一般の読者にもおなじみのテーマになりつつある。

ただし、文化生産物において「日本的ポストヒューマン」を考えるべきという藤田直哉の指摘は重要である。人間を情報としてとらえて「魂＝情報」とする欧米に対して、コミュニケーションを空気のようにとらえ接続とみなすのが日本だという。欧米の根底にあるキリスト教とは無関係に宗教観を育ててきた日本では、神仏に関しても独自のキャラクター文化が発達している。議論の出発点にアーサー・C・クラークの『都市と星』などがある欧米に対して、小松左京の『果てしなき流れの果てに』や「神への長い道」が出発点となっていると藤田たち限界研のメンバーは考えている（限界研『ポストヒューマニティーズ』）。

人工物との関係が大きく作用する点で、ポストヒューマンは、生物としての人類の進化を戯画的にシミュレーションしてみせた「アフターマン」などとは異なる。この系列につながるのが、リュック・ベッソン監督の『LUCY／ルーシー』（二〇一三）だった。そこでは機械ではなくて、人間自身の脳の空白域とされる領域が合成物質の影響で活性化し、百パーセントに向かって変化していく様子をアクション映画として作り上げていた。映画の中には人間の脳という生物器官が進化発展する様子が扱われているし、あくまでも身体を使った戦いを描いている。人工の機械が身体に入ってくるとまた別の話となる。

フランケンシュタインの怪物の醜さを修整する技術も遺伝子レヴェルにまで大きく進んできた。さらに、マイクロマシンやナノマシンと呼ばれる微細な機械が体内に入り込んで、健康や体調の管理とか、外への防御や意識の制御をするという想像も描かれてきた。がん治療にナノマシンを使えるという研究は「高分子ミセル」として進んでいる。もっともマシンといっても金属製ではなく抗がん剤を結びつけた高分子の塊で、インフルエンザウィルスよりも小さくて光学顕微鏡では見えないサイズの人工の物質が利用される。肉眼などで確認できない大きさなので、将来私たちは薬物とは異なる目に見えないものに救済されたり支配されたりするのかもしれない。

『フランケンシュタイン』に対する戦後日本の評価はこうして第三段階に入った。戦後すぐの民主主義国家の住人への改造や変身を重視した第一段階から、対抗文化のなかで人間回復をめぐる議論をしていた第二段階を過ぎ、複製や複合が当然視されるなかでの「生」をしめす第三段階となった。「ポストヒューマン」には、人間の機械化や動物との境界線の喪失だけでなく、機械による人間の模倣も伴う。しかも通信技術の進展で、ネットワーク化した回線を通じて「群体」化した人間の在り方がイメージの底にある。もはや個物として怪物を理解したり分析するだけでは、あまり意味を持たなくなったのである。

【身体の情報化と情報の身体化】

『フランケンシュタイン』のなかでのウォルトン、ヴィクター、怪物という三人の語り手はみな、人格的にも行動原理においても従来の親の世代の倫理規範から外れていて、どこか「壊れて」いる。彼らを標準から逸脱させたのは、十八世紀の市民革命とそれを支えた科学技術の発達だった。同時に新しい時代への変身や変革のなかで、世界の意味合いが変わることになる。雷は神慮とは関係ないただの電気現象であり、心臓が止まったように見えた生命体も電気ショックで再び動き出す。だから三人の個々の欲望や野心からだけではなく、新しい価値観によって、彼らの行動は社会の大半の考えから逸脱してしまった。『フランケンシュタイン』を個人の魂の記録とみなすと、そこに残されているのは逸脱してしまったことへの言い訳や悔悟や愚痴でしかない。

時代のなかでの不可逆の変化は、『フランケンシュタイン』そのもののように、最初は悲劇として姿を現す。不可視の領域と可視の領域の間で怪物が出現したり消えたりしながら、社会につきまとう幽霊や影とみなされてきた。それが映画やイラストで視覚イメージが固まると、次にはさまざまなタイプのパロディとなり、ついには『アダムス・ファミリー』のラーチや『怪物くん』におけるフランケンのように、動きが緩慢な「ゾンビ」のような存在として笑いをとったりした。どこか「大男総身に知恵が回りかね」という昔からの言い方をなぞっている。もっとも「小男の総身の知恵も知れたもの」という対となる言い方もあるのだが。

この大男の怪物が「ビッグ・ブラザー」としてネットワークのなかに立ち現れることになる。「人間頭脳学」などと翻訳されてしまうサイバネティックスだが、本来は通信工学的に身体をとらえることだった。ケータイやスマホや腕時計やメガネといった着用可能な形で通信ネットワークとつながるようになったせいで、集合性(コレクティヴ)と個別性(インデビジュアル)が交差するところに人間も機械も等しく置かれる。全体におけるパフォーマンスとしては、人間がやろうが機械がやろうが違いはない。人間を補助し能力を拡張するために機械との接合はますます進む。

そうした装置の着脱はモラルや価値観の着脱にまで影響する。仮想空間のアバターのように、場に合わせてキャラクターを使い分けたり、匿名性や仮名で行動できるのも、一種の装置といえる。そしてハリー・ポッター・シリーズにも出てきた姿を隠せる「聞き耳頭巾」のように、古代から存在する変装や変身にまつわるイメージが、電子的に仮構できるようになった。だからこそ今度は管理や監視のために、さまざまなネットワーク上の情報を紐づけて関連を検索するシステムが働くことになる。怪物を作り出す技術と怪物を暴き出す技術はたえず表裏一体となっている。

もはや街中の映像からメールに至るまで、多様で大量の情報を寄せ集めて関連づけることで、全体の傾向だけでなく個人の行動の輪郭や思考や嗜好までわかってしまう。ヒラリー・クリントンが国務長官時代に公務に関する内容を私的なメールアドレスで受け取っていたとして問題になった。これは国家機密につながる懸念があり、メールをたどることで政策の意思決定過程を明らかにしてしまう。それとともにクリントンの交友関係から利害関係までが明らかになる可能性を持つ。そこに画像やGPSのデータを集積していくならば、大量に集めた情報によって、行動どころか思考や意思の軌跡さえも確認できるようになる。

しかも「IoT」つまり「物のインターネット」と呼ばれ、人間を介在しない機械どうしの情報伝達がネットワークのトラフィックの多くを占めているように、現状ではスキャンされ盗み取られているのに気づかない個人情報もたくさん流通しているのだ。こうしてすべてが情報化され、微細な断片へと分解されることへの「恐怖」こそが、現在のフランケンシュタインの怪物を支えている。シェリーと後継者によって、一度視覚イメージとして定着したものが、今度は拡散してもう一度見えにくくなる。コピーによって複数の存在が可能な情報が物質化されることを通じて、怪物がいたるところに出現することになるのだ。

チャールズ・ストロスのSF小説『シンギュラリティ・スカイ』(二〇〇三)に、国連の査察官の女性の居室に忍び込んだ男が、ドレスや下着を製造する機械に出会って驚くコミカルな場面がある。この装置は「コルヌコピア」と呼ばれる。「豊穣の角」と訳されるが、ゼウスが自分に乳を与えてくれた牝ヤギの角を折ってしまい、その残った角から穀物・花束・宝玉などが出てくるようにしたという伝説に由来する。まさにドラえもんのポケットのような打ち出の小槌であり、願望をかなえるものだが、完成した製品を輸送するよりもコストがかからないのならば、その場で作り上げた方が話ははやい。

転送されたデータを基に複製品を作ることは、ＳＦで描かれてきた「空間転移」の話に近いのだ。

身体の情報化と情報の身体化（物質化）がセットになっている。デジタル化は紙やＣＤやＤＶＤといった媒体を不要にした。同時に３Ｄプリンターによって、必要な物を作り出すことが簡単になりつつある。ノズルから糸状に噴出する素材も樹脂だけでなく金属あるいは柔らかい素材を使えるようになってきた。将来的に細胞を使っておこなう研究も着手されている。もしも遠距離でデータを送るだけで身体を複製できて、さらにどこかに蓄えておいた記憶や意識さえも付与できたら、『スタートレック』などでおなじみの空間移動も不可能ではないかもしれない。そのときにオリジナルとコピーの差異はますます希薄になるだろう。

【怪物の生存圏】

怪物はネットワークの結節点で身体化してくるが、恐怖を与える怪物として可視化されるとは限らない。私たちの各種のシステムの内部に自然に入りこんでいるせいだ。ロボットが「人型」であることはそれだけで特権的である。ヴィクターの作った怪物が人間の姿をしていなければ、これほど議論の対象とはならなかった。ヒューマノイドやアンドロイドの人型ロボットは「アトム」や「鉄人」を通じ、日本のロボット工学者たちのイメージを視覚的に支配してきた。義足などを研究してきた早稲田大学の加藤一郎教授が「ＷＡＢＯＴ」を動かしたのが一九七三年で、それ以降開発されたホンダの「アシモ」のような二足歩行ロボットは、人間社会が人間の身体のスケールによって出来上がっているので有利なわけである。

とはいえ、「ロボット＝人型」というわけではない。電気信号は人間の神経の伝達スピードに比べると速いので、株式の取引のようにプログラムが活躍する。今では複数のモジュールや複数の処理が同時並列的に進むことが可能になり、エキスパートシステムの見えない電子の労働力としての「ロボット」が私たちの生活に食い込んでくる。そうした電子化した状況に抵抗するように、人間中心主義の空間形成のなかで、昔ながらの手動の通信やギアで動く機械など視覚的に触知できるものが描かれる「スチームパンク」が人気を得てきた。「メカニカル」から「エレクトロニカル」へと十九世紀から二十世紀にかけて生じた変化を逆手にとった作品群である。一度電気的に実現したものをわざわざ機械的に表現するところに意味を持つ。デジタルな数値ではなくアナログな針の動きを持つメーターや、手仕事で操作するレバーやハンドルが数多く使われる。それがエネルギーの推移を目に見える形にしてくれる蒸気とともに、「人間性」への回復につながるように思えるのだ。どこか懐かしさを感じさせる「ノスタルジー」とともに提供されることも多い。

ロボットが人間と共存したり、協働する未来図が描かれてきた一方で、命令された通りに行動する機械としてのロボットが殺人をおこなったりする。たとえば体内に入った大量のナノマシンが神経などに勝手に作用する場合の恐怖も描かれるようになった。サイボーグが目に見える形での肉と機械との接合の姿をとるとは限らなくなってきたのだ。まさにクラークの第三法則が言うように「充分に発達した科学技術は、魔法と見分けがつかない」。

そこで人間性をどうにかして「ブラックボックス」にとどめ、解析されないものとみなして守ろうとする動きが生じる。機械に置き換えられない領域を脳内に設定し、それを「人間性」と呼ぼうとする。しかも「怪物」へと暴走させない歯止めをあらかじめ仕込んでおくことになる。苦悩や良心や反省は、心のトレーニングによって獲得するものではなく、『人造人間キカイダー』の「良心回路」のように安全装置が人間の外部におかれる。

行動科学的な観点からすれば、ルールにかなう倫理的な行動を選択するかどうかが重要であって、その内実は問われずブラックボックスのままである。電車内でのケータイ電話の会話を取り締まるために、本来は別の問題であるはずの心臓のペースメーカーにケータイの電波が影響を与える可能性が利用された。ケータイに使用する電波の帯域が変わって、影響をもたらす可能性は現在では皆無になっているのだが、多くの交通機関で電源を切ったりマナーモードへの移行を促す車内放送は続いている。ここでは、ルールを守っているかのチェック機能がカギとなっている。その主体が人間であるかどうかは問われない。しかも適宜外部の装置やプログラムが警告や警報を発するなら、ルールをわざわざ内面化しなくても生活ができてしまう。

私たちはそうした信号に適切に反応さえすればよいだけになる。ネットワークやプログラムが適切に警告し教えてくれるからだ。運転中の車間距離をカメラを通じて測定するプログラムをスマホに組みこんで使ったりすることができるようになった。事故原因などを記録する車載カメラにもなる。中継局との距離を測定することで、疑似的なGPSの機能さえ持つ手近なネットワークが、セキュリティ対策を立ち上げてくれる。

こうしたネットワーク化される脅威を考えるとき、軍事用語の「C3I」が注目された。「指揮、管制、通信」の英語の頭文字が「C」で、「情報」が「I」となる。現在はコンピューターを追加して「C4I」となったりするが、今もアメリカや日本の軍事的な発想の中心にある。それが民間へと転用され、生活空間や企業体のなかにまでこうした軍事的な「指揮と管制」の発想が浸透していく。日本では「リクルート」という英語が就職活動とだけ結びついて新兵募集という意味が連想されないように、二十一世紀に入って凶悪な銃犯罪も組織暴力団関連を除いてはほとんどなく、世界の戦場で日本の兵士が戦闘行為をおこなってはいない。だがそれにもかかわらず、警察や軍という「非日常」に見える世界を描くフィクションが好んで描かれてきたのは、社会が持つ変化を蝕知するのにふさわしいジャンルだったせいである。

人間の機械化は「眠らない」二十四時間ネットワークと接合する形で進んでいく。それを象徴的にしめすのがコンビニだろう。店を開けている時間に名前が由来する「セブンイレブン」が、一九七五年から二十四時間の店舗を展開し、それが日本各地の近所の風景として日常化したときから、生物のリセットに必要な眠りや休息が許されない時代へと突入してしまった。日本全国のあちこちがまさに眠らない街となっているのだが、それを維持するためにコンビニは必要となってきた。店内が外部から透けて見えたり、バーコード入力のようにスタッフの作業や労働の集約化や機械化が進み、安全対策に防犯カメラをはじめとするさまざまな機械の導入は避けられなかった。物流や通信のネットワークなしにコンビニは成り立たないのだ。

2　フランケンシュタインと女性性

【ジェンダー区分からの解放】

フランケンシュタインの怪物が文字によって構築されたキャラクターのせいで、ジェンダーについて現実の身体を参照したり根拠にしてあれこれと語ることはできない。そこで、何の疑問も持たずに、「怪物＝男性」を自明とみなしてきた。シェリーが聖書やミルトンに準拠して男性として扱っているせいである。

二十世紀後半に「性」と「愛」と「生殖」とを分離して扱う方向に議論が進んでいくなかで、フェミニズムの批評家たちは、『フランケンシュタイン』に新しい可能性を読み取ってきた。とりわけ生殖行為を男たちがコントロールする点への批判であった。そして怪物の配偶者となる女性怪物の誕生を阻止する話を「人工流産」と強く解釈した。すでに述べたように、最初の「男性」としての怪物の創造とは異なり、生殖能力を付与するには子宮を内在させる難題があったはずで、それを克服するためにヴィクターはイギリスでの研究成果の参照を必要とし旅をする。そのおかげで「人工子宮のなかで育った女性が子宮を持つようになる」という二重性が成立する。

それにしても、生殖行為が母体の外で現実におこなえるようになったときに、一体どのようなことが起きるのだろうか。『フランケンシュタイン』の生命再創造の場を「人工子宮」ととらえて扱った作品はたくさんある。それは男性の側からすると自分たちが生命工学を管理することとなるし、女性の側からすると妊娠と出産の苦痛や苦労からの解放でもある。「レイバー」という英語は、エデンの園からの追放後に神の与えた労働の苦痛だけでなく出産の苦しみも指す。日本でその設定を古典ミステリーと絡めてコミカルに描いたのが、松尾由美の連作『バルーン・タウンの殺人』(一九九四)だった。タイトル作品はSFコンテストの入選作だが、現在ではミステリーの範疇にはいっている。バルーンとはこの場合妊娠してお腹が大きくなった女性のことだった。

松尾が作り出したこの架空世界では、「AI」ならぬ「AU(人工子宮)」で次の世代が生まれるのが普通になっている。そのせいで人々は「妊娠」や「出産」を猥褻なものとみなして、口にするのも恥ずかしいと思っているのだ。そうした状況でわざわざ自然分娩をしたいという古風な考えを持つ女性たちのために、東京都に第七特別区がもうけられる。

妊娠出産期間中に暮らすための特殊な空間で起きた事件が扱われる。ワトソン役の江田茉莉奈刑事は、出産本を読んで「経膣分娩。帝王切開。野蛮さはいずれも劣らない。赤ん坊というのは、予定日にお洒落をして病院に行くと、病院のスタッフから祝福とともに手渡されるものではなかったの?」という疑問を持つ。まるで、西欧流の「コウノトリが連れてきた」とか、日本流の「橋の下で拾った」という話の感覚である。それに対して学校のミステリー研の先輩でホームズ役の暮林未央は、実は結婚せずに妊娠して、この特区で出産するまで暮らしている。彼女のお腹の子どもの父親は誰なのかはそれ自体もミステリーで連作のなかで解明されていくが、暮林が出産するまでに起きた四つの事件の解決が全体の話となっている(続編はある意味別の話になっている)。

もともと妊娠出産のイメージが、深く『フランケンシュタイン』に取りついていたのは間違いない。

シェリーが母親と死に別れたのが自分の出産のせいであり、シェリー本人もまたパーシーの子どもを流産している。そうした私的な体験がヴィクターがおこなっている怪物創造と失敗への奥底に描かれている。松尾の小説の犯人たちは、執筆当時の妊娠出産に関するいくつかの点について浮かび上がらせる。と同時に、従来SFの多くの読者が一生妊娠出産を体験することのない男性とされていたことを考えると、ジャンル的な挑戦でもあった。

もちろん女性の立場を男性SF作家が描こうとしなかったわけではない。ハインラインは問題作ともいえる『悪徳なんかこわくない』(一九七二)で、死にかけている億万長者が自分の脳を美人秘書に移植して、フリーセックスの生活をするという、まさに男性的な願望をそのまま全開したような小説を描いている。『異星の客』以降の後期ハインラインらしく、トランスセクシュアルの願望を扱ってはいてもあくまでも男性からの視点であり、そこには科学技術に対する批判的な視点も乏しい。だがそれでも変化が起きていることを捕えようとしていた。

松尾は「バルーン・タウンの殺人」「バルーン・タウンの密室」「亀腹同盟」「なぜ、助産婦に頼まなかったのか?」という四つの連作を通じて、男性たちの思い込みを解体していく。いちばんの例は推理に失敗する間抜けな対抗馬として、ドウエル教授と呼ばれるコンピューターが登場する。一九八四年に作られたテレビ番組の「マックス・ヘッドルーム」のような姿をしているが、「男根・論理(ファロス・ロゴス)中心主義」を振りかざし、一見論理的な解答を出すのだが、それをホームズ役の暮林が解決していく。機械の論理に対抗するのが自然の頭脳というわけだ。「牝虎の穴」という過激な女性解放団体までほのめかされている。このあたりは欧米でフェミニズムの視点で『フランケンシュタイン』を読み直していく流れとつながっている。

現在読むと、一九八五年に定まった男女雇用機会均等法以降の発想が入り込んでいることがわかる。同時に人生設計が多様になった女性の側が持つ妊娠と出産に対する忌避や嫌悪の問題もすくいとっていた。「国民の九割をしめる中流階級」といった、バブル期までの「常識」が余裕のように感じられるが、貧困率が高まっている現在の日本では、この感覚は薄れてしまった。「サラリーマン」や「オフィスレディ」が差別的だとして、「ビジネスパーソン」と一元化しつつ、男女ともに平等に見えながら、見えない天井や壁がある。他方で政府から出産が奨励されながら、「マタニティ・ハラスメント」と呼ばれる妊娠出産をめぐる社会問題が生じている。そうした感覚の先取りをしていたともいえる。

そのときに人工子宮による出産はひとつの願望や希望ともなりえた。「バルーン・タウン」の奇抜に見える設定自体が、じつは少子化にいたった現状を比喩的に描いている。ペットを購入するように病院で親へと届けられるわが子との関係に、もはや古典的な「母性本能」の解釈など入りこむ余地はない。まさに「契約」となるだろう。そして、妊娠から出産までを体験する人々が少数となっている未来社会は、全体として出生数が減っていく日本の現状そのものだった。身体的な痛みがそこにはつきまとうし、仕事をする身ならば邪魔にさえも思えるが、人工子宮による出産はそれを解決してくれる理想的な話となるのだ。もっとも作品においては出産後の子育ての労苦についてはほとんど言及されていない。

他方で九〇年代には、サイバーパンク的な雰囲気のなかで、人間の身体の情報化が進んでいった。

一九八九年から雑誌連載された士郎正宗のマンガ『攻殻機動隊』は、その後一九九五年に押井守監督によってアニメ映画化され、その後も続編となるテレビ作品や映画が現在に至るまで作られている。警視庁の公安九課に属して、脳と脊髄を残して機械化した草薙素子という「義体(擬態)」をめぐっての物語が、日本的なサイバーパンクの理解やネットワークの意識を形成した。

じつは胎児のときから機械と接続されていた素子はサイボーグと呼んでよいのだが、彼女の住んでいる世界では、脳幹を取り換えることで、好みの義体というボディを選び取ることが可能になっている。つまり年齢やジェンダーを超えて姿かたちを瞬時に取り換えることもできるのだ。また互いの情報を首の付け根からワイヤーで接続したり、電脳空間で同時に会話や情報を共有しながら捜査を進めるのだ。ビルの屋上から飛び込んだ草薙素子が透明になって消えていくイメージが、まるで都市やネットワークと一体化したように思わせる。

やはり一九九五年に、あかほりさとるが原作を担当したＯＶＡに発する『セイバーマリオネット』のシリーズのなかには、「乙女回路」という発想が出てきた。これは男性だけが生き残った第二の地球「テラツー」で、クローン技術によって男たちが増えていくのだが、女性の役割をマリオネットにやらせるというハーレム的な展開の物語である。その後のライトノベルなどへのあかほりの影響は大きい。「バルーン・タウンの殺人」に出てきた女性たちが批判する「男根・論理中心主義」の極地ともいえるが、興味深いのは人工的な女性のなかから、本物の「女性」を生み出すという要求が出てくる点である。

九〇年代から世紀の転換期にかけて、文化的にも制度的にも女性の権利は拡張したように見える。

そして、ポストフェミニズムと呼ばれる段階になって、従来忌避されてきた同性愛などを含むセクシュアリティの問題が社会的に受け入れられるようになってきた。だが、そのときに日本と欧米とで社会での認識に距離があるのだ。ポストヒューマニズムの場合と同じように、言葉は同じでも異なる文脈に入っている。菊地夏野は欧米の場合のポストフェミニズムとは、フェミニズムが一定の成果を得たあとでもっと多様な面に目を向けることを指すが、日本の場合にはフェミニズムが失敗したとみなして拒絶することになっていると指摘する(「ポストフェミニズムと日本社会」)。日本の場合の「ポスト」は次の流行という含意しかないわけだ。

【着脱可能な能力】

テレビゲームなどでは、キャラクターの属性が衣服のようにオンオフの着脱可能になって、RPGの転職システムのように、ゲーム上で容貌や基礎能力が数値化されて簡単に置き換わる。人間は「生得的なもの」に支配されるという生命観や人生観がますます揺さぶられる。フランケンシュタインの怪物から、作者も読者も導き出してきたのは、人工生命が同時に知性を備えたものとして出現するという幻想である。個人の属性や要素や高度な能力はあらかじめ眠っているだけなので、封印を解いたり、覚醒させるだけでよいとみなす図式を持つ。それを押し上げたのが、二十一世紀になって、老若男女を播きこんだ「脳トレ」のようなあだ花を生んだ脳科学ブームや日本型の自己責任論に他ならない。しかも意識的な努力や訓練を必要としないで変身できることを称揚することになる。

能力は努力して身に着けるのではなく、いきなり発見するものとなったのだ。子ども時代から言われ続けてきた「おまえの身体や脳には無限の可能性が眠っている」という甘言が現実社会では通用しなくなっている一方で、フィクションの世界では自己肯定的に多用されることになる。ＳＦやファンタジーの影響を受けたライトノベルで、自分の状況を簡単に変える「転生」や「トリップ」が好まれる理由の一端がここにある。

生物のように成長することのない鉄腕アトムが小学校に通うのはコミカルな設定だが、それは個体としてロボットを考えているせいだ。現在なら能力の強化はネットワークを通じて上書きしてヴァージョンアップしたり、高性能のパーツに取り換えることで瞬時に解決する。パソコンの物理メモリを増強したとたんにサクサクと動くようになるのと同じである。アトムのパワーが十万馬力から百万馬力になったのは、天馬博士が改造した結果であって、学校教育が役に立ったわけではない。

ただし、アトムの場合のように、あらかじめ備わっていた可能性や失われた能力が蘇る設定は、能力もジェンダーもパッケージ化されていれば、購入できる商品となってしまう世界でこそ説得力を持つ。人工子宮で育った赤ん坊を受け取るように、自分の身体さえも自由に受け取るのかもしれない。フランケンシュタインの怪物が、本人には不本意な醜い身体に意識を与えられているというのは、否定的な表現ではあるが、意識と身体の関係が恣意的なものだとみなして解放される見方に通じていく。間違ってこの体に生まれついてしまった、というわけだ。

幼少期を持たないのに、模倣学習によってなめらかにフランス語を話し始めたフランケンシュタインの怪物が、自分の理解できる言葉を話すことそのものにヴィクターは疑問を持たなかった。製造プロセスを飛ばして「ブラックボックス」になっているからこそ、消費者は結果だけを味わうことができるのだし、それが因果関係を見えにくくしてしまう。今では、試行錯誤したり技術を習得するのが面倒に思え、テレビゲームのプレイさえも煩雑で時間のムダとみなす層が登場している。自分で体験するのが嫌でも、最終場面を観たいと考えるなら、最速プレイを記録した動画も投稿されている。また、誰かが最後までクリアしたセーブデータをダウンロードして組みこむことで、ゲームをいきなり終了した段階に持っていくこともできる。ケータイやスマホのゲームで、課金すると経験値獲得の途中段階を飛ばせたり、アイテムを購入して有利になるのと同じである。フランケンシュタインの怪物だって学習過程を持っていたのに、経済的な手段で最終的成果である「怪物」の姿に手軽に変貌できるように錯覚するのだ。

【繁殖するフランケンシュタインの怪物】

舞台劇に基づいたカルト映画として知られる『ロッキー・ホラー・ショー』(一九七五)には、ロッキーという人造人間を作るフランクン・フルター博士が登場する。フルター博士はバイセクシュアルであり、男性だが服装倒錯をした女性用のボンデージファッション姿で登場する。そこに巻き込まれたのが若い恋人たちで、二本立てのホラー映画をドライブインシアターで観ながら、じつは暗闇でペッティングなどを楽しむ若者たちの風俗を背景にしていた。悪夢のような森のなかをさまようことで、フランクン・フルター博士と出会う。ここでは『フランケンシュタイン』の登場人物たちの男性的なあり方は解体している。

そして二十一世紀になってジェンダーや家族に対する意識がますます変化している流れを踏まえて、

『フランケンシュタイン』を新世紀にふさわしく読み替えたのが、日日日《あきら》による『ビスケット・フランケンシュタイン』(二〇〇九)だった。本名の晶という字を解体してペンネームにしたとされる日日日は、映画化された『私の優しくない先輩』や『ちーちゃんは悠久の向こう』のような一般文芸に属する青春恋愛小説も書けば、「狂乱家族日記」シリーズやロボットを主人公にした「ギロチンマシン中村奈々子」シリーズのようなライトノベルを書く多才な作家である。この『ビスケット・フランケンシュタイン』は二〇一〇年のセンス・オブ・ジェンダー賞を受賞し、後にプロットを書き足して完全版が出版されているが、ここでは初出のメガミ文庫版を考える。

小宮山風香という「マッド・サイエンティスト」の研究室をめぐるいびつな人間たちの物語として構成されている。「壊れた」者たちの物語としての『フランケンシュタイン』の読み替えに他ならないし、より美的でグロテスクな形で描かれる。患部がお菓子の香りを放つという奇病が流行り、それによって亡くなった十数人の少女たちの死体をつぎはぎにして生まれた「ビスケット(ビスケ)」というヒロインが登場する。

彼女たちの記憶を持ち、さらに書物や記録で知識を得たことでビスケットは、生命が遺伝子を運ぶための乗り物だという考えにいたる。もちろんこれはドーキンスの利己的な遺伝子のバリエーションなのだが、顔が継ぎ接ぎの美少女のフランケンシュタインの怪物をめぐる設定が新しい。簡単に人が殺されたり、血が飛び散る表現がありながら、ビスケットの底に悲しみがたたえられているのは、ポストヒューマン的であると同時に日本的な意味ではないポストフェミニズム的な描き方のせいだ。

ビスケットは殺した相手を食べていくのだが、それがじつは相手の遺伝子を体内の細胞に保存するためだった。創造されてから五十年生きている間に、次々と相手を殺して食べて五千人分に至る。自分が十数人の少女の身体からなる「群体」であるとか、自分が人工知能でしかないと気づきながら、人間の遺伝子を残すという自分の使命をしだいに理解するようになっていく。

ビスケットは最後に神田ことカンダタという生物兵器と対決し、性交を迫る。それは自分のなかに蓄えた五千人分の遺伝子を形にするためだという。最大限六十兆の遺伝子を細胞のひとつひとつに蓄えることができるのだが、それを形にするためにカンダタの精子を搾り取って妊娠する。その後やってきた少女に抱きつかれると、ビスケはこう感じて小説は終わる。

だからビスケは人間が好きだ。孤独を埋めてくれる。この冷たい屍体の身体に、温もりをくれる。

人類は滅びるだろう。

だが、この温もりを忘れない。

その遺伝子を、受け継いでいく。

あぁ生きていて良かったと、継ぎ接ぎの少女は微笑んだ。

ここに描かれた未来の可能性は、人類は滅びるが文化や遺伝子は別の存在の手を経て生き延びるというものだ。人類を継ぐ者に自分たちの成果を手渡すことになる。スピルバーグ監督の『A.I.』(二〇〇〇)で最後に異星人たちが人類の記録や記憶を保存するようなものだ。子どもロボットのデヴイッドが持つ人間の「母親」への固着は度を越しているとみなされるのだが、宇宙人が作り出してくれたクローンの母親に甘えることになる。そこでは「人間」とはロボットの記憶のなかのものであり、髪の毛から再生されたクローンだけになる。ビスケットのような死体から作られた人工知能が「生きていて良かった」と述べるアイロニーを日日日は描く。このように記憶や記録として残るだけでよしとするのは、ポストヒューマン時代の人間観に基づくと思える。

3 『屍者の帝国』とテキストの縫合

【屍者の帝国というプロジェクト】

阪神・淡路大震災の三倍にあたる一万八千人以上の大量の死者の記憶を抱えた東日本大震災が起きた3・11以降の重苦しい状況のなかで、未来予測ではなくレトロな未来を描くスチームパンクの設定を踏まえ、『フランケンシュタイン』を読み替えたのが、伊藤計劃と円城塔の合作による『屍者の帝国』(二〇一二)だった。

二〇〇九年に惜しまれつつ亡くなった伊藤計劃の三十枚ほどの短い遺作を、芥川賞作家となった円城塔が書き継いで長編化したことで知られる。一般文芸とSF小説というジャンルの境界線を越えたように見えるが、もともと円城塔はSF畑の出身である。『虐殺器官』と『ハーモニー』を書いたところで亡くなった伊藤計劃はペンネームに「プロジェクト」を含んでいるように、物語世界について周到な計画を持って取り組んでいた。死後の合作をなしえたのは、円城塔が伊藤計劃とデビューが同期で知り合いだったという理由だけではない。

円城塔は複雑系の専門家である金子邦彦の研究室に在籍したことがあり、ペンネームを金子の「進物史観――進化する物語群の歴史を見て」(一九九七)というシミュレーション小説に登場した物語作成プログラム「円城塔」からもらっている。この金子の小説で紹介されたプログラムのなかで生じる四つのウィルスの説明が解釈のヒントとなる。「虚実皮膜病」はシミュレーションと現実の区別不能性を扱って袋小路に入り込むもの。「ゲーデル病」は作者探しの連鎖や批評探しの連鎖におちいるもの。「マトリョーシカ病」は入れ子細工にはまってしまうもの。そしてパロディのような「寄生病」は他と相互依存する生物の在り方を彷彿とさせる。しかもプログラム円城塔は『物語戦争』という互いに物語作りを競い合う二人の修道士の物語を書きあげるのだ。相手の書いた物語を換骨奪胎して新しく書くことで戦う話だった。

金子は物語形式で物語の進化を描くというメタ構造を採用したが、これがそのまま作家円城塔の小説戦略となっている。『屍者の帝国』は、和歌の本歌取り以来日本にあるとする「寄生病」ととりわけ強い関連を持つ。ここでは『フランケンシュタイン』という手本だけでなく、スチームパンクの流儀で、シャーロック・ホームズの世界とドラキュラの世界とジェームズ・ボンドの世界やロビンソン・クルーソーまでが呼び出され混交している。ホームズが活躍しない世界だが、ワトソンの上司となるMはマイクロフト・ホームズだと暗示される。

ウィリアム・ギブスンとブルース・スターリングによる『ディファレンス・エンジン』(一九九〇)が

伊藤計劃と円城塔の共通の下敷きとなっている。この作品では電脳空間を疾走するサイバーパンクの旗手が、そのまま蒸気機関が活躍するスチームパンクの旗手となったようにみえる。シェリーの友人でバイロンの娘であるエイダが関わったとされるチャールズ・バベッジの計算機の「差分機関」や「解析機関」のエピソードが発掘され、それが支配する別の歴史が語られる。日本が好きで、サイバーパンクの金字塔の『ニューロマンサー』(一九八四)でもチバシティを出していたギブスンらしく、日本の幕末の福沢諭吉や森有礼らが重要な人物として登場する。

この『ディファレンス・エンジン』で扱われた問題系を平行宇宙と結びつけ、さらにエイダ・バイロンと『フランケンシュタイン』をつなげたのが、山田正紀の『エイダ』(一九九四)だった。ナボコフの小説を連想させる題名だが、ブライアン・オールディスの『解放されたフランケンシュタイン』(一九七三)のように、現実世界の登場人物と虚構世界の登場人物が相互に浸透しあう。そこでは文豪ディケンズがシェリーに会って話をするだけでなく、シェリーが怪物と出会う場面も用意されている。文中で山田流の物語論が語られ、『フランケンシュタイン』の入れ子構造から、「物語が物語をつつんで、しだいに〝物語〟は増殖していく」とされる。物語の存続がそのまま宇宙の存続とつながる世界観が語られていた。

バイロンの詩を利用する山田正紀などのロマン派への傾斜に対して、『屍者の帝国』で円城塔は「死よ驕るなかれ」で始まるジョン・ダンの「聖なるソネット」を持ち出して、形而上学詩とモダニズムを導入してみせた。さらにピコ・デラ・ミランドラのようなカバラ主義のオカルト思想を持ち出して、ヴィクターの通ったインゴルシュタット大学のバヴァリア啓明結社とつなげる。しかもそれは産業と科学をつなげるルナ協会とも関連を持つことになる。王立協会の前身の組織がひそかな陰謀を持っていたという一種の陰謀史観のように『フランケンシュタイン』を背後で支えている知的水脈が明らかになっていく。ダン・ブラウンのフリーメイソンを扱った『ロスト・シンボル』(二〇〇九)とも共通する関心がそこにある。

ただし、あくまでもこれは円城塔の手になるパートである。『ディファレンス・エンジン』の合作では継ぎ目がわからないが、『屍者の帝国』では二人の執筆部分が明確に分離しながら接合している。伊藤計劃によるプロローグに出てくるのは、物語世界へのイメージ豊かな誘惑的な語りをする「わたし」である。これはワトソンが直接語っていると受けとめられるのだが、円城塔が書いた方の「わたし」はフライデーという書記を通じたワトソンの語りなので、言葉のリズムもずいぶん異なるし、内容も分析的である。最後にフライデー自身の物語となって閉じるのだが、それは『ディファレンス・エンジン』からの借用ともいえるし、日本を舞台にするのも含めて意識的に下敷きにしているのだ。

他人の作品と接合しながら新しく創造すること自体が、『フランケンシュタイン』と深いつながりを持つ。合作とはいいながらも、あくまでも一方的に伊藤計劃の死後に加筆した以上、円城の行為が、どうしても屍者とその遺産をどのように活用するのか、という小説内のテーマと重なってしまう。継承しなかったところが顕著になるのだ。伊藤計劃はビジュアル型の作家なので、章の初めに「まず、わたしの仕事から説明せねばなるまい。／必要なのは、何をおいてもまず、屍体だ」といった印象的な文を二行立てる独特のスタイルを持っている。しかも文を倒置させることで効果的に記述内容を定着させる特徴を持っている。伊藤計劃は視覚的なイメージで世界を切り取っていくのだが、これは文体も含めて円城塔が継承できなかった(あるいはしなかった)点である。

円城パートの今回のポイントはあくまでも「屍者」の扱いにある。魂が抜けたあと、疑似的な「霊素」をインストールすることで動いている。武器や労働力としての怪物の系譜に屍者たちは置かれる。ワトソンは、『闇の奥』のカーツ大佐よろしく屍者たちを背後で支配する「ザ・ワン」を追い求めていくのだ。「ザ・ワン」の正体はフランケンシュタインの怪物で、一度は自死を決意して体を焼いたのだが、ルナ協会が蘇生させて、チャールズ・ダーウィンとなったというすり替えの展開を持つ。祖父のエラズマス・ダーウィンが中心になった協会に怪物は組みこまれたことになる。人造物が進化論の議論の立役者となるという皮肉が描かれるのだ。もちろんシェリーたちが進化論を知ったのも、他ならない祖父エラズマスの説に接したせいだった。

怪物が生き延びてきたとするのは、日日日の『ビスケット・フランケンシュタイン』を持ち出すまでもなくひとつのパターンである。シェリーの作品の終わりで怪物の死が描かれていない以上、そうした続編を作り出す余地があるとみなが考え利用してきた。ワトソンを語り手として冒険の旅に巻き込むことで、アフガニスタンに向かうスパイとして、医学博士で外科医のジョン・ワトソンを伊藤計劃が置いた意味合いを円城塔は探っていく。この作品自体が、ワトソンによる冒険と推理の物語であるとともに、円城塔による伊藤計劃の発見にもなっている。

しかもこのワトソンは、IBMの社長だったトーマス・J・ワトソンにちなんだ研究所やAIの名前でもあり、遺伝子のDNAの二重螺旋構造を発見した一人であるジェームズ・ワトソンのことにも思えてくる。「三人のガリデブ」ならぬ「三人のワトソン」が交差するところでこの作品は成り立っている。それはスチームパンク的な表面の背後にあるものだ。海老原豊は「カオスの縁を漂う言語SF」という論のなかで、言語学者のチョムスキーの議論を持ち出して、この作品には身体と精神についての二元論モデルが描かれていると指摘する(『ポストヒューマニティーズ』所収)。二元論モデルそのものは古いが、言語とそのレトリックですべてを説明しつくしているようにみえた言語論的転回以降の考えからすると、身体性の回復という点で新鮮に感じられる。そのときに屍者の問題があらためて浮かんでくるのだ。

3・11以降の世界においては、「すべてはコピーでオリジナルなどない」とか「言説の効果でしかない」と単純化して受容したポストモダンが、バブル期の経済のなかで広告宣伝と商品化を生み出す論理に使われたことへの反動がある。原子力発電所も蒸気を発生させてタービンを回して発電させているに過ぎないのだから、あくまでも蒸気機関の延長ともいえる。そして安全弁として放出したスチームのなかに放射線が含まれていたのは紛れもない事実だった。スチームパンクが新しい意味を帯びてくるのはここである。

円城塔による執筆部分はとても興味深いのだが、『屍者の帝国』を伊藤計劃の作品と呼ぶのはためらわれる。それは円城塔の執筆分が多いからだけではない。あくまでも円城塔によるパートは、伊藤計劃の小説が持っている空白を一方的に埋めただけなので、作品世界を共有する「SS」つまり二次創作ともいえるのだ。パロディあるいは続編を書きたいという思考の産物でもある。もしもプログラム円城塔が描いた『物語戦争』のように二人が火花を散らした上での合作だったのなら、もっと濃密な作品になったかもしれない。

ホームズとワトソンのコンビのように、異性愛主義者でありながら同性愛的な親密さを持つ「奇妙な二人組」は、ゴシック小説以来のものだとクイア・リーディングは読み取ってきた。「伊藤計劃×円城塔」という表記は、そうした可能性を連想させる。だが今回は死者との一方的な対話であり、ホームズのいない世界でワトソンが活躍するという円城塔による設定は、あくまでもオリジナルな物語世界となっている。

この作品は『フランケンシュタイン』と同様に外に開かれている。伊藤計劃のパートを起点として、他の展開の可能性もとりえる。その意味で屍者をどのように継承するのかについて追及すべき点がまだ残っている。何よりも、全編が伊藤計劃の抒情性をたたえたイメージ豊かな書き方で語られていたのならば、まるで違ったテイストの作品になったのは間違いない。読者がそうした無い物ねだりをしてしまうこと自体が、屍者を呼び出し対話していることに他ならない。伊藤計劃を通じて円城塔が『フランケンシュタイン』に突き動かされた小説として『屍者の帝国』がある。

【フランケンシュタインと創造性】

技術的特異点をめぐる議論において「人間性」をブラックボックスとして守ろうとするときに、「クリエイティヴィティ＝創造性」という語が魔法の言葉のように繰り返される。日日日の『ビスケット・フランケンシュタイン』でもヒロインのビスケは、自分で自分に名前を付けるというクリエイティヴィティがないと嘆いていた。自分に自分で名前をつけるには、メタの視点に立つことが必要となる。彼女を直接縫い合わせた花水日景という父親役の人間だけがおこなえるという認識がそこにはある。『屍者の帝国』でも創造性の議論が扱われていた。「AI」や「機械学習」や「IoT」の時代に、いったい平凡な人間は何をするのか、あるいはできるのか、という不安はどこにでもある。人間一般という図式にはめられると、確かに人間は機械に職を奪われても、頭脳を使えばよいだけだという考えは存在する。だが、経済的に困窮し消費のための反応漬けになっている状態で、自分たちの課題や難問を解決するような答えを見いだせるのだろうか。それぞれの乏しい創造性によって、生活を維持できるだけの収入を得ることができるのかさえも不確かである。そうした点を戯画的に示す映画もある。

マイク・ジャッジ監督の『26世紀青年』(二〇〇六)は、優秀な人材が子孫を残さなくなったので、五百年後のアメリカは砂漠化などの環境破壊への対策をたてずに滅びの過程にいるという退化論的な考えを示すブラック・コメディである。原題はそうした愚民社会を指す「バカ」と「民主主義」を足した「イディオクラシー」という造語になっている。軍の計画で人工冬眠の材料にされ、過去に還ることができるこの世界で生きて行くことに目覚めた平均的なアメリカ人の主人公が、トップに立ってその社会をどうにかしようとする物語だった。これは人種や移民問題でたえず起きる不安なのだ。

そこで戯画化されているのは、本や過去から学ばないで、水の代わりに塩分を含むスポーツ飲料のゲートレーダーを散布して植物を枯らしてしまったり、ジャンクフードによるゴミの山を築き、裸の司会者が出てくるアホな内容のフォックステレビのニュースを見ている住民たちである。大統領はプロレスラーでポルノ俳優だった黒人という設定になっている(オバマ大統領登場以前に作られた)。全体にオートメーションになりつつ商品化され、ゲートレーダーのような企業体が政府を支配して国民を雇っている。商品の陳列棚が延々と並ぶ巨大な「コストコ」もあるし、人々はドタバタ劇しか理解しないし、知能テストも文字によるものではなくて、誰でもわかる音声式になっている。この世界で本を読むのは「オカマ」だけだとされているのだ。

五百年後の退化して「アホ」になって解決策を見いだせない人類の姿は、自己責任の結果のように見えてくる。しかも歴史の途中で、持っていた知性をハゲの克服のような些末な方向にだけ向けてしまった、と『26世紀青年』は皮肉ってみせる。科学技術を有効に活用し利用するのではなくて、巧妙な支配と管理の方法へと使われるのではという不安が浮かぶときに、フランケンシュタインの怪物がこちらを見て立っているのだ。そして、「お前たちが作り出したものがはたして未来を良くするものなのか」と問いかけてくる。

そう考えると『屍者の帝国』において、ロボットのような機械の身体ではなくて、死体の再利用という形で、もう一度人間の体に話の中心が戻ってきた理由もわかってくる。舞台こそワトソンが活躍する過去におかれてはいるが、もはや他人事とは思えないほど、身体と労働をめぐる「ブラック」な状態の関係が具現化された現代日本の社会を描いているように思えてくる。機械との競争を強いられる世界でゾンビのような生き方を採らざるをえない人々が共感できる要素が作品のなかにある。とりわけスチームパンクというのは、過去のさまざまな表現や題材を、まるでヴィクターが怪物を死体から作ったように再利用する形式である。しかも蒸気機関やアナログだった時代へのノスタルジーに向かわない批評性も保たれている。円城塔が伊藤計劃の断片を読みこんで刺激を受けたのも、現実を鋭くとらえる可能性を見出したせいだろう。シェリーがゴシック小説というすでに手垢がつき出した形式に新風を吹き込んだように、伊藤計劃と円城塔のコンビはスチームパンクというおなじみの形式に新しい光を当てることに成功したのだ。しかも「物語」を語るとはどういうことなのかに関する再考も伴っている。

『フランケンシュタイン』という小説が持つ魅力と呪縛はそこにある。それぞれの作家や表現者が自分たちが恐れる怪物を次々と描き出してきたのは、「物語とは何か」という問いかけと直結するせいなのだ。各時代や社会や環境によって、怪物の現れ方や形成が変わってくる。『フランケンシュタイン』の底に創造をめぐる神話が隠れているわけだが、作家や表現者たちは、自分が創造神のように無から作ることはできないとわかっている。他人とは異なる物語を作りたいと思いつつも、語彙や物語のパターンや表現方法において、過去の遺産を利用しなくてはならない。だからこそ作家たちはジレンマに陥り、創造神話に呪縛される。シェリーがミルトンの『失楽園』や旧約聖書のなかに起源の神話を見つけて取り込んだように、他とは違うオリジナルを目指す作家にとって、つぎはぎの身体から生命を再創造する『フランケンシュタイン』の設定はとても魅力的なのだ。今後も状況に応じて怪物の話が新たに語られ続けるだろう。『屍者の帝国』も一例に他ならない。その生きている屍を乗り越える新しい作品が出現するはずだ。

おわりに　フランケンシュタインの問題群

どうやらメアリー・シェリーの遺産とその後の日本での継承を見てくると、個々の作品を超えて共通する問題点がいくつかあるように思える。それを確認して全体のまとめとしたい。シェリーに続く作者たちは、こうした「フランケンシュタインの問題群」から、自分に必要なものを取りこみ、時代や状況の要請に合わせたりそれぞれの個性に従って、別の要素とつぎはぎしながら新しい作品を生み出してきた。『フランケンシュタイン』にさまざまな要素が流れこみ集約されて共通の遺産となったせいで、直接フランケンシュタインの名前が言及されない作品にも影響が及ぶのだ。

第一に「神への挑戦」がある。これはヴィクターの生命の再-創造の行為そのものに由来するが、手本は神がおこなった無からの創造への挑戦であり、同時に自分が神になることへの挑戦ともなる。ただし作者シェリーはもちろんヴィクターや怪物を呪縛する聖書に基づく神は、日本の「カミ」と同義ではない。『古事記』にあるように神が目や顔を洗うとそこから別の神や人が生まれてきたりする。ユダヤ＝キリスト教流の唯一神の信仰が「知＝サイエンス」の体系の成立と不可分であることを考えると、それぞれの作家が「神」と呼んでいる対象がどういう内実を持つのかは個別の検討が必要となる。もちろん所属する文化によって無神論の意味さえも大きく異なるのだ。

第二に「発明や発見をめぐる論理と倫理の関係」が描き出される。ヴィクターやウォルトンの行為を発明や発見とみなすなら、「火＝禁断の知」につきまとう社会的あるいは道義的責任をどう考えるのかが問われる。これはチャペックの『R・U・R（ロッサム万能ロボット社）』以来のロボット物が描き出してきた機械嫌悪として展開する。しかも対象となるのは生産機械や自動車や原子力など多面にわたる。反動として自然回帰や菜食主義や家族制度の否定に至る対抗文化的な価値観が提唱されることになる。そのときには怪物は人間の内部から生み出されたものとして認知されるからこそ、怪物を破壊する責任を持つことになる。

第三に「生命と非生命の境界線と再生問題」がある。死体から怪物を作り上げた再生技術は、別の見方をとると、廃墟や廃物を新しく蘇らせる技術でもある。シェリーが引用したロマン派の詩には、廃墟美を肯定する傾向が強い。ヴィクターは、クラヴァルの自然愛好癖の心情を示すものとして、ワーズワースの詩「ティンターン僧院の廃墟数マイル上流にて」を引用した。廃墟すらも自然の一部とみなす「自然と人工」の関係の議論がここに重なってくる。同時に人工的な行為さえも「第二の自然」とみなす考えがあり、シェリーの女性としての実体験と結びつける「出産の神話」が当然視される。そして生命科学の進展によって「試験管ベビー」など人体の外部での機械的な再生産が可能になる。臓器移植や代理母問題など、もはや日常のレヴェルになっている。そしてベリヤーエフの『ドウエル教授の首』のように頭だけが生きた状態の話も、技術や論理の可能性だけではなくて、生死や人間と機械の境界線をどのように引くのかという倫理的な問いかけを生み出す。

第四には「頭脳と身体の分離とその社会的な認知」があげられる。怪物が表しているのは、頭脳の能力と身体の能力を分離しつつ、同時に新しい関連づけをすることである。身体の再利用によって、そこに与えられた新しい意識は白紙状態になって上書きされたものとなる。まさにハードディスクに対しておこなう作業に似ている。頭脳の部分に関しては、ヴィクター自身はもちろん怪物も自分の知の肥大化に苦悩している。この一種の暴走状況はデジタル化によって知の規格化や標準化が進み、通信技術やプログラミングによってネットワークとなることで容易に情報が入手できる現在の人間に無縁ではない。そのおかげで、個人の経験値がそのまま労働の質を保証するものではなくなり、怪物の場合のようにいきなり別人の意識や能力を持つことが求められる。身体さえも加工したり、補綴したり、拡張できるものとなる。そしてヴィクターと怪物との関係を模倣するように、ヴィクターのように頭脳労働をする「テクノクラート」と、怪物のようにたとえどのように雄弁であっても単なる労働力や軍事力の担い手としかならない「ゾンビ労働者」への分化が起きるのだ。そして怪物の単独性がまさにロボットやクローンのような単性増殖とつながっているように見えてしまう。

第五には「社会制度やシステムそのものへの問いかけ」がある。怪物を人間の側が市民として受け入れられるかどうかの問いは、「野蛮と文明」と「奴隷と主人」の関係を浮かび上がらせる。たとえ怪物に主権を与えても、それが人間と同等の扱いになるのかは疑わしい。戦後の日本ではとりわけ「共和主義」と「民主主義」をどう扱うのかが問題になってきた。エデンの園としてのジュネーヴの共和国こそがヴィクターという怪物を生み出した場だとみなせるし、シェリー夫妻をはじめイギリス王制下のロマン派が、アメリカという新しい共和国に複雑な思いを投影していた。ウォルトンが、姉の手紙で北へ行く運命をほのめかすときに、詩の『老水夫行』の一節を口にする。その著者のS・T・コールリッジは、アメリカに「パンソクラシー」という理想の共同体を作ろうとした。そして、太平洋から見た日本の隣国アメリカの共和主義こそが、開国以来日本をゆさぶってきた力に他ならい。第二次世界大戦後に再び「敵国」アメリカが「共和主義」と「民主主義」を掲げて日本を揺さぶることになったのだ。

目安としてとりあえず五つを拾い上げてみたが、もちろんこれが全てではないし、一つの作品にこの五つが同時に出現するわけでもない。けれども『フランケンシュタイン』が後世に及ぼした影響をあぶりだす手がかりやヒントとなるはずだ。そして、私たちが現実社会で起きることを評価する際の視座を与えてくれる。たとえば、ヴィクターの故郷であるスイスで、二〇一六年十月にサイバトロンという競技大会が開催される。車いすや義足や義手を着けた人たちの技能を競うものだが、スポーツに特化したパラリンピックとはずいぶんと意味合いが異なる。高齢化社会のなかで多くの人が体験する困難とつながるし、健康科学や福祉医療という面から、人間と機械の在り方を問い直す出来事となる。そのときに、怪物や機械をむやみに嫌悪したり憎悪する「フランケンシュタイン・コンプレックス」をどのような形で克服するのかも重要な課題となってくる。その意味で『フランケンシュタイン』をめぐる探究に終りはないのだ。

あとがき

この本で扱ったのは、誰もが名前くらいは知っているメアリー・シェリーの『フランケンシュタイン』である。日本では最近ドラマや映画にもなった藤子不二雄Ⓐの『怪物くん』に出てくるフランケンで有名だし、「フランケンシュタイン」とはシェリーの原作では怪物を作った人の名前のことだ、というのはクイズで出題されるくらい常識になりつつある。それでもよくわからない事は多い。自分たちをどのように位置づけるのかによっても作品の解釈や読みは変わってくる。感情移入する相手が、怪物本人なのか、怪物を作り上げたヴィクターなのか、それとも彼らの観察者のウォルトンなのか、によっても大きな違いが出てくる。

本書の内容は大きく二つに分かれている。前半では『フランケンシュタイン』そのものを現代的な関心から読み直してみた。自前のへそを持っているのか、そもそも「男性」なのかという疑問から始まり、抽象的な言語ではなくて具体的な「フランス語」を習得したことの意味や、つぎはぎだらけのイギリスやスイスという国の在り方との関連、ラッダイド運動や国勢調査とのつながりを扱った。ヴィクターの製造物責任や家なき子としての怪物のことも考えている。現在の日本の状況ともつながる課題がすでに二百年前の小説に萌芽的に記述されているのがわかる。

後半では、戦後の日本のＳＦ小説やマンガなどに、この作品がどのようなインパクトを及ぼしてきたのかを整理してみた。流れを大きく三段階に分け、手塚治虫や小松左京の戦後の主体形成の時期、荒巻義雄や田中光二の七〇年代の対抗文化の影響を受けた時期、冷戦から世紀の転換期のあと日日日の作品や伊藤計劃と円城塔による『屍者の帝国』へ至る新しい模索の時期と、フランケンシュタインや怪物の意味合いが変貌していくようすをたどった。

日本の文化のなかにフランケンシュタインという記号があちこちに見えているのに、まとまって説明する文章があまりなかったので簡単に素描してみた。もとより数えきれないほど存在するフランケンシュタインのインパクトや模倣関係を網羅するのは不可能だし、あくまでも輪郭を示したにすぎない。当然ながら、あの作家やあの作品を扱っていないのは解せない、という疑問も出るだろうが、その点は御寛恕願いたい。小説はもとよりマンガやアニメや映画の分野で論じ足りない物がたくさんあることは承知している。この本が今後のそうした議論のたたき台となれば幸いである。

二〇〇九年に『フランケンシュタイン・コンプレックス』(青草書房)を上梓したことがあり、これがフランケンシュタインをタイトルに使った二冊目の本となる。扱う情報や議論の推移でいくつか共通する点があるのはご承知いただきたい。ただしあちらは『フランケンシュタイン』を『吸血鬼ドラキュラ』や『ジキル博士とハイド氏』や『透明人間』と並べた怪物=他者論であり、今回のように単独で扱ってはない。しかもその後の影響をスピルバーグの映画に見るという形で、文脈としてはアメリカの方につなげていて、日本のことにはほとんど触れていなかった。今回はシェリーの遺産と日本SFの成果とを、怪物よろしく「縫合」してみたのだが、その試みが成功したのかは、読者の判断にゆだねるしかない。

考えてみれば、なかで論じたように、私たちは日本に受容された形でフランケンシュタインの怪物に出会うはずである。最初に怪物をいつ見たのかは、私自身の記憶は定かでないが、多分テレビで放映していた『怪物くん』のなかでだったと思う。王子に従う三人の下僕の一人としてだった。怖いというよりもユーモラスに感じられたし、正直キザな台詞を吐くドラキュラの方が印象深かった。だが、案外それ以来ずっと怪物が取りついていたのかもしれない。今回、日本のことをあらためてリサーチしてみて、あちこちで「フランケンシュタイン」の姿と出くわすことになった。取りつかれているのは私だけではないことがよくわかった。

この本の執筆のきっかけとなったのは、前著の編集も担当してくれた高梨治氏による、「日本におけるフランケンシュタインの影響はどうなっているのか」という問いかけだった。応答する形でまとめたわけだが、怪物を題材にした内外で小説やマンガさらに映画やアニメ作品が続々と作られているのも驚きである。もとより日本の作品でも、きちんと論じることができなかったものも多いのだが、読者の方がそれぞれの関心に応じて考えるきっかけになればと願っている。

いつもながら高梨氏の示唆と支援に感謝したい。なお文中では敬称をすべて略しているのをお詫びしたい。また、思わぬ事実の誤認や解釈の誤りがあるかもしれない。ご指摘していただければ幸いである。

二〇一五年七月吉日

小野俊太郎

主な参考文献（著者五十音順）

★本文テキストとしては、一八三一年の改訂版に基づいたM・K・ジョセフ編纂の一九九八年刊のオックスフォード・ワールド・クラシック版を使用した。引用の翻訳においては、森下弓子訳（一九八四年、東京創元社刊）を参照し、そのまま借用した箇所もあることをお断りしておく。映像は、ユーチューブにあがっている一部の初期映画を除いて、映画館やテレビ放映での視聴並びに基本的にはビデオやDVDによる。

『フランケンシュタイン』の数あるガイドブックのなかでは次の二冊が役に立った。批評史とさまざまな論文の抜粋のあるティモシー・モートン編纂による本（*Mary Shelley's Frankenstein*, Routledge, 2002）。菜食主義とフェミニズムなどの新鮮な切り口を持ったキャロル・アダムズ他による本（*The Bedside, Bathtub & Armchair Companion to Frankenstein*, Continuum, 2007）。

また、ペンシルヴァニア大学のスチュアート・カランが編纂した電子ライブラリーは、二百本の関連論文の抜粋がおさめられた情報の宝庫であり、廣野由美子の『批評理論入門』（中公新書、二〇〇五年）や武田悠一の『フランケンシュタインとは何か』（彩流社、二〇一四年）が扱った著書や論文のオリジナル英文の多くがそこで読める。このサイトは随時参照した。サイトURL（http://knarf.english.upenn.edu/index.html）

古典作品や単に名前を言及しているだけの小説作品については書誌情報を割愛している。また手塚治虫（手塚プロダクション）、横山光輝（潮出版社）、石ノ森章太郎（講談社）はそれぞれ電子書籍版による。

日日日『ビスケット・フランケンシュタイン』、学研、二〇一一年。

アイザック・アシモフ『鋼鉄都市』、福島正実訳、早川書房、一九七九年。

アイザック・アシモフ『われはロボット（決定版）』、小尾芙佐訳、早川書房、二〇〇四年。

アイザック・アシモフ『ロボットの時代』小尾芙佐訳、早川書房、二〇〇四年。

荒巻義雄『白き日旅立てば不死』、早川書房、一九七二年。

荒巻義雄『白壁の文字は夕陽に映える』、早川書房、一九七二年。

荒巻義雄『神聖代』、徳間書店、一九八〇年。

荒巻義雄『定本　荒巻義雄メタSF全集』（全七巻＋別巻）、彩流社、二〇一四―五年。

石川喬司『SFの時代』、双葉社、一九九六年。

伊藤計劃×円城塔『屍者の帝国』、河出書房新社、二〇一二年。

岡和田晃『「世界内戦」とわずかな希望――伊藤計劃・SF・現代文学』、アトリエサード、二〇一三年。

押井守『イノセンス創作ノート 人形・建築・身体の旅＋対談』、徳間書店、二〇〇四年。

金子邦彦『カオスの紡ぐ夢の中で』、早川書房、二〇一〇年。

金子郁容『〈不確実性と情報〉入門』、岩波書店、一九九〇年。

ミシェル・カルージュ『独身者の機械』、高山宏他訳、ありな書房、一九九一年。

金水敏『ヴァーチャル日本語　役割語の謎』、岩波書店、二〇〇三年。

ウィリアム・ギブスン＆ブルース・スターリング『ディファレンス・エンジン』黒丸尚訳、角川書店、一九九一年。

ゲーテ『若きウェルテルの悩み』、竹山道雄訳、一九七八年。

限界研『ポストヒューマニティーズ――伊藤計劃以後のSF』、南雲堂、二〇一三年。

小松左京『地には平和を』、早川書房、一九六三年。

小松左京『日本アパッチ族』、光文社、一九六四年。

小松左京『復活の日』、早川書房、一九六四年。

小松左京『神への長い道』、早川書房、一九六七年。

小松左京『継ぐのは誰か?』、早川書房、一九七二年。

小松左京・高階秀爾『絵の言葉』、講談社、一九七二年。

小松左京『幻の 小松左京 モリ・ミノル 漫画全集』、小学館、二〇〇二年。

澁澤龍彦『言葉の標本函 オブジェを求めて』、河出書房新社、二〇〇〇年。

チャールズ・ストロス『シンギュラリティ・スカイ』金子浩訳、二〇〇六年。

巽孝之編『日本SF論争史』、勁草書房、二〇〇〇年。

田中光二『幻覚の地平線』、早川書房、一九七四年。

田中光二『わが赴くは蒼き大地』、早川書房、一九七四年。

田中光二『大滅亡』、祥伝社、一九七九年。

筒井康隆他『SF教室』、ポプラ社、一九七一年。

ディドロ他編『百科全書—序論および代表項目』、桑原武夫訳、岩波書店、一九九五年。

長山靖生『日本SF精神史』、河出書房新社、二〇〇九年。

長山靖生『戦後日本事件史』、河出書房新社、二〇一二年。

丹羽敏雄『数学は世界を解明できるか—カオスと予定調和』、中央公論新社、一九九九年。

広田すみれ『読む統計学　使う統計学』、慶應義塾大学出版会、二〇〇五年。

福島正実『未踏の時代』、早川書房、一九七一年。

プルタルコス『英雄伝〈上・中・下〉』、村川堅太郎訳、筑摩書房、一九九六年。

クリス・ボルディック『フランケンシュタインの影の下で』、谷内田他訳、国書刊行会、一九九六年。

松尾由美『バルーン・タウンの殺人』、早川書房、一九九四年。

光瀬龍『墓碑銘2007年』、早川書房、一九六三年。

光瀬龍『たそがれに還る』、早川書房、一九六四年。

光瀬龍『落陽2217年』、早川書房、一九六五年。

光瀬龍『百億の昼と千億の夜』、早川書房、一九六七年。

光瀬龍『喪われた都市の記録』、早川書房、一九七二年。

ミルトン『失楽園〈上・下〉』平井正穂訳、一九八一年。

柳父章『ゴッドは神か上帝か』、岩波書店、二〇〇一年。
山田正紀『神狩り』、早川書房、一九七五年。
山田正紀『弥勒戦争』、早川書房、一九七五年。
山田正紀『襲撃のメロディ』、早川書房、一九七六年。
山田正紀『化石の城』、二見書房、一九七六年。
山田正紀『延暦十三年のフランケンシュタイン』、徳間書店、一九八八年。
山田正紀『エイダ』早川書房、一九九四年。

*

Aldiss, Brian *Billion Year Spree: The History of Science Fiction*,Weidenfeld & Nicolson,1973.
Boas, Franz *Race, Language, and Culture*, Univ of Chicago Press,1940.
Bohls, Elizabeth *Romantic Literature and Postcolonial Studies*, Edinburgh UP, 2013.
Dinello, Daniel *Technophobia!: Science Fiction Visions of Posthuman Technology*, Univ of Texas Press, 2005.
Moretti, Franco *Graphs, Maps, Trees: Abstract Models for Literary History*, Verso, 2007.
Holmes, Richard *The Age of Wonder: How the Romantic Generation Discovered the Beauty and Terror of Science*, HarperPress, 2008.
Schmidgen, Wolfram *Eighteenth-Century Fiction and the Law of Property*, Cambridge UP, 2002.
Tolkien, J.R.R, *The Tolkien Reader*, Del Rey, 1986.
Young, *Elizabeth Black Frankenstein*, New York UP, 2008.

【著者】

小野俊太郎
…おの・しゅんたろう…

1959年、札幌生まれ。東京都立大学卒業後、成城大学大学院博士課程中途退学。

文芸評論家、成蹊大学などで教鞭もとる。

主著に『ゴジラの精神史』、『本当はエロいシェイクスピア』、

『『ギャツビー』がグレートな理由』（ともに彩流社）、

『モスラの精神史』（講談社現代新書）、『大魔神の精神史』（角川 one テーマ 21 新書）、

『〈男らしさ〉の神話』（講談社選書メチエ）、『社会が惚れた男たち』（河出書房新社）、

『日経小説で読む戦後日本』（ちくま新書）、『デジタル人文学』（松柏社）、

『フランケンシュタイン・コンプレックス』

『明治百年　もうひとつの1968』（ともに青草書房）他多数。

フィギュール彩㊱
フランケンシュタインの精神史《せいしんし》
シェリーから『屍者《ししゃ》の帝国《ていこく》』へ
二〇一五年八月三十一日　初版第一刷
著者——小野俊太郎
発行者——竹内淳夫
発行所——株式会社 彩流社
〒102-0071
東京都千代田区富士見2-2-2
電話：03-3234-5931
ファックス：03-3234-5932
E-mail：sairyusha@sairyusha.co.jp
印刷——明和印刷(株)
製本——(株)村上製本所
装丁——仁川範子

ISBN978-4-7791-7039-3 C0390
http://www.sairyusha.co.jp